續 太閤私記

花村萬月

講談社

續　太閤私記

17

滅亡の秋であった。

まず、足利義昭《あしかがよしあき》が挙兵し、籠城した巨椋池《おぐらいけ》に浮かぶ水城、槇島《まきしま》城を信長《のぶなが》様が攻めたて、義昭は京から追放され、二百四十年の長きにわたった室町《むろまち》幕府が滅亡した。

老獪《ろうかい》で世情を読むのに長《た》けた信長様は、松永久秀《まつながひさひで》が足利義輝《よしてる》を弑逆《しいぎゃく》したときの武家や世間等々諸々の反応を勘案し、あえて義昭を殺さなかった。

俺は義昭の警固をまかされて、三好義継《みよしよしつぐ》の河内若江《かわちわかえ》城に護送したが、己の代で幕府を滅ぼしてしまった義昭は終始俯《うつむ》き加減で息も浅く、けれど時折、深く切ない溜息が洩《も》れる。その窶《やつ》れ果てた首筋になんともいいようのない無常と哀れを覚え、肌が縮みあがり、胸が罅割《ひびわ》れた。唐突に木下藤吉郎秀吉《きのしたとうきちろうひでよし》ではない別の者になりたくなった。

俺を捩《ね》じあげた軋《きし》みは尋常でなく、まさに息の根を止められたがごとくであった。しかも、それは単に義昭の没落を目の当たりにしたからもたらされたものというよりは、普《あまね》く人を覆い尽くして陽射しを遮《さえぎ》る暗雲を感得してしまったということらしかった。兎《と》にも角《かく》にも、木下藤吉郎秀吉であることに耐えられなくなった。

終わるのだ。

すべては、終わってしまう。

殿様ではなく、上様、公方様と別格の称号にて総ての武家の頂点に立ち、なまじ栄華を極めただけあって、その終焉《しゅうえん》は奇妙なまでに静かで、虚《うつ》ろで、しかも身悶《みもだ》えしたくなるほどに惨《みじ》めであった。いわば他人事なのに、なぜか俺はそこに自身の姿を見た。絶頂から谷底に突き落とされる己を目の当たりにしてしまった。

それは夢想というにはあまりに生々しい遠い未来の俺の姿だった。

老いさらばえた俺は周囲を睥睨《へいげい》しつつ呵々大笑《かかたいしょう》していた。にもかかわらず、その笑いには諦念と自嘲《じちょう》と苦悶と自虐が充ちていて、あろうことか笑いすぎて滲《にじ》んだ涙にまぎれて悲哀の涙が零《こぼ》れ落ち、それを笑いに紛らせて節榑立《ふしくれだ》った中指の先で刮《こそ》げて体裁を繕《つくろ》っているところがありありと見えてしまった。

上り詰めたら、転げ落ちるだけ。

室町幕府のように長きにわたって武家を支配していたとしても、頂点は一瞬で、あとはその頂点以下の高さで多少の上下はあるにせよ、下っていくだけなのだ。

心底から厭《いや》な気分になったのは、夢想のなかでは頂点にまで上り詰めた俺なのに、一気に奈落に突き落とされていってしまうところが鮮やかに泛《うか》んだからである。いかに権勢を誇ろうとも、俺にかぎらず信長様であれ誰であれ、上り詰めたら下るだけ――。

なぜ斯様《かよう》に断言できるかといえば、人は死ぬからだ。たとえ天寿を全《まっと》うしたとしても、それは死でしかない。地獄極楽といった坊主の戯言《ざれごと》など知ったことではない。天下を取ろうが、なにを獲得しようが、最後に俺を待っているのは虚無、なにものも存することのない虚ろが待ち受けている。

人はその死をなんとか超克《ちょうこく》しようと子をつくり、その子に未来永劫《えいごう》を託す。けれど俺には子胤《こだね》がない。俺は、俺の死によって、それで仕舞いということだ。そこで俺は途切れてしまうのだ。

生ける屍《しかばね》とはよくいったもので、精気の失《う》せた義昭の姿は、人は生きていても屍体《したい》になり得るということを、あからさまに俺に示してしまっていた。

その一方で、まだ義昭は将軍に復することを諦めていない気配も滲ませていて、大いなる絶望に半開きの口から魂《たましい》が抜け落ちたがごとくの姿を曝《さら》したかと思うと、いきなり昂然《こうぜん》と顔をあげてあたりを睥睨したりもする。

その顔色の移ろいだけでも、失意と妄執にちかい再起の思いとのあいだで不安定に揺れ動いているのが垣間見《かいまみ》え、それがよけいに俺を嘖《さいな》んだ。

義昭は弱体化した室町幕府最後の将軍であり、けれどその実体は先代から引き継いだのでもなく、自身の力で這《は》いあがったのでもなく、信長様に体よく担がれた傀儡《かいらい》にすぎず、実権もなかった。たいしたことを成し遂げたわけでもなければ、それほど好い思いをしたわけでもない。

それなのに信長様に操られるのをよしとせず、将軍としての権威を保とうとあれこれ足掻《あが》き、反撥《はんぱつ》し、最後は信長様と対峙し、戦まで起こしたあげくのこの為体《ていたらく》である。つまり張りぼてであっても、一度でも真の権勢の味を知ってしまうと、放たれた矢のごとく、後戻りはできないのだ。

これは一見、女人に対する慾《よく》などと似て非なるものにして、されど同根の、人の心の奥底に根差している如何ともしがたい最悪の慾であり、業としか名付けようのないものなのだ。

そもそも慾というもの、女人に対するものと同様に、実際にその味を知らなければ妄執は際限なく膨らみもしようが、結局は己の内側だけで処置するしかないものである。知らないのだから、苦悶には実体がない。俺が天下に憧れるばかりで、単にあれこれ思いを巡らせていることは、じつは幸いなことなのかもしれない。

が、実体を知ってしまったならば、知らなかったころに引きかえすことはできない。実際に天下をものにしてしまえば、女体を知ったのと同じことで、もはや知らなかったころの自分勝手な思いの投影から引き剝がされてしまうだろう。女とは己の思う儘《まま》にならぬもの——ということを身に沁みてわからされるのだ。知るということ、消し去ることのできぬ懊悩《おうのう》を得るということに過ぎぬのかもしれない。

義昭が単なる失意と絶望に打ち拉《ひし》がれているだけならば、これほどまでに心を動かされなかっただろう。底の底に落とされて、生ける屍と化しているにもかかわらず、まだ権威権力に強い未練を残していることが耐えられないのだ。唐突に思いが逆転して、もし、俺が天下に号することができたならば、そしてそのときにまだ義昭が生きていたならば、手厚く守ってやろうと思わせるほどに傷《いた》ましい姿であった。

「儚《はかな》いものでござるな」

そう声をかけると、義昭は中指の先で目尻の涙をそっと拭《ぬぐ》って白く干涸《ひか》らびた下唇を咬《か》んだ。静かに俺を見かえしたその目の奥に、まだ死なぬ、まだ終わらぬ、潰《つい》えてなるものか——そんな気配が一瞬、疾《はし》り、けれどその眼差しは光輝が失せて黄色く濁《にご》って薄汚れ、腐りはじめているのであった。

それは追憶だけを糧《かて》に余生を送るであろう無様な男のいじましさばかりが目を背けんばかりにあらわれていて、ああ、この男は自分が死んでしまったことにも気付かずに、この先もあれこれ策謀を巡らせて、その悉《ことごと》くが不発不覚に終わるのだろうなということをしみじみと感じさせるのだった。

なぜ信長様は俺に義昭の警固を命じたのだろう。おおむね幽《かす》かな息をしているが、ときに激情を抑えかねて胸を大きく不規則に上下させている屍を護送してしまったせいで、没落の悲惨と悲哀が俺の肌をちりちりに縮ませた。天下に名を轟《とどろ》かせた将軍家の末路に付き合ってしまったせいで、義昭の放つ負の毒が俺にまでまわってしまったのかもしれない。

姓でも名でもいい。とにかく変えねばならぬ。木下藤吉郎秀吉以外の何者かにならねばならぬ。不可思議なほどに急《せ》いた、しかも鬱々《うつうつ》とした、憂鬱な、まさに鬱としか名付けようのないこの奇妙な気持ちを抑えきれなかった。

木下藤吉郎秀吉以外の何者かにならねば、このまま寝込んでしまって、なにもできなくなってしまうという恐怖に襲われた。目先のごくわずかな事柄でもよいから、別のものに変えないと、もはや立ちあがることができぬという実感に途方に暮れた。

信長様の家臣となって、あとも振り返らずに全力で突っ走ってきたあげく、唐突に息切れがして、そのあまりの目眩《めまい》に身動きがならなくなったのである。

然《さ》りとて姓も名も何もかもがすべてまったく違う男になるのも、いまの立場その他諸々を勘案すれば許されるはずもないであろう。そこで気のちいさい俺は、ごく控えめな折衷《せっちゅう》を試みた。間に合わせといってはなんだが、丹羽長秀《にわながひで》の『羽』と柴田勝家《しばたかついえ》の『柴』を借用して羽柴《はしば》という姓をつくりあげたのだ。よりによって柴田勝家と丹羽長秀である。いかに俺が追い詰められていたか、といったところだが、追い込まれた俺の頭では、それ以外になにも泛ばなかったのだ。

自ら目通りを願って信長様に諮《はか》った。俺の気配を悟った信長様は、めずらしく茶化しもせずにじっと凝視してきた。

「木下は気に喰わぬか」

「そういうことではございませぬ」

「ならば、なんだ」

「取《と》り憑《つ》いてしまった無常を振り払うために必須でございます」

「戯覆《ざれくつがえ》ったことを吐《ぬ》かすものよ。己の貌《かお》を知って、口走っておるのか」

「猊は猿でも、心は人でございます」

信長様は前屈《まえかが》みになり、俺の眉間を中指でぽんと弾き、勝家、長秀両名に媚《こび》を売るという風情《ふぜい》でもないな――と呟《つぶや》き、あっさり背を向けた。

＊

将軍足利義昭の次は、朝倉《あさくら》、浅井《あざい》両氏の滅亡である。

密かに半兵衛《はんべえ》らを遣わして俺が勧降工作を続けていた浅井長政《ながまさ》の側近中の側近、山本山《やまもとやま》城主である阿閉淡路守貞征《あつじあわじのかみさだゆき》の所領は広範囲にわたり、北国《ほっこく》街道を扼《やく》する。即ち阿閉父子を寝返らせることは、越前に通ずる途を確保するということである。

しかも山本山城は小谷《おだに》城の裏手に当たる。信長様が小谷城の眼下に築いた虎御前《とらごぜ》山の砦とあわせて、阿閉貞征が寝返ったことにより見事に小谷城を包囲する恰好となった。

これに狼狽《うろた》えた浅井長政は阿閉貞征が人質にだしていた十歳の子を見せしめに処刑したが、阿閉貞征は翻意《ほんい》せず、阿閉父子が長政を見限ったと報告したとたんに信長様は北近江《きたおうみ》を攻めた。三年前、浅井長政の裏切りにより越えられなかった木《き》ノ芽《め》峠をついに越えることとなったのである。

まずは敦賀《つるが》郡の武士たちの悉くが信長様に降《くだ》った。阿閉貞征の離叛を知った浅井方では裏切りが続発した。浅井の国衆たちは、もはや長政がもたぬと判じたのである。

朝倉義景《よしかげ》は信長様の北近江出兵の報に、自ら長政救援に出陣するが敗れ、あげく代々の拠点であった一乗谷《いちじょうだに》を棄てて逃れた。されど庇護を求めて頼った朝倉家家中筆頭にして義景の従弟である朝倉景鏡《かげあきら》は己が助かるために主君義景に腹を切れと迫り、その首を信長様の本陣に持参した。

加えて景鏡は義景の母親、妻と嫡男、さらには近習《きんじゅ》までをも信長様に差しだし、この者たちもすべて斬首された。

天下悪事始行の張本人とまで称された朝倉孝景《たかかげ》が応仁《おうにん》の乱のどさくさに主君斯波《しば》氏を追って越前守護職に就いてから五代目にして朝倉氏は滅亡したのである。

越前を制圧した信長様は、即座に小谷城攻めに取りかかった。先陣を切ったのは俺だ。夜半、三千の兵を率いて浅井長政の守る本丸と、その父である久政《ひさまさ》がこもっている小丸とのあいだにある京極丸《きょうごくまる》を占拠して、父子の連携を絶った。さらに小丸の久政を徹底して攻め、追い詰め、自害させた。木下藤吉郎秀吉改め、羽柴藤吉郎秀吉は己で口にするのも奇妙だが、まるで人が変わったかのごとくの羽撃《はばた》きぶりであった。

父を喪《うしな》い、己の支配が及ぶところが本丸のみとなった長政は、どのみち死ぬのだと思い詰め、二日間のあいだ、烈《はげ》しく抵抗した。この間に長政は嫡男、万福丸《まんぷくまる》を城外に逃がし、信長様の妹君であるお市《いち》の方が長政に輿入れする際に随身して小谷城に入った藤掛永勝《ふじかけながかつ》に託して、お市の方と浅井三姉妹と称される茶々《ちゃちゃ》、初《はつ》、江《ごう》の三人の娘を信長様の陣所に送ってきた。信長様はお市の方を溺愛していたから三人の娘と共に手厚く受け容れた。

最愛の者たちが生き存《なが》える算段をして、これですべてを終えたと短く息をつき、信長様の手にかかる前に死のうと眦《まなじり》決した浅井長政の姿が見えるようである。

小谷城は長政の自刃により落城し、嫡男、万福丸は俺が配下に命じて徹底して探索したあげく、余呉湖畔《よごこはん》に匿《かくま》われているのを見つけだし、関ヶ原《せきはら》にて磔刑に処せられた。万福丸、このとき十歳。浅井氏は浅井亮政《すけまさ》から三代で滅亡した。

＊

京にて獄門《ごくもん》にかけられた浅井久政、長政父子の晒《さら》し首が茶褐色に干涸らびて貌の見分けも付かず、たいして蝿《はえ》もまとわりつかなくなり腐臭も淡くなったころ、俺は信長様に呼びだされた。信長様は俺を認めたとたんに思いのほか目を輝かせ、唐突な改名が念頭にあったのだろう、あえてつくった大仰な揶揄《やゆ》の声をあげた。

「おい、羽柴」

「はい」

「すっかり憑き物が落ちたようだな」

「まだ、無常は取り憑いておりまする」

「おりまするときたか」

「はい。おりまする」

「が、取り憑かれているわりに、このたびはまあまあ、よく働いたではないか」

「無常が引っ繰り返ったが故、なにやら莫迦力《ばかぢから》のようなものが湧いたというのがまことのところでございます」

「なんでもよい。役に立たぬくせに口答えする佐久間信盛《さくまのぶもり》よりは千倍、ましだ」

わずかに視線を逸らして溜息を呑みこむ。間違いなく織田《おだ》家臣団筆頭格、佐久間信盛は終わった。いつになるかわからぬが信長様の手によってその命も潰えるだろう。そっと信長様の顔色を窺うと、薄笑いと共に、おまえの思っているとおりだと肯《うべな》う眼差しが返ってきた。

烈しい雨と風だった。朝倉方の大嶽砦《おおづく》を信長様は自ら馬廻《うままわり》衆を率いて攻めあがり、さらに丁《よう》野山《のやま》城をも落とした。けれど雨風で朝倉義景が大嶽砦と丁野山城が落ちたことに気付いておらぬことを見越して、あえて両城の守将の命を取らずに朝倉本陣に逃がしてやるという策を講じたのである。

空恐ろしいことに信長様は朝倉義景という武将が棄て身の戦いなどできぬ弱腰であることを見抜いていたのだ。大嶽や丁野山といった朝倉の拠点を消滅させ、もはや安全無事は有り得ぬとの圧迫を与えれば、義景は浅井長政小谷城救援を簡単に諦め、越前に軍を返すと確信していたのである。逃げる敵ほど落としやすいものはない。これを追撃すれば大勝利まちがいなし、なにせ背を見せているのだから。

信長様の予想どおり、朝倉陣に逃げもどった守将の報《しら》せを聞いた義景は無様にもその深夜、即座に退却をはじめた。

ところが我々は、信長様より幾度も繰り返された——十三日夜に朝倉軍は本陣を払って越前に退却するがゆえ、その動きを捉えたら即座に追撃すべし——との命を、逆に十三日という日付まで附帯していることに対して半信半疑、信長様ならではのあの強烈なる思い込み、そしてくどさであると判じてしまっていたのである。

当然ながら俺も含めて信長様の配下部将はことごとく朝倉義景の動きを見逃してしまった。結果、まったく動こうとしない俺たちに苛立ち、業を煮やした信長様は自ら馬廻だけを従えて越前衆を追ったのである。

あげく信長様が動いてから、ようやく朝倉義景の退却に気付いた我々は必死で信長様を追い、地蔵山《じぞう》を越したあたりでどうにか追いつくという為体であった。

馬の嘶《いなな》き、怒号に甲冑《かっちゅう》の軋み、そういった戦ならではの諸々がさんざめくなかで過剰なまでに反り気味に屹立《きつりつ》した信長様は、佐久間信盛以下平伏する我々部将を睨《ね》めまわして『幾度、言い含めたことか』と、普段とはまったく違うちいさく低い声で迫り、一転して『なんたる油断』と大声を張りあげた。

確かに我々は迂闊《うかつ》であった。だが心底から朝倉義景の腰抜けぶりを察していたのは信長様だけであったとしか言いようがない。『上様に先を越され、面目次第もございませぬ』と叩頭《こうとう》する柴田勝家の言葉が、我々の気持ちのすべてを代辯《だいべん》していた。

追撃のさなかである。兵たちが我も我もと敵の首を持参し、あたりには無数の生首が転がり、血脂の臭いが絡んだ異様な熱気が立ち籠めていた。

いまこのときも朝倉義景は必死で逃げているのである。我々も即座に追い討ちをかけたいところだが、信長様の叱責《しっせき》は執拗でとどまることを知らず、その際限のない気配と勢いに、誰もが焦燥に駆られはじめていた。俺も戦のさなかにある配下を案じて落ち着かず、どうかこの怒りが早々に鎮まるようにと念じるしかなかった。

信長様の読みを真に受けずに呆けていた間抜けな我々である。叱られるのは致し方ないが、兎にも角にもここでねちねちと叱責を受けて追撃の機を失するのには耐えられない。嘖《ころい》は後回しにしてほしいというのが本音であった。

結果、並み居る部将たちは平伏しつつも、その幾人かの膝頭が貧乏揺るぎにて小刻みに動きはじめていた。信長様の部将である。根っからの武人である。早く朝倉義景を追いたいのである。戦いたいのである。

信長様は揺れる膝頭を嘲《あざけ》るかのように一瞥《いちべつ》した。その視線が刺さったとたんに貧乏揺るぎがぴたとおさまった。

直後、信長様の怒りが、いきなり俺に向いた。何ごとかと思うまもなく、跫音《あしおと》も荒々しく近づいてきたかと思うと末席の俺の耳を摑んで、全力で引っ張りあげてきたのだ。

じつは末席をよいことに延々と怒りをぶつけてくる信長様に対し、胸中にて、皆がひたすら詫《わ》びているというのに、なんと狭量な――と呟いてしまった直後であった。

もちろん声になどだしていないし、徹底した無表情をつくっていたつもりである。が、こういった気配を察することにかけて、信長様は途轍《とてつ》もない天性をもっているのである。だからこそ朝倉義景の怯懦《きょうだ》を見抜いていたともいえるのだが、まさか目立たぬよう平伏していた俺に矛先が向かってくるとは思ってもいなかった。

信長様は耳朶《みみたぶ》のみで俺の軀《からだ》を持ちあげんばかりに全力で息み、俺は千切《ちぎ》れそうになるまで耳を引っ張りあげられて難儀しつつも、ひたすら奥歯を嚙みしめて苦痛に耐え、目を伏せているしかなかった。

もはや右耳を喪ったと諦めかけたときである。俺の耳が引き千切られると案じ、信長様の性格から血が流れればさらに居丈高《いたけだか》な挙にでることを熟知している佐久間信盛が、筑前《ちくぜん》をお許しください——と、涙ながらに執り成してくれた。ところが信長様は俺に逆らうのかの一点張りで、さすがに腹に据えかねたのか信盛が抗弁しはじめた。

信長様と信盛は戦のさなかの昂《たか》ぶりもあって主君と家臣という枠をやや逸脱して言葉をぶつけあい、反駁《はんばく》を重ね、あげく厭らしく言葉尻を捉える信長様が無能、闇鈍《あんどん》、駑馬《どば》、下機根《げきこん》、酒嚢飯袋《しゅのうはんたい》、凡知、薄馬鹿、劣才——よくもまあこれほどまでに思いつくものだと呆れ果てるほどに並べあげて延々罵倒し、その挑発に乗ってしまった信盛が売り言葉に買い言葉気味に『上様は然様に仰せられるが、我々ほどの優れた家臣をもつということ、そうそう有り得ぬことでございます』などと抗弁してしまったのである。

とたんに信長様の頰が白を通りこして青くなった。その唇が捲《めく》れあがるように歪《ゆが》み『そのほうは己の器量を誇るのか。よくも吐かせたものよ。片腹痛いわ』と、ごく小声で、囁《ささや》くように迫ったのである。

信盛は『我々』と言ったのだが、いつのまにやら『己』にすりかえられていて、信長様は硬直してしまった信盛の白いものが目立つ頭をしばし見おろした。

このときはそれだけで終わり、いま、こうして姉川《あねがわ》の戦い以来三年余りになる浅井、朝倉攻めも一段落して、信長様と俺は戦のときの張り詰めた心から解き放たれ、色づいた木の葉などに目をやりながら言葉を交わしているというわけだが、佐久間信盛の行く末を思うと、慄然《りつぜん》とせざるを得ない。

信長様は一切の思慮もなくその場でいきなり手打ちということも多々あるが、ほんとうに怒ると、鎮まるのである。そして忘れたころにじつに陰険な仕打ちを喰《くら》わせる。

佐久間信盛は俺が耳を千切られそうになったのをきっかけに声をあげたのである。できうることならば勘気を解いていただきたい。当人が忘れたころに最悪の遣り口をもって罰することだけは控えていただきたい。

けれど、そんな気配を毛ほども滲ませてしまえば、こんどは耳を摑みあげられるくらいではすまぬだろう。佐久間信盛も信長様の挑発にのってしまったのは迂闊としかいいようがない。この件は俺も絡んではいるが、執り成しようがないというのが実感だ。

とはいえ俺はすっかり肚《はら》が据わってしまって、これから先は、逆に何ごとも率直に口にしようと決めていた。

あのとき耳を引き千切られそうになったのは、思いを言葉にしなかったからだ。もちろん狭量なりと思ったとおりを呟いていたならば、いま、この場にいなかっただろうが。

ちなみに、足利義昭を京から追放して室町幕府の実質を消滅させて以降、信長様は将軍に用いる上様という尊称を配下に遣わせるようになっていた。

信盛よりは千倍まし、と言ってから信長様は鼻の横を搔いたりささくれを千切ったり、小柄の刀身を舐めてみたり、今年はどこそこの栗の出来はいまひとつだといったことを小姓に呟いたりして、まるで俺がここにいないかのように振る舞っていたが、いきなり声をあげた。

「無常か」

俺は真っ直ぐ信長様を見つめ、力まずに言った。

「せっかく上様に見いだしていただいたにもかかわらず、栄枯盛衰、生者必滅を目の当たりにして如何ともしがたい無常に包みこまれております。山落《やまおとし》の身分であったならば、世の中に、周囲に対する恨みと不満は内攻しておりましたでしょうが、このような無常を覚えることはなかった気がするのです」

「わからんでもないが、引きかえすことができぬからこそ、無常」

信長様は口調と裏腹に、無常をせせら笑うかのごとく歯のあいだにはさまった菜かなにかを抓《つま》んで寄り目で一瞥し、あらためて口にいれて咀嚼《そしゃく》し、問いかけてきた。

「今回の浅井朝倉征伐その諸々で、なにがいちばん応えたか」

いろいろあったが、まだまだ幼き者が引っ立てられようとする瞬間の、不安に俯き、頼りなげな内股にて立ち尽くす姿が胸中にきつく刻まれている。

「余呉の湖畔にて百姓の姿に身を窶して おられた長政殿嫡子、万福丸様を見つけだしたときにございます」

いきなり信長様が立ちあがった。俺の背後にまわると腕をまわし、首を絞めてきた。近習たちが狼狽え、慌てふためくのが視野の端に映じた。ぐいぐい絞めながら、耳朶を咬むかの近さで囁いてきた。

「さんざん突き抜かれて万福丸の痩せた腹からあふれ洩れ落ちた、やたらと細い、まだ生温かい腸《はらわた》を、こうして猿の首に巻きつけてやりたかった」

「わざわざ、関ヶ原まで――」

出向いて磔を検分なされたのかと問いかけようとしたのだが、信長様がさらに腕に力を込めたので息が詰まって以降の言葉を発することができなかった。

信長様は背後から苦悶する俺の顔を覗きこみ、目と目が合うと唇の端だけで笑った。行くはずもないだろう――とその目が笑い続けている。

が、赤紫にぬめり、照り輝く、頼りなげな幼い腸が信長様にはくっきりと見えているのであろう。俺もそれを瞼の裏に鮮明に見てしまった。

そのままぎりぎりと絞めあげて、一切の加減をしない。俺の指先や膝頭が苦悶に痙攣《けいれん》をおこしはじめたのを、絞めながらさも面白そうに眺めやっているのだろう、あちこち顫《ふる》えがきておるぞと嘲るように言い、さらに信長様は続けた。

「伊香《いか》、東浅井、そして坂田《さかた》の北近江三郡はどうだ」

なにを言っているのかわからない。それどころか首から上が烈しく熱をもち、気が遠くなってきて、目の奥でなにやら危うい光が明滅しはじめたではないか。脈動する蟀谷《こめかみ》が裂けて血が噴きそうだ。たとえ死すとも信長様の前で失禁だけはするまいと俺は意地に、いや必死になっていた。が、もはや身悶えする力も失せてきた。

と、唐突に信長様は腕をほどき、前屈みになって噎《む》せて涙と鼻水、涎を垂らしている俺の背後から囁くように言った。

「すなわち浅井長政旧領、石高十三万石、いや十二万だったか、失念したが、ま、そんなもんだろう。おまけに小谷城も呉《く》れてやる。羽柴。おまえのものだ」

俺は咳き込みそうになるのを喉を押さえてどうにか怺《こら》えて、ぎこちなく信長様を振り返る。目頭と目尻の涙を刮げ落としつつ、信長様を見あげる。

「つまり、いままでの横山《よこやま》城だの虎御前山の砦だのといった城代の扱いではなく、れっきとした一国一城の主にしてやると言っているのだ」

そこまで告げられてもまだ実感がなく、いきなりの絞首という得体の知れぬ狼藉に俺と同様、どのような顔をつくってよいか途方に暮れている近習たちの揺れて乱れる視線を浴びながら、俺はだらしなく垂れ落ちてしまった鼻水を手の甲で拭いつつ、小首をかしげていた。

「北近江三郡は猿、おまえの所領だ。俺も口を差し挟まぬ。好きに経営せよ」

言うだけ言って、信長様は両手で頬をはさんで思案顔、もちろんいま俺に告げたことを反芻《はんすう》したりしているわけではなく、なにやら別の思いに沈んでいるらしい。うむ、とちいさく頷《うなず》くと、小姓の一人にむけて顎をしゃくり、周章《あわ》てて立ちあがった小姓を従え、いつものごとくどすどすと派手に畳を踏み鳴らして、去ってしまった。

俺は念を入れて確かめるかのように鼻の下を幾度もこすった。鼻水を刮げ続けているうちに、無精髭《ぶしょうひげ》が甲を擽《くすぐ》った。

無常と絡みあうようにして喜悦らしきものが這い昇ってきた。が、喜悦らしきものは、あくまでも『らしきもの』のままで、喜悦にまで至らない。

気持ちを持て余した。

悲しいような、嬉しいような、どうでもよいような――。

喉から手が出るほど慾しかったものを手に入れたのではないか。けれど昂ぶりの欠片《かけら》もない。

醒《さ》めきっている己に違和を覚えつつ、結局は深く首を折り、銀色にぬめって光る右手の甲を凝視した。

十五代将軍、足利義昭を京から追放した十日後に信長様は、元号を元亀《げんき》から天正《てんしょう》に変えさせた。元号の改変は公卿が審議して、その結果を天皇が裁断して行われるのが建前であるが、それは有名無実と化して将軍の専権事項となっていた。信長様は将軍職に就かずして天皇に勅裁させて改元させてしまったのである。

信長様の思惑など知る由《よし》もないが、じつは朝廷が義昭の将軍職を留保するという挙に出たようである。たとえ朝廷があくまでも将軍は足利義昭としても、もはや実質的な力など微塵《みじん》もない。ならば将軍になどならなくても構わぬと信長様は薄笑いを泛べたのではないだろうか。

元号を天正に変えさせ、俺が阿閉貞征を寝返らせた直後である。即座に小谷城下にやってきた信長様が、唐突に傍らにいた俺に囁いたことがある。室町幕府第三代将軍、足利義満《よしみつ》が姻戚を利して天皇の義理の父親になったことを知っているか、というのである。続けて、上皇すなわち治天《ちてん》の君、皇位簒奪《さんだつ》——と謎かけのような言葉を生臭い息と共にぼそりと俺の耳の奥に吹き込んだのだ。

その後、俺なりにあれこれ調べてみたのだが、義満の妻は天皇家とつながりがあり、強引に後《ご》小松《こまつ》天皇をその妻の養子にしてしまったらしい。これで義満の妻は天皇の母に準ずる准母となり、結果、天皇の義理の母の夫である義満も天皇の義理の父親である准父となったというのである。治天の君とは上皇のことであり、義満は准父として上皇の位に就いて朝廷を支配し、自ら天皇の上に立ち、天皇を指名する力を持とうとしたのだ。

それに気付いたときは、そして実際に相国寺《しょうこくじ》の過去帳に、義満が鹿苑院太上天皇《ろくおんいんだじょうてんのう》と記されているのを見いだしたときは、天皇よりも力をもつ立場に就く方策もあるのだと目を見ひらいたものだ。太上天皇とは上皇のことである。征夷大将軍《せいいたいしょうぐん》などたかが武家の棟梁《とうりょう》にすぎない。信長様はあえて将軍職を蹴ったのではないかと腕組みなどして思いに耽《ふけ》ったものである。

それにしても、いやはや、なんとも、いかがわしい。下々が下劣であるのはいうまでもない。だが貴顕はそれに輪をかけて愚劣である。俺も三十七歳にしてようやく一国一城の主となって、その大逆無道が渦巻く場所に多少なりとも近づいたという実感を得たが、心が躍ることも愉《たの》しむこともなく、ごく淡々と領国経営にいそしんでいる。

唯一、心底から喜ばしいのは、家臣に知行地を与えることのできる立場となったことである。つまり禄を与えることで、いままで与力だった者を俺の直臣とすることができるようになったのだ。

身内の小一郎《こいちろう》は当然のこととして寧々《ねね》の義兄である浅野長政《あさのながまさ》には、悪いようにはしないから俺がもっと出世するまで待っていてくれと耳打ちして百二十石とあえて禄高を抑え、半兵衛、そして小六《ころく》ら縁戚と無縁の家臣を手厚く遇した。

もちろんそれには当然ながら計算がある。俺のようなものであっても小一郎をはじめ身内は喪いたくない。いざというときには、たっぷり禄を食《は》んでいる者が弾除けになればよい。俺は傍らの、城主の妻にしてはじつに質素な身なりの寧々に声をかける。

「直臣だぞ。直臣。なんの遠慮がいろうか」

「遠慮とは」

「――つまりだな、その、なんというか」

「直臣の方々の生き死にまでも握られたと思っておられるならば、それは僭越《せんえつ》に過ぎると存じますが」

いつもの狎《な》れた口調ではなく、あえて他人行儀である。俺はいきなり背筋が伸びた。そしてぐにゃりと脱力した。やれやれ、いまだに貧乏臭い銭勘定のようなものをうちやることができぬ。

こういう算勘《さんかん》をしてしまうということ、いくら領地をたくさんもとうが、金銀を抱え込んでいようが、貧乏なのである。心根が貧しいのだ。だからこそ微々たるものでも権勢をもてばすべてを支配しているがごとく、即ち仏神のごとく振る舞いたがる。

問題はその態度が信長様のように生まれつきなのか、俺のように成り上がりのせいであるかの差である。

どちらがよい悪いではない。

ただ、俺のような成り上がりは、この傲慢《ごうまん》によって間違いなく滅びていく。

人間というものは、周囲というものは、悪い方向への後天的な変化を認めない。悪は初めから悪であれば、それを受け容れるしかない。されど偉くなって驕矜《きょうきょう》に振る舞えば、その『偉い』は帳消しどころか、負となってのしかかる。唇を窄《すぼ》めて、寧々を上目遣いで見やって呟く。

「怖いもんだな」

「はい」

「じつに、怖い」

「お力というものは、そういうもの」

「まったくだ」

膝で躙《にじ》り寄り、寧々の耳朶をねぶるがごとく唇を寄せて言う。

「なれもしないくせに、信長様になりかけていた」

寧々は大きく頷き、そして首を左右に振った。

「貴方様は、あくまでも羽柴筑前守。藤吉郎であり秀吉でございます」

俺がごろりと転がると、髷《まげ》を摑んで膝の上に俺の頭を安置する。

「藤吉郎」

「ん」

じっと見おろしてきた。はじめて番《つが》ったときに、ふたりだけのときは藤吉郎と呼び棄てろと命じたことが泛び、ついついにやけた顔になってしまう。寧々は、それは為難いことと拒絶したのだが、いまでも俺は寧々にだけは呼び棄てにされたいのだ。

「大きな声では言えませんが」

「ならば、ちいさな声で」

寧々は前屈みになって、なにやら口を動かした。が、唇がもっともらしく開いたり閉じたりするだけで、なにも聞こえない。戯《そば》えているのだ。

「――大きな声では言えないけれど、ちいさな声では聞こえない」

なにを吐かしておるか。あまりにつまらなく、苦笑いが泛んだ。そのまま俺が上目遣いで見つめると、急に照れて、それでも先ほど俺がしたように、俺の耳朶をねぶるかのごとく唇を寄せて、俺の耳の奥に内緒の声を吹き入れてきた。

「信長様は怖さにて、恐れを用いて人を支配なされます」

「まさに」

「尋常ならざる恐怖でございます」

「まさに」

「もし、あの独特の抽《ぬき》んでた愛敬がなかったとしたら」

「誰も従わぬ」

寧々はちいさく二度頷き、中指の先で低くぺしゃんこな俺の鼻筋をなぞり、顔つきを穏やかなものに変えた。

「さて、藤吉郎」

「うん」

「藤吉郎は、愛敬では信長様に負けませぬ」

「そうかな」

「信長様の愛敬は自然天然にして、藤吉郎の愛敬は拵《こしら》えもの」

「まさに」

溜息を洩らしかけた俺の口を寧々が掌で押さえた。

「拵えものであっても、藤吉郎は皆から好かれております」

「そうかな」

「ときに寧々が妬心を覚えるほどに」

「よく、わからん」

「嘘おっしゃい。藤吉郎がそれをいちばんよくわかっているくせに」

「俺は嫌らしいところがあるからな」

「ええ。じつに猥《みだ》りがわしい」

「そこまで言うか」

「猥りがわしいからこそ、人が寄ってくるのです。蠅は熟《う》れた甘い匂いに集まるもの」

蠅ときたか。すると俺は、腐りかけのなにかである。妙に納得した。

「――そうかもしれぬ」

「ですから、藤吉郎は相手を恐れさせて従わせるのではなく、人誑《ひとたら》しになりなさい」

寧々はちいさく咳払いした。すっと顔を離すと断言した。

「いまでも人を誑しこんでばかりでございますが」

責められているような、面映《おもは》ゆいような、妙な心持ちである。寧々は俺の禿《は》げ頭を柔らかく指圧しながら続けた。

「半兵衛様など、藤吉郎が好きで好きで、あの嘘笑いが藤吉郎の前だとまことの笑いに変わるではないですか」

どのような顔をつくってよいかわからぬ。が、まさにその通りだ。寧々は俺を睨みつけるようにした。

「真っ先に誑しこまれたのは、この寧々でございます――と威張りたいところですが、藤吉郎がいちばん先に誑しこんだのは」

言葉を呑み、じっと真顔で見つめてきた。焦《じ》れて、問うた。

「誰だ」

「信長様でございます」

＊

小谷城におさまって、元亀改め天正の暮れも押し詰まったころ、足利義昭と同盟して叛旗を飜《ひるがえ》した松永久秀が信長様に降伏し、多聞山《たもんやま》城を明け渡した。

とんとん拍子の信長様のようだが、じつは相当に危ない橋を渡っているのである。松永久秀の離叛も、じつは武田信玄《たけだしんげん》と通じていたからであり、情況を読み切って信玄が動くとの確約を得て叛旗を飜したのだった。

死者に対して無礼千万の物言いだが、万が一、抜群の頃合いで武田信玄が病没しなかったらと思うと、ぞっとする。信長様は身動きがとれぬばかりか、最強と称される騎馬軍団に攻められれば、さしもの信長様も勝てたかどうか――。

ともあれ武田信玄は消えた。そしてこの年に信長様は、足利義昭、三好三人衆、朝倉義景、浅井長政、三好義継と滅ぼしていき、けれど松永久秀だけは白旗を掲げてきたとたんに、不動国行《ふどうくにゆき》と薬研藤四郎《やげんとうしろう》の刀を献上させ、多聞山城を明け渡すことで赦《ゆる》した。誰が見ても、滅ぼし尽くしてしまった他との釣り合いがとれぬ処置であったが、これほどまでに信長様は松永久秀を好いているのである。

松永久秀が構築した四層の天主をもった石垣積みの巨大な、しかも純白に光り輝く城郭を誇る多聞山城は、信長様を大層刺激したようで、どうやらこれに勝る城を築こうと思案しているようである。

同じく暮れに、嬉しいことがあった。善祥房《ぜんしょうぼう》こと宮部継潤《みやべけいじゅん》に人質に差しだした治兵衛《じへえ》改め吉《よし》継《つぐ》がもどってきたのである。もともと継潤を寝返らせるために姉、智《とも》の長子でまだ四つだった吉継を人質にしたのは、竹中《たけなか》半兵衛が決めたようなものである。

半兵衛は俺の気持ちを汲んで、浅井家が滅亡したならば、智に息子をもどすように継潤に一札入れさせていたのだが、浅井長政が自刃して、継潤はそのまま俺の臣下となり、吉継は智のもとに帰ってきたのだ。

俺の一族といっても微々たるものではあるが、小谷城に呼び寄せていた。しばらく見ぬあいだに背丈も伸び、幼さのなかに凜々《りり》しささえみせる吉継を抱き締める智を見守っているうちに目頭が熱くなって、たまらず、その場を離れた。

19

戦をとるか、銭をとるか。

思案を重ねた。小谷城は要害堅固にして天下に知られた名城であるが、いかんせん山城であり、文字どおり山の上や山中に構築された城である。小谷山の尾根筋に拡がる本丸や曲輪《くるわ》等、質実剛健ではあるが、敵に対する備えばかりで垢抜《あかぬ》けない。また居館は谷間にあり、まだ陽のあるうちから山の影に入ってしまい、なんとも辛気《しんき》くさい。

どうしたものかと腕組みして転がったときに、竹生島《ちくぶ》の様子を探らせていた者からの報告があがってきた。浅井長政が備蓄していたのか、なんと大量の木材が隠されていたというのである。

即座に半兵衛に諮った。まさに打てば響くといった調子で、あの笑みと共に答えた。

「小谷山城を破却、その材と竹生島のものを合わせれば――」

「よし。で、どこに城を拵える」

「もう、決めておられるのでしょう」

照れ笑いを返しながら、大きく頷く。山落だった。もう、山はたくさんだ。

「今浜《いまはま》は、どうだろう」

「水運は陸運に優るといいます」

「それだ。鳰《にお》の海を、ただ陽射しを照り返すばかりに遊ばせておくのはもったいない」

半兵衛が笑みを深くし、耳打ちしてきた。

「上様から戴《いただ》いた城をぶち壊すわけです。ですから一応、上様を立てておきましょう」

「どうすれば」

「上様から一文字もらって、今浜の名を長浜《ながはま》とでも」

俺はぽんと手を叩く。さらに半兵衛が付け加える。

「上様は安土《あづち》に城を築かんとなされている。即《すなわ》ち安土の城を鶴の頭とすると、光秀《みつひで》殿の坂本《さかもと》の城と秀吉殿の長浜の城が両翼となる位置でございます。鶴翼《かくよく》であること。それを簡単なものでよいから絵図になど記して、上様に聢《しか》とお伝えなさいますように」

脳裏で鳰の海を描き、南湖西にある光秀の坂本城と、信長様の安土山、そして湖北に出来上がるであろう俺の城を置いてみる。なるほど東の方向を頭にして飛翔する鶴の姿が泛んだ。間違いなく信長様もこの配置を気に入るだろう。

それにしても信長様を操ることにかけては俺以上の半兵衛である。たいしたものだと見つめると、素知らぬ顔で半兵衛は続けた。

「今浜改め長浜は、国友《くにとも》とごく間近でございます。それも念頭におありと見ましたが」

曖昧《あいまい》に頷いておく。まさにその通りだ。いまさら山落に鉄砲云々《うんぬん》で近づく気になれないのだ。狡《ずる》いと後ろ指をさされようが、本音で出自を隠したい。多少鉄砲の値が張ろうが、国友の鉄砲鍛《か》冶《じ》たちを傘下におさめたい。俺の顔色を見抜いた半兵衛は、すっと話を変える。

「そもそも小谷の城下町はあまりに寂しい。地勢もあって、拡がりをもてぬのは慥《たし》かですが、寂しすぎます。ゆえに今浜、いや長浜を大きく盛んにするために、城下にては年貢や諸役の免除を」

「それだ。俺も戦より銭を大切にしようと思っていたところだ」

「城下は人にあふれ、活気に満ち、一息に膨らむことでしょう」

港を二つ拵えること、石垣の一方を湖面に没するようにつくって城内まで船で入ることが出来るようにすること等々、額を突き合わせて鳰の海を最大限に生かす方策と、都のような規模は無理にしても城下は碁盤《ごばん》の目に区画を整理することなどを決めて、即座に長浜の築城に取りかかった。

後の話だが、年貢や諸役の免除が効きすぎて、長浜城下にあまりに人が集中しすぎて逆に問題がでてきた。そこで年貢諸役に関して方針を変えて人口流入を抑制しようとしたのだが、ひどく寧々に叱られた。

「皆が藤吉郎を慕って集《つど》いきているというのに、なにを言いだすことやら」

「いや、たとえば湖北十ヶ寺が侮《あなど》れぬのだ。一揆《いっき》その他に、あれこれ対策を施さねばならぬし、青天井に人を流れこませることも敵《かな》わなくなってきたのだよ」

「なにを懐《ふところ》のせまいことを。地面は幾らでもあるのです。長浜が大きくなってゆくことのなにが不服なのです」

不服もなにも、そもそも北近江は敵地だったのだ。ゆえに領国経営には過剰なほどの気遣いがいる。浅井軍に加わった湖北十ヶ寺の門徒衆の棄て身の戦いを目の当たりにしたならば、寧々もこのようなことは口にできぬはずである。

げに信心とは心底、恐ろしきものなのだ。さいかち浜や箕浦《みのうら》での合戦で、端《はな》から命を棄てて、極楽往生を唱えながら恍惚《こうこつ》の笑みさえ泛べて迫りきた一向宗徒の凄《すさ》まじさは思い出したくもない。あれこそが最強の兵である。なにしろ銭金栄達等々、現世における諸々を一切慾することなく、ただただ信心に殉《じゅん》じて悔いることがないのである。城下における年貢諸役免除は戦火で行くあてのなくなった者共を掬《すく》いあげるということ、つまり門徒衆懐柔の手管《てくだ》でもあったのだ。けれど我が領内における戦と銭、銭のほうがうまくいきすぎて、収拾がつかなくなってきたというわけである。いまの俺の力では闇雲に城下を拡大すると戦のときの防備に問題を抱えることになるから若干引きしめようと決めたのだが、寧々には攻められるということがよくわかっていないのだ。

結果、どうしたか。

年貢諸役免除はそのままで、長浜はたいした伸張ぶりである。俺の心配は杞憂《きゆう》に終わったというわけでもないが、長浜に城を築いたことによって徐々に越前《えちぜん》の一向一揆との分断策も軌道に乗りはじめ、領内の者たちの懐もだいぶ潤い、すると現金なもので湖北十ヶ寺を含む諸々の情況が好転してきたのだ。

間違いなく熱烈なる信仰と貧富には相関がある。俺が天下取りを念じてどうにか息をしてきたように、食うや食わずの貧しき者たちは極楽浄土を信じるのだ。けれど現世に愉しみを見出せるようになれば、もはや命を棄てて戦に身を曝す気にもなれぬ。俺は大きな不安を抱かなくてすむということだ。

が、なによりも長浜に愛着を抱きはじめた寧々に負けてしまったのである。

＊

城づくりにあわせて、以前にも増して人を集め、人をつくることにも意を砕いた。蓄財は簡単だが、有能な者を集めるのは相当な難事である。大枚はたいて購入したものが、苦笑いするしかない代物だったりすることがままあるのは世の常だ。

その一方で、値段相応とはよくいったもので、家臣に有為な者を揃えるには拠点と財力が必須である。そのための長浜築城であり、鳰の海の海運であると言い切ってもいいくらいだ。

俺は人に恵まれている。美濃《みの》攻めでは小六が滅私といってよい下支えをしてくれた。浅井攻略においては半兵衛が調略の要となってくれて、そのおかげで長浜に城を築くことができたのである。

加えて杉原家次《すぎはらいえつぐ》、杉原小六郎《ころくろう》、浅野長政、そして長浜城代に任じた木下家定《きのしたいえさだ》といった俺の数少ない一門衆が、それぞれ少ない禄高しか与えていないにもかかわらず、誠心誠意働いてくれているのだ。

が、誰よりも小一郎である。近頃、戦の才をも発揮しはじめたのだ。伊勢《いせ》長島《ながしま》の戦いにおいては、信長様の本隊の先陣を務めてその役目を立派に果たした。そもそも信長様に先陣を仰せつかるということ、小一郎の器を信長様も認めてくれたということである。

兎にも角にも半兵衛にも言えないようなことや、不平不満や悩み事などの情けない相談事等々、小一郎だから打ち明けられるのであり、羽柴改姓のときのように心が鬱々として晴れぬときに、小一郎が飄々《ひょうひょう》とした顔つきで俺を支えてくれるようになっていた。

ただ、山深い女ばかりが働いていた鍛冶場にいたころもそうであった——と当人が苦笑まじりに言うのだが、夜になると女共からさんざんのし掛かられていたときも、そしてある程度、女を選べるようになって意外な好色ぶりを発揮するようになった昨今でも、俺と同様、女が一切孕《はら》まぬのである。

どうやら血筋の問題らしく、兄弟揃って子胤がないということで、一緒に遊んだあとなど、お互いに暗黙のうちに溜息まじりに頷きあうことが幾度かあった。

一門衆のことはこれくらいにしよう。小六らの尾張《おわり》衆、半兵衛らの美濃衆、そして浅井攻略以降の宮部継潤ら近江衆、そして信長様の赤母衣《あかほろ》衆、黒母衣《くろほろ》衆に倣《なら》って拵えたまだ十代ばかりの子飼いの黄母衣《きほろ》衆と、俺の家臣団もそれなりにかたちが整ってきた。小姓のなかにも見込みのある奴が幾人かいる。加藤清正《かとうきよまさ》、福島正則《ふくしままさのり》、加藤嘉明《よしあき》といったところであるが、この者たちは俺と同様、下賤の出である。たとえば福島正則は桶屋の倅《せがれ》である。だからこそ大切にしている。身内同様に扱っているということだ。

信長様に倣ってはじめた俄仕込《にわかじこ》みの鷹狩りの帰りであった。喉がからからで観音寺《かんのんじ》という寺に寄って茶を所望したのだが、まずは大きな茶碗に温《ぬる》めの茶が溢《あふ》れんばかりになみなみと注がれて供された。作法もなにもあったものではないが、稚児《ちご》としてはやや薹《とう》が立った才槌頭《さいづちあたま》の寺小姓は、俺の渇きを見抜いていたのである。

俺は大きな茶碗の中で揺れる淡い緑色の海を一瞥し、ぐいと口をつけた。薄めではあったが茶の風味はしっかり保たれており、その芳香が口中から鼻腔《びこう》に抜けていき、しかも喉に引っかかることなく一息に飲みほすことができた。このあたりは政所六ヶ畑《まんどころろっぱた》といって、その味わいで名高い政所茶の畑が見あげるような山の斜面に沿うようにして続いている。寺小姓は極上の茶葉を用いて、されどあえて湯を冷まして薄く淹《い》れたと思われる。

ほぼ渇きはおさまったが、たっぷり汗をかいたのでまだ物足りない。あえて寺小姓の目を見ずに短く命じた。

「もう一服、所望」

ごく普通の大きさの茶碗に半分ほど、吹いて冷ます気遣いのいらぬくらいの熱さと淹れ方で二杯目が供され、喉の渇きが完全に癒されるのと同時に、その押しつけがましさのない味わいに肩から力が抜けた。

「もう、一服」

あえて軽い口調で呟くように言ってみた。異なかたちの頭が目立つ寺小姓は、生真面目な顔でさがり、やや時間をかけて三杯目をもってきた。

ごくごくちいさな、けれどこの寺で一番大切にされていると思われる茶碗に、ごく少量の熱く濃い茶が精一杯、己を主張するかのように湯気をあげ、その湯気の奥の濃緑の艶姿《あですがた》を俺から微妙に隠している。

　ふうふう吹くと、くらくらしそうなくらいに茶の香りが立ち昇る。その瞬間、俺の眼前が鮮やかな緑に染まったほどである。極上の茶を極めて濃く熱く淹れて、苦みまでをも含んだ茶の精気香気をとことん味わわせようという心遣いであった。

　堪能《たんのう》して、やや腑抜《ふぬ》けとなった。とろりとした目つきであったと思う。寺小姓に問いかけた。

「歳は」

「十七になりました」

「寺小姓で十七。そろそろ居づらい気配ではないか」

　暗に住職の夜の相手をするには歳がゆきすぎてしまっているだろうと囁くと、寺小姓はちいさな溜息を隠さなかった。

「それぞれに旨い茶を三杯も飲ませてもらった。満足した。されば三杯分、即ちおまえの父と兄もまとめて面倒を見よう。だから俺の小姓になれ」

　雑な言葉で誘うとぱっと顔を輝かせたが、即答せずに黒眼を左上に向けてしばし思案した。思慮深さが伝わってきた。黙って見つめていると、深々と頭を下げてきた。

　石田三成《いしだみつなり》との出会いである。

　観音寺は三成の生まれ故郷の石田村がごく近い。三成の父、正継《まさつぐ》の博識ぶりは近在でもつとに有名であり、和歌も巧みにこなすという。地侍としては出色の人物と聞いた。その倅たちも聡明至極との評判だったが、とりわけ次男の三成は寺小姓にしておくのがもったいないとの噂であった。

もちろん鷹狩りにかこつけて観音寺を訪れたのである。優れた人材を見いだすためならば、なんでもすると俺は決めたのだ。が、三成は俺の見込み以上の男であった。

長浜に移ってから、三成だけでなく大谷吉継《おおたによしつぐ》、片桐且元《かたぎりかつもと》と貞隆《さだたか》の兄弟、脇坂安治《わきざかやすはる》といった抽んでた者たちを長浜城に迎え入れることができた。決して城に居着いていられるような情況ではなかったのだが、折々に有能な者たちを求めて彷徨《さまよ》った甲斐《かい》があったというものである。

＊

前述のとおり、東奔西走の日々である。ますます忙しく、慌ただしく、いよいよ長浜の城でのんびり構えている暇など欠片もなくなってきた。羽柴改名の折の、あの憂鬱に沈んでなにも愉しめない冥《くら》い境地が俺の心の奥底に潜んでいることを自覚しているから、あの鬱々が表に貌をださぬよう注意深く己の心を見つめるようにしている。

気持ちが沈んで、これはやばなことと相成りそうだというときは、小一郎に縋《すが》ることにしている。小一郎は別段、俺を励ましもしない。気張れ頑張れとも言わない。ま、誰だって塞《ふさ》ぎたくなることはあるから――と頷いて黙って俺の話を聞いてくれる。

たったこれだけのことで気が晴れて、誰よりも精力的に駆けまわることができるようになるのだから、じつに単純な仕組みで俺は動いているような気もする。

さて、俺の領地における門徒衆の懐柔《かいじゅう》はそれなりに功を奏して沈静していたが、あれよあれよという間に、越前が隣国である加賀《かが》と同様、門徒が支配する一揆持ちの国と化してしまった。越前には本願寺《ほんがんじ》の八世蓮如《れんにょ》がひらいた吉崎《よしざき》道場があって、加賀と並んで北陸ではもっとも真宗門徒の力が絶大な土地であったのだ。

越前朝倉氏を滅ぼしてから信長様が越前支配のためにつくりあげた体制は、己の譜代の部将、たとえば丹羽長秀を据えるといったことをせずに、あえて朝倉旧臣の前波吉継《まえばよしつぐ》を越前の守護代に任ずるという遣《や》り口であった。義景の首をもってきて信長様に降った朝倉景鏡らには本領安堵、および新知行の宛行《あてがい》があった。朝倉の一族衆ではない前波吉継に越前をまかせたのは、景鏡らよりも一年ほど早くから信長様に降っていたからである。加えて義景に切腹を迫って己が生き延びた景鏡に対して信長様はあまりよい感情を持っていないのである。

が、そういったことを差《さ》し措《お》いて、あえて越前に朝倉残党を温存した理由は、一向一揆対策であった。

即ち、武田氏の美濃、遠江《とおとうみ》への動きに対応することが信長様の喫緊《きっきん》の課題であり、さらには二度攻撃してことごとく敗退し、尋常でない痛手を信長様に与えてきた長島の一向一揆もゆるがせにできず、越前に兵力を割くことがなかなかに難しい情況だったのだ。

滅ぼされる前の朝倉氏は一向一揆の門徒たちに迎合とまではいわぬにせよ、巧みに歩調を合わせて領国経営を行ってきたので、朝倉残党を一揆勢の抑えに使うことにしたのは理に適っていた。

加えて、さしあたり越前の門徒たちは近江にまで攻勢をかけることはないだろうとの判断もあった。ならば、いまは死をも厭《いと》わぬこの者たちをなるべく鎮めておこう、刺激せずにおこうということである。

が、なにしろもともとは敵だった朝倉残党に越前をまかせているわけで、じつに不安定であった。ゆえに信長様は俺と若狭《わかさ》支配をまかせた丹羽長秀に常時、越前を見張るように命じたのである。

監視せねばならぬ越前の支配体制崩壊は早かった。朝倉旧臣同士が対立し、争い、府中《ふちゅう》の富《とみ》田長繁《たながしげ》が一向一揆を味方につけて前波吉継の一乗谷の守護館を急襲し、殺してしまったのである。

富田長繁は、信長様に対して前波吉継の後継として越前守護代の地位に就きたいと望んだが、面倒を起こしておいて、それが許されるはずもない。まことの阿房《あほう》である。そればかりか富田長繁は朝倉旧臣の中でも孤立してしまい、いよいよ越前は乱れはじめた。

これを機と見た顕如《けんにょ》が動いた。大坂《おおさか》より越前の門徒たちに命令を下して富田長繁を襲わせ、殺してしまったのだ。それればかりか顕如が隣国、加賀から越前に派遣した一揆主戦派頭目の坊官、七里頼周《しちりよりちか》の指揮は的確で、勢いに乗って朝倉景鏡さえも滅ぼしてしまい、加賀に次いで越前まで一揆持ちの国にしてしまったというわけである。

苦笑いしてしまうのは、一揆持ちになったはいいが、本願寺から派遣された坊主たちと在地の坊主が対立し、さらには坊主と百姓門徒たちが争いはじめたことだ。その所行は、偉そうな能書きとは裏腹に所詮、生臭い現世利益に凝り固まった衆愚《しゅうぐ》たちのそれである。

本願寺から派遣された坊主たちは田舎者を嘲るがごとく在地の坊主を蔑《ないがし》ろにし、在地の坊主共はそれに烈しく反撥《はんぱつ》し、また本願寺からの坊主も在地の坊主も一揆で戦うことをはじめとして門徒百姓に血を絞りとるような負担ばかりを強いてきたのだが、一揆持ちになったとたんに領主気取り、さらなる無理を強《し》いるようになったのである。

この複雑きわまりない三者の対立の芽は端から仕込まれていたといってよい。なにしろ坊主という奴、信心を利用していままでも百姓を藁屑《わらくず》のように扱ってきたのである。けれど一揆持ちとなり、外からの圧迫がなくなったとたんに矛盾が噴きだした。しかも、口では偉そうなことを吐かしながら、坊主共は常に蓄財に励んできた。信心がすべての末端の百姓たちには、この偽善が許せなかったし、分け前を求めて立ちあがったのだ。

もちろん信長様は、この三者入り乱れた醜い流血沙汰《ざた》を見逃すはずもなく、俺は戦に備えて若狭と丹後《たんご》の船を敦賀郡の立石浦《たていしうら》に着ける手筈《てはず》を整え、朝倉旧臣たちと越前の反真宗寺院には徹底した忠誠を尽くすよう、きつく命じたのであった。

この間、信長様は三度目の長島攻めにて、ついに一揆勢を根絶やしにし、長篠《ながしの》の戦いにて武田軍を完膚《かんぷ》なきまでに打ち破った。こうなればいよいよ越前の一向一揆討伐である。五万超の兵が動員された。

先陣を切ったのは俺と光秀の軍勢である。三角関係の縺《もつ》れで乱れに乱れている門徒共である。撃破するのは、じつに容易《たやす》いことであり、これがあの一揆衆かと拍子抜けするほどであった。

俺と光秀は競い合うようにして破竹の勢いで無数といってよい砦、そして城を攻め落とし、府中を占拠した。逃げ惑う一揆の軍勢は徹底した包囲網により、結局は俺と光秀が固める府中に向かうしかなく、この日の有様を信長様は京に残してきた村井貞勝《むらいさだかつ》に以下のように書き送っている。――案のごとく五百三百ずつ逃げかかり候《そうろう》を、府中町にて千五百ほど首をきり、そのほか近辺にて都合二千余きり候。府中の町は屍骸《しがい》ばかりにて一円あき所なく候。見せたく候。

翌日も、二千を超える首が本陣に届き、さらに翌日も五、六百ほど持ち込まれた。山中谷間ありとあらゆる場所に隠れている一揆勢を狩りだして、もはや勘定もまともにできぬほどだが、生け捕り、殺した者、合わせて四万にも及んだ。

これがどういうことかというと、実際に府中の市街は、首のない屍骸で足の踏み場がなく、荷車などを地面に這《は》わせて掻き集めるようにして屍体をひとところに集めはしたが、それでも歩くのに苦労するほどだった。首を落とす刀は刃毀《はこぼ》れと血脂ですぐに切れなくなって、致し方なしと鋸《のこぎり》のように前後に押し引きしてじわじわと首を落とすので、喉を裂くまでは当然ながら、烈しい悲鳴をあげる。耳鳴りがするほどであった。秋風が吹きはじめてはいたが、数日もすると焼くのが間に合わぬままに放置されて山なした屍骸が腐って青黒くなり、やがて倍ほどにも膨らみはじめ、下手につつけば裂けた肉の奥から嘔吐《おうと》を催す瘴気《しょうき》が放たれ、それは目にもひどく沁みて、誰もが申し合わせたかのように屢叩《しばたた》きながら涙を流していた。

命じただけで実際にこの手で首を落としたわけではないが、俺の人殺しの数はこれにて一気に膨らみ、もはや女や子供の首も見飽きた。まったくどれほどの数の蛆《うじ》の餌を用意してやったことであろう。この一揆勢鏖殺《おうさつ》により、もはや朝倉の残党に越前をまかせる理由もなくなった。信長様は越前を柴田勝家その他に与えた。

＊

翌年七月中旬、信長様から中国経略をまかされ、西国出陣の準備をはじめた。大役ではあるが、只《ただ》ならぬ役目を与えられたものだと、暑さのせいで額に滲んだ汗を手の甲で拭いつつ、じつは小さく途方に暮れた。

播磨《はりま》から西は信長様の威力も届かないのである。じつに心細い。しかも諸情況からすると、途轍もない難事であるにもかかわらず西国に専念していられるかどうかは微妙なところで、中途半端で煮え切らぬまま、長浜と西国その他、行ったり来たり出向いたりを強いられる嫌な予感がするのだ。それもこれも毛利輝元《もうりてるもと》が露骨に信長様に楯突いてきたからである。

中国地方の大半、即ち山陰、山陽十箇国と九州、四国の一部をも領有する一大勢力の毛利輝元が信長様に対する明確な敵として立ちふさがってきたのは、京を追われた足利義昭を迎え、本願寺に兵糧等の支援をはじめたことによる。木津川《きづがわ》河口の戦いでは、織田の水軍は毛利水軍に完膚なきまで叩きのめされ、いや沈められてしまった。本願寺は最強にして最悪の敵であるが、その背後に対毛利までをも勘案せねばならなくなったのだ。

ここから先をはじめる前に、ちいさな声でひとつだけ――。

俺の子が死んだ。

信長様から中国経略を命じられてから、三箇月ほど後であった。三歳だった。

さんざん子胤がないと吹聴しておいて、どういうことかと問い詰められかねぬが、本音を言おう。

俺の実子かどうかは判然としない。生んだ女が俺の子だと言い張るので、そして慥かに十月十日《とつきとおか》ほど前にその女を抱いていたので、なんとなく言い負かされてしまったというのが本音だ。

当初は猿のように赤らんだ生き物と対することに強いぎこちなさ、いや嫌悪に近いものを覚えたが、俺も猿ではないかと思い直し、諸々の負の感情を怺えて差しだした俺の塩嘗《しおな》め指を、秀勝《ひでかつ》がそのちいさなちいさな手でぎゅっと握ってきた瞬間、蕩《とろ》けてしまった。もはや胤のことなど、どうでもよくなってしまった。

舞いあがった俺は城下の者たちに祭りを執り行えと砂金を振る舞ったほどである。この砂金を元手にして長浜八幡宮では四日間、十二台の山車《だし》にて稚児狂言《きょうげん》が興行される盛大な祭りが始まった。

祭りその他、自ら己を追い込んでいったような気がしないでもないが、血のつながりは証しようがないにせよ、俺の子として育てれば、俺の子だ。そう割り切ることができた。実際、秀勝は俺によく懐《なつ》いた。六本目の指が大好きで、生まれた直後と同様に、いつだってぎゅっと握ってくれたものだ。

抱きあげてやって、長浜城内から鳰の海に沈む夕陽を見るのが大好きだった。いつも機嫌のよい子であったが、妙にしんみりした顔をするのである。静まるのである。こんなに幼くても物の哀れを看取するのかと感に堪えぬ思いであった。

その死を知らされたときは、なぜか笑みが泛んだ。

そうか、と頷いて、口をすぼめて、黙りこんだ。それだけである。

小寺孝隆《こでらよしたか》――後の通称、黒田官兵衛《くろだかんべえ》は播磨三大城郭のひとつとして知られる御着《ごちゃく》城の城主、小寺政職《まさもと》に仕えていた。

官兵衛は信長様の戦いを悉《つぶさ》に知り、とりわけ長篠合戦をとことん詳細に解き明かしたらしく、その鉄砲の用い方やあえて粗末に見えるように拵えた馬防柵によって武田の騎馬軍団を誘いこんだこと等々、天下を求め、統《す》べる才ありと感じ入って、小寺政職に信長様に従属するよう強く勧めた。

進言を受けた小寺政職は、官兵衛を信長様のところに派遣することにしたのだが、嬉しいことに官兵衛は信長様に直接、接触する前に俺のところに通じてきた。

官兵衛の噂を耳にしていた俺は、即座に信長様と会う段取りを付けてやったが、あえて信長様に会う前に俺のところにやってきたのだ。俺と対面した官兵衛は口にすべきかどうかしばし逡巡して、なぜか申し訳なさそうに呟いた。

――信長様にお目通り致すのは、あくまでも主君のこれからのためでございます。が、この官兵衛は、誰よりも羽柴秀吉殿にお目にかかりたく馳せ参じました。

俺の眼前で含羞《はにか》んでいる官兵衛から立ち昇っていたのは信じ難い無私であった。好きな男に会いたい。即ち俺に会いたい。会いたいからこそ主君と信長様云々という理由を拵えてまでも会いにきた。他に一切の含みがないのである。

もう居たたまれなくなってしまった。俺にも官兵衛にも衆道《しゅどう》の気はない。されど心と心は惚《ほ》れあっているかのごとくであった。

おそらく俺は知恵深くして、己の慾を抑えることのできる者、即ち俺と正反対の男に弱いのだ。半兵衛以来のことであるが、官兵衛に夢中になってしまった。

小寺政職の使者として信長様に会った官兵衛は中国攻めに関する策を提言したのだが、それが抽んでたもので、感心した信長様は官兵衛に名刀、圧切長谷部《へしきりはせべ》を与えた。俺も喉から手がでるほどに圧切長谷部が慾しいが、所詮は物にすぎぬ。兎にも角にも黒田官兵衛が慾しくてたまらなくなってしまった。

密かに信長様にねだった。小寺政職が従属した暁《あかつき》には、黒田官兵衛を俺にくれ、と。諸般の事情から、まともな数の軍勢さえ与えられずに中国経略、毛利攻めを請け負ったのだから、それくらいの我儘《わがまま》はきいてもらいたいと真っ直ぐ信長様を見つめた。

信長様はじっと俺を見つめかえして、羽柴はいつだっていちばんよいものを攫《さら》っていくなあ、とぼやいた。

いちばんよいもの――それは、そうであろう。圧切長谷部を与えたほどの男である。信長様は勢いよく立ちあがると、俺の背をぽんと叩いて、例によって畳を踏み鳴らして出ていった。

俺には竹中半兵衛という懐刀がいる。銭金では購《あがな》えぬ宝物のような男だ。

だが官兵衛もそれに比肩《ひけん》しうる卓抜なる力をもっている。たとえば英賀《あが》合戦ではわずか五百の兵で、その十倍の毛利軍の五千の兵を相手に勝利した。

「五百対五千。信じ難い」

「はい。本来ならば勝ち目はありますまい」

と、官兵衛は他人事のように頷いた。されど——と一呼吸おいて、相手は播磨灘《なだ》を毛利水軍によって運ばれた兵であることから、長時間船に揺られていたことを勘案し、疲弊しきっていると読んだ、と付け加えた。俺は大きく頷きかえした。

実際、居心地の悪い軍船にぎちぎちに詰めこまれて波浪に弄《もてあそ》ばれるということは、それだけで疲れ果てるものである。まして波濤《はとう》逆巻く播磨灘を抜けて漸《ようよ》う播磨国英賀に至ったのである。船酔いなどしていたら兵としては使い物にならぬ。しっかり地面を踏みしめることができるようになるまで、休息をとるしかない。ゆえに官兵衛は上陸直後の毛利軍に奇襲をかけることとした。

「が、その前に、いささか貧乏臭いのですが手持ちの五百の兵たちの俄作りで、旗印を大量に拵えました。佐々木流《ささきりゅう》の二尊の旗、遠目にはそれなりに見えますでしょうが、雑な手書きでございます」

俺がにやりとすると、官兵衛も照れ笑いを返してきた。

「御賢察のとおり、近在の百姓らに、この旗印を大量に配り、合図と共に掲げるように頼み込んでおいたのです」

両翼より挟みこむかのような官兵衛の奇襲により算を乱した毛利軍であったが、毛利家中においても名将として名高い浦宗勝《うらむねかつ》がおめおめと引きさがるはずもない。奇襲してきた軍勢の数を冷徹に判断し、一気に態勢を立て直そうと兵たちを叱咤《しった》した。

そのときである。海を背にした毛利軍を取り囲むように、大量の旗印が折からの強烈な海風にはためいたのである。

「なまじ名将、としたら浦宗勝も苦虫を嚙み潰したような顔をすることでしょうが」

「それでも、なまじ名将か」

「はい。なまじ名将でございました。百姓たちが流れ矢に当たらぬようせいぜい身を低くして掲げる旗印を、当方の援軍と勝手に思い込み、地面の上にあるのにまだ洋上であるかのように足腰の定まらぬ自軍の兵とその旗印の数を素早く見較べたあげく、歯軋《はぎし》りしながらも撤退を命じたのです」

官兵衛は上月《こうづき》に退却していく敵兵を深追いせずに遣り過ごしたという。なんとも心憎い戦いぶりである。

この英賀合戦の様子を知った俺が進言したことにより、信長様は本気で毛利攻めを決意したようである。中国経略の指揮官に任じられた俺も、官兵衛を得て、これでようやく糸口が摑めたと安堵したものだ。

さて、中国経略をまかされたときに覚えた行ったり来たりせねばならぬという嫌な予感が見事に的中した。信長様が上杉謙信《うえすぎけんしん》に攻められている能登七尾《のとななお》城の救援のため柴田勝家を派遣したのだが、その援軍を命じられたのである。

このころの信長様は四方に敵を抱えて、毛利討伐にそれなりの数を割くどころか、加賀を攻めるにも兵に事欠く始末、仕方なしに西方から周章てて引きかえし、勝家の加賀攻めに加わったわけである。ところが向かっ腹の立つことばかりが押し寄せてきた。

勝家が俺を下賤の者扱いするのである。もちろん俺は下賤の出だ。間違いない。けれど出自を云々するとしたら、俺だって勝家だって信長様だって、先祖の先祖の先祖を辿《たど》っていけば皆、五十歩百歩ではないか。先に運よく旨い汁を吸って肥え太っておいて、その汁を運悪く吸えずに痩せ細っていた者を偉そうに睥睨するのは理不尽である。

俺が信長様に仕えるのは、じつは信長様は口先では俺の出自を揶揄し小莫迦にするのだが、その心根では、諸々どうでもよいと思っているからだ。

家柄だのなんだのは、信長様にとってたまたま幸運であったことの残滓《ざんし》にすぎず、その者の素の力こそがすべてであると悟っているからだ。

天下を目指すとは、じつはそういうことなのだ。

このあたりがわからずに、将軍であるとかの過去の蓄財のごとき権威に頼りきり、縋った者の末路は、俺自身が鬱になるほどに思い知らされている。実力がなければ、権威というものは、やがては風化するのである。脆《もろ》く崩れ去るのだ。

勝家は、要は俺が伸張してきたのが気に喰わないのだ。慥かに勇猛果敢で鳴らした勝家であるが、所詮は戦莫迦。しかも戦をさせると俺のほうが巧かったりするのだからたまらないとは思う。

が、信長様のように度量の大きな人間は、諸々を平然と俺にまかせる。中国経略も、まさにそれである。

四方に敵を抱えて毛利攻めに集中できないならば、あれこれ器用におさめる俺にもっとも対処の難しい中国経略をまかせ、それどころか必要となればこうして呼びもどして加賀攻めに加える。

このような無理を強いられる俺はたまったものではないが、信長様は俺にそれをこなす力があるということを疑わない。ならば俺はそれに応えよう。

勝家は有能ではあるが、自ら遮眼革を装着して、哀れなほどに視界を遮られているのに、真正面しか見えないのを一本気と勘違いしている阿房な馬である。戦い方に出自云々で無意味な差を付けようとする勝家のごとき腐った頭の持ち主とは一緒にやっていけない。いかように信長様に叱責されようとも、この一線は譲れない。

だから援軍を命じられはしたが、俺は勝家という人物と衝突し、見切り、信長様に無断で北国軍援勢から穴《けつ》を捲《まく》り、居城長浜に戻ってしまったのである。信長様は俺を手打ちにするつもりだったようだ。が、本音でぶつかることにしているので、遣り取りのうちに俺の気持ちを悟ってもらえた。

信長様には、勝家がどのような男か、このように言っておいた。――こっちが頃合いをみて、ぽんと調子よく打てば、忘れたころにぎこちなくぽんと打ち返してきます。その打ち返す間が、じつに間延びしていて耐えられませぬ。拍子が合わぬもの、いかんともしがたいと存じます。

さらに、もうひとつ。またもや、まさにまたもやであるが、松永久秀が信長様を裏切ったのである。上杉謙信、そして本願寺と通じて信貴山《しぎさん》城に籠もって反旗を翻したのだ。俺の北国戦線離脱は、じつは松永久秀の謀叛が理由の七割方を占めていたといってもよいくらいであった。

金ヶ崎《かなさき》の陣から撤退する信長様を守り通して京まで送り届けてくれたのは、即ち信長様の命を存えさせたのは、松永久秀である。殿軍《しんがり》を命じられた俺の肩に手をおいて、死ぬなと囁きかけてくれた御方である。

俺と同じ下賤の出でありながら、すべての権威を嘲笑うかのように手玉にとった稀有《けう》な男である。信長様に対してさえも、こうして幾度も平然と裏切って柔らかな笑みを泛べる男である。

俺は松永久秀の生き様を見極めたい。俺に手柄を立てられるのを畏《おそ》れて、直接敵と交わることのない後軍にまわす算段ばかりをする勝家になど関わり合ってはおられぬというのが本音だ。

叱責の場で俺は信長様に率直な言葉で松永久秀についての気持ちをぶつけた。結果、俺は織田信忠《のぶただ》を総大将とする松永久秀討伐に加えられた。

俺の他に光秀、丹羽長秀、佐久間信盛らの軍勢が合わさって、その数は四万超。対して信貴山城に籠城する松永久秀の軍勢は八千ほどにすぎぬが、これだけの大軍勢を差し向けるということは、信長様もいざ松永久秀と戦うとなると侮《あなど》りがたしと思い詰めているということであった。

もはや風の冷たい季節である。現時点でも本願寺顕如からの援軍は当然のこととして、毛利輝元までもが信貴山城に援軍を差し向けるとの報があり、松永久秀が籠城したままこの冬を越してしまえば、上杉謙信が南下、俺たちの軍勢の背後を突くこととなる。松永久秀という老人、強《したた》かに考慮して勝算ありとみて信長様から離叛したのである。

信貴山城攻略は難儀を極めたが、筒井順慶《つついじゅんけい》の謀略により端緒がひらけ、いよいよ松永久秀の命脈も尽きようというときに、信長様は俺を通して使者を立てた。

信長様が俺に託した伝言だが、平蜘蛛《ひらぐも》の釜を献上しさえすれば救命する——という至極簡単なものだった。周囲は、啞然とした。なにせ以前の謀叛のときは刀と脇差で許し、こんどは茶釜で許すというのである。

が、松永久秀は、平蜘蛛のような下手物《げてもの》はもう流行らぬがゆえ、垢抜けぬと笑われるのがおちだから手をだすな——と信長様に伝えろと使者に返し、信貴山城の天主にて自爆した。生まれるのが早すぎた魁《さきがけ》は、己を木《こ》っ端《ぱ》微塵にして果てた。

この世のすべてを嘲笑うかの松永久秀の最期を見届けた俺は、その足で中国経略の拠点である姫路《ひめじ》城にもどった。板葺《いたぶ》きの居館の周囲を堀と土塁で囲んだちいさな城である。されど俺の播磨攻めには必須の城であった。しかも姫路城は官兵衛の居城であった。

官兵衛が俺についてくれたおかげで、そして姫路城に入る以前から調略を重ねてきたこともあり、播磨攻略は楽に進んだ。いや、楽をしたわけではない。俺は連日播磨国中を駆けまわり、国衆と遣り取りをし、人質を集めた。その甲斐あって難敵と目されていた三木《みき》城の別所長治《べっしょながはる》も信長様についた。

わずか半月で播磨平定をほぼ成し遂げて、それを信長様に報告し、勢いをかって播磨の北、隣国の但馬《たじま》へも兵を進ませた。

但馬の守護は有子《ありこ》山城主、山名韶熙《やまなあきひろ》である。この男は毛利と和睦を結ぶ一方、信長様にも謁見しているという不明瞭な態度で、けれどいざ態度をあきらかにせよと迫ったこの時点において山名の力は見窄《みすぼ》らしく衰えており、その配下の四天王と呼ばれる者たちが但馬国内に割拠し、覇を競っていた。

もはや山名韶熙と遣り合っても無意味であると悟り、四天王を徹底的に攻めた。岩洲《いわす》城を落とし、竹田《たけだ》城を攻めた。落城した竹田城には小一郎改め秀長を入れた。但馬平定の真の目的は、有数の銀山として知られる生野《いくの》銀山をものにすることである。

俺は西播磨に兵を移し、備前《びぜん》の宇喜多《うきた》氏属城の上月城と福原《ふくはら》城を攻めることにした。宇喜多直家《なおいえ》は毛利に従っているから、この両城は毛利の最前線といってよい。いよいよ毛利方との戦いである。

福原城攻略を竹中半兵衛と官兵衛にまかせ、俺は一万五千ほどの兵で赤松政範《あかまつまさのり》の上月城を攻めた。七日間ほどの攻めで、上月城は敗色が濃厚になり、赤松政範はまず妻を刺殺し、一族郎党と共に自害して果てた。赤松政範は己の介錯《かいしゃく》をまかせた家臣に『俺の首をもって降伏せよ。降伏を許さぬならば、謀略をもって即刻、筑前を討つべし』と命じたという。

城兵が赤松政範の首をもって恭《うやうや》しく降伏してきたが、内通者より、謀略をもって筑前を討つべしと吐かしたことを知っていたから、城兵すべての首を刎《は》ねた。

さらに城内の女子供をすべて捕らえ、播磨と備前、美作《みまさか》の三国の国境まで連れていき、女は磔にかけ、子供は串刺しにして、その屍骸を路傍に並べてやった。その数、二百を超えたが、兵だけでなく女子供まで鏖《みなごろし》、それを皆が行き交う国境に曝したので道行く者たちは震えあがった。

もちろんこれは越前の一揆衆に対する信長様の遣り口から学んだもので、平定には恐怖が最良であるということ、なおかつ信長様につくか毛利につくか態度をあきらかにせぬ近在の敵共を威嚇したのである。

落とした上月城には尼子勝久《あまごかつひさ》と山中鹿介《やまなかしかのすけ》を入れ、対毛利の最前線とした。

20

半兵衛が、死んだ。

官兵衛が助けだされた。

俺は横目で官兵衛の頭を見る。あれほど黒々と豊かだった髪が、たかだか一年で見事に禿げあがってしまっていた。鬢《びん》には白いものが目立つ。軀が左側に大きく傾《かし》いでしまっている。ずっ、ずっ、ずっ――引きずる左足が境内《けいだい》の玉砂利《たまじゃり》を抉《えぐ》り、強弱のある切ない一筋の線を描く。

「杖がいるなあ」

「そうですなあ」

「見繕ってやろうか。由緒あるやつ」

「由緒ある杖。どのような」

「さて――」

ちらと見交わして、お互いに忍び笑いを洩らす。俺も東美濃の平定に奔走していたときに大沢《おおさわ》次郎左衛門《じろうざえもん》に人質にとられて宇留馬《うるま》城内の牢に入れられていたことがある。上島主水《うわじまもんど》の尽力がなければ命をなくしていたかもしれない。気が狂っていたかもしれない。

牢とは過酷なものだ。薄暗がりのなかに閉ざされているうちに独り言ばかりするようになり、鬱憤《うっぷん》ばかりがたまっていく。ときに癇癪《かんしゃく》を破裂させそうになるが、その癇癪をぶつける相手がいない。空腹はもちろん水を飲むのさえ不自由し、風呂に入れるわけでもないから軀のあちこちに不具合がでる。まずは尻の穴である。汚れているうえに便通が悪くなり、肥桶に跨がって無理に息めば簡単に裂ける。裂ければじくじく膿《う》みはじめる。といった具合に負が連鎖して、どんどん軀と心が蝕《むしば》まれていく。底冷えするくせに湿気が多い。骨身にこたえるとはよくいったもので、あのときの息をするのも厭になる凍《こご》えと得体の知れぬ苦痛がふとした瞬間によみがえり、鳥肌が立つ。実行にこそ移さなかったが、自死したら楽になれるだろうと死ぬことばかり想い描いていたものだ。人はすることがないということに耐えられないようにできているのである。天下、天下と念仏のように唱えて、かろうじて凌《しの》ぎきった。

「俺は石張りだったが、土牢か」

「牢というのも烏滸《おこ》がましい、地面に穴を掘っただけの急拵えの、しゃがんでしまったら立ちあがることも叶わぬ、いわば責めの道具のような代物《しろもの》でした」

思わず背後を振り返ると、官兵衛もあわせて後ろを見た。俺と官兵衛は仏塔の陰から玉砂利に延々と刻まれた線を一瞥する。大気が乾ききっているので玉砂利の表面は白がまさった灰色だが、官兵衛が左足を引きずることによって抉られたその痕は濡れた黒々とした色が露わになっている。立つこともできぬ縦穴に抛《ほう》り込まれた代償がこの一筋の抉れである。顔を正面にもどす。

「いわば棺桶《かんおけ》。なにせ頭上ぎりぎりに鉄格子で蓋《ふた》をされ、膝を抱えた恰好《かっこう》でしゃがみ込んだまま身動きできぬという——」

官兵衛は苦笑いを泛べて言葉を途中で呑んでしまった。土牢は有岡城《ありおか》の乾《いぬい》の方角に掘られていて背後には底なしと称される瘴気《しょうき》漂う沼が拡がり、それ以外の三方は昼なお冥い竹林で、有岡城の落城は霜月《しもつき》であったが、栗山利安《くりやまとしやす》らが官兵衛を助けだしたとき、あろうことかまだ藪蚊《やぶか》が弱々しくはあったがまとわりついてきたという。

「雨が降れば」

雨水が流れこむか——ということを端折《はしょ》って短く問うと、短く返してきた。

「溜まります」

「そのとき、息は」

「たいがいの雨は、腰の上あたりまでといったところ。ゆえにその冷たさはともかく、身の危険を覚えることはありませんでしたが、大雨のときにはじわじわ迫《せ》りあがってきて、胸、首、顔と雨水に没してしまうこともありました。そんなときは鉄格子に摑《つか》まって口を地面に突きだすという——」

ふっと息をつく。

「豪雨でいよいよというときは、番人が搔《か》きだすのですが、そのときだけは手枷足枷《てかせあしかせ》で牢から出されるので軀を伸ばせました」

「が、手枷足枷ではなあ」

「いや、それでも雨粒の爆《は》ぜる地面に横たわって手足を伸ばすのは、極楽でした」

助けだされたとき以来、官兵衛はひどく皮膚を病んでいる。痒みを覚えたのだろう。瘡蓋《かさぶた》の残る頬を搔きむしらぬよう、爪を立てずに指先でさする。

「竹林ゆえ、竹が無数に根をのばし、張り詰めるので、雨水がいっぱいになっても穴が崩れるということもなく案外頑丈でしたが、じわじわ伸びてくる竹の根に犯されるような怖さがありました」

あまりの苛烈さに啞然としてはいるが、あえてとぼけた顔つきで腕組みなどしてもっともらしく言う。

「竹の根は、一年で四間半伸びるというからなあ」

「あれは真《まこと》でございますな。穴を掘ったときに切断された根に酔狂にも目印を付け、折々に抓みあげてどれだけ育ったかを確かめたのですが、いやはや拙者の四、五人分の背丈ほども伸びておりましたからな。当初は土牢なれど、助けだされたときは無数の節だらけの竹の根で編まれた竹籠牢でござった。全身を竹の根に絡めとられて死するのではと、怖気立ったものです」

肘の内側の疥癬を撫でさするようにして痒みをなだめつつ、官兵衛は続ける。

「根も不気味ではありましたが、竹林というもの、あまり陽射しが届かず、常に薄暗いのが憂鬱でした。雲の多い日などは時の経過がわからず、苛立ちもしました」

時の拷問とでもいおうか。独り、牢に放置されていると己の鼓動ばかりが耳鳴りのように響きはじめ、やがて呻《うめ》き、喘《あえ》ぎ、あげく叫び声をあげそうになる。

「俺も宇留馬城内の牢に入れられていたときは、兎にも角にも時を持て余して身悶えしたなあ。されど官兵衛は身悶えもできぬ境遇だったんだからなあ」

述懐と共に、首を左右に振っていた。溜息まじりに続ける。

「押しつけられた匹如身《するすみ》とでもいうか、あまりに居たたまれず、寂しさのあまり鼠《ねずみ》に名をつけて語りかけたりしていたが」

官兵衛はしばらく黙っていたが、その頬になんともいえぬ笑みを泛べた。

「みじめなことにその狭さゆえ鼠さえも嘲り避ける無粋な穴でした。そこで拙者は、土の中から引っ張りだした蚯蚓《みみず》に」

「名を付けたか」

「はい。いま思い返せば笑止。が、あのときは掌《てのひら》にのせた蚯蚓がくねるのをいとおしんで語りかけて無聊《ぶりょう》を慰めておりました」

「蚯蚓の名は」

「――惠那《えな》」

「女人か」

「よき女陰《ほと》を譬《たと》えて、蚯蚓を洗う幾千本などと称し、蚯蚓千匹とも申しますな。儚《はかな》い追憶に耽《ふけ》っておりました」

「――官兵衛」

「はい」

「剛毅なものよ」

「いや、相当に情けなく無様な有様」

お互いに含み笑いが泛んだ。深刻なときほど笑う。事が深刻であるからこそ、笑うしかない。

官兵衛は禿げあがってしまった頭を額から後頭部に向かって撫であげて、ちいさく息をつくと続けた。

「軀を伸ばせぬということ、あれほどまでに苦痛であるとは思いもよらず、助けだされてしばらくは歩むことはおろか立つこともできず、有馬の湯にて縮みきった足を伸ばすのに十日ほどもかかりましたか。牢内にてほぼ立て膝の右足は斯様に動かせるようにもなりましたが、あの茶色い湯の効験をもってしても臀《しり》の下に敷いていた左足は三寸ほど寸足らずのままと相成りました」

俺が酸っぱい顔つきをしていたのだろう、官兵衛はさらっと言ってのけた。

「苦労話というものは、どうしても自慢のいろが、吹き語り臭さがにじみますな」

「――その苦労話が聞きたい」

「何故」

「単に知りたいという下世話な思いだ」

官兵衛は柔らかく笑んだ。

「己の糞と小便ほど始末に負えぬものはございませぬ」

「垂れ流しか」

「然様。十日もすると己の糞尿の上になかばめり込んで座す始末。己の糞に湧いた蛆に咬まれるのは腹立たしいやら情けないやら。なによりも竹の根に滋養を与えているかの気分で、実際に竹の根が蔓延りだしてからは、糞尿が見るみるうちに減っていくのですから、竹とはいえ、まこと命とは凄まじいもの。ならば拙者もそう簡単にはくたばらぬとの思いを新たにしたものです」

「元来備え付けというのもおかしな物言いだが、有岡城にも牢はあったろうに、荒木村重《あらきむらしげ》は何故に地に穴を掘り、身動きさせぬというそのような責めじみた扱いに及んだか」

「稚気というには微妙ではありますが、不思議なかわいげのある男。ゆえに村重と拙者は以前から馬が合うというか、それなりに親交を結んでおりましたからな」

申し訳なさがにじんでしまっているであろう上目遣いで官兵衛を見つめる。

「かわいげか――。だからこそ村重が程よいところで身を翻すきっかけになればとな、俺は村重と親しい官兵衛を恃《たの》み、調略をまかせたわけだが」

「拙者もせいぜい村重に矛《ほこ》を納めるよう説得いたしたのです。そうすることがもっとも無難と申しましょうか、すべてを勘案すれば、それが一番と口説《くど》いたのです」

俺が頷くと、官兵衛も大きく頷いた。

「が、反対に村重は拙者を寝返らせて自軍に迎え入れようと、当初は下にもおかぬ持《も》て成《な》しぶり。まさに必死に拙者を口説きかえすわけです」

「――村重の気持ちもわからんでもない。官兵衛が味方についてくれたら百人、いや万人力だ」

「買い被りでございます。ともあれ潔《いさぎよ》く投降してしまえと村重を掻き口説いたのです。そうせねば一族が皆殺しになると。投降しさえすれば拙者が上様に掛け合うがゆえ、絶対に悪いようにはしないと。上様はおまえの愛敬をことのほか好まれておられるから、松永弾正《まつながだんじょう》殿のような扱いが望めると。されど謀叛《むほん》のまま突っ走れば、かわいさ余って憎さ百倍。最悪の結果がもたらされる、と」

俺は溜息を呑みこみ、頰を両手ではさみこんで地面を見つめる。信長様の遣り口は、情け容赦なく徹底している。間違いなく荒木村重の一族はこの世から消え去る。

「が、村重はなにがなんでも拙者に寝返ってくれと哀願し、拙者が村重につくことを拒むと逆上し、なんとか翻意させようと」

「土牢を掘った」

「然様。あとは村重との根比べと申しましょうか、筑前殿が助けに来てくれるまで、なんとか生き抜くのみと――」

「播磨三木城攻めにかかりきり、官兵衛のことはついつい後手後手にまわってしまった。すまなく思っている」

「なんの。姫路の城で久々に御対面した折、筑前殿は号泣なされた。すまん、と涙を流してくださった。そのとたんに、あの責め苦のすべてが霧散いたしました。あのときは座ることはおろか満足に口をきくことも叶わず、横たわったままという為体。己の衰えと無様を深く恥じたものでございます」

「逆にな、弱って横たえられていたから、官兵衛の足がそのような有様となっていることに思い至らず、今日、こうして会って、いささか愕然《がくぜん》とした」

信長様は有岡の城を、まさに蟻《あり》の這いでる隙間もないほどに完璧に包囲していた。ゆえに焦らずに待ちさえすれば城方は力尽きるであろうという思惑から、この三月から五月まで摂津《せっつ》の陣にいたが、なにをしていたかといえば箕面《みのお》の滝などを訪れ、あるいは鷹狩りと遊興三昧であった。

東方の武田、北陸の上杉はもはや過去の難敵にすぎず、毛利氏のみに気配りしておればよいという情況に、はっきり言ってしまうが信長様はいささかだらけていたし、俺がいかに執り成そうが官兵衛が裏切って荒木村重に内通したと熱《いき》りたって断定し、聞く耳を一切もたなかった。その様は固陋《ころう》といってよいほどで、結果、救い出すのが遅れて、この有様である。胸中の憤《いきどお》りを吐きだすがごとく、訴える。

「上様は短気すぎる。報せが途絶えたとたんに、即座に官兵衛が裏切ったと極め付けて、俺の言うことにまったく耳を貸そうとしなかった」

「いや、このように人知れず幽閉されてしまって帰還しなければ、誰だって返り忠と判じることでございましょう」

深い溜息が洩れた。奥歯を嚙みしめる。幾万の兵を投入してでも、官兵衛を救い出したかった。鬱憤を抑えこんで風雪に磨かれてすっかり角を丸くした供養塔《くようとう》を振り返り、延々と続く一筋の線を目でなぞって官兵衛の足許《あしもと》に至る。

寺の縁側に座るように促し、お互いに申し合わせたように白い息を吐いて、築地塀《ついじ》に追いやられて北風に躍らされる枯葉を見やる。ややあいだをおいて、消え入りそうな声で官兵衛が呟いた。

「拙者のこの身のことはどうでもよいのですが、松寿《しょうじゅ》が不憫で——」

官兵衛は俯いてしまった。ひたすら耐えて口にせずにいたのである。

やはり顔を合わせたときに即座に告げるべきであったとの後悔の念が湧いた。俺自身、当然ながら松寿丸のことを言おうと思っていたのだが、官兵衛の姿のあまりの変わりように驚愕したあげく、話が土牢のことばかりになってしまった。

松寿丸は官兵衛の嫡男で、官兵衛が信長様に伺候《しこう》した折、人質として俺のところに、つまり長浜城にあずけられていた。悧発《りはつ》だが、それに優る愛くるしさがあり、寧々など我が子のようにいとおしんでいたのだが、官兵衛が村重方に寝返ったと見なした信長様が処刑せよと命じたのである。

「すまぬ。早々に告げるべきであったが」

「いえ。土牢の中にて覚悟は決めておりました。未練を口にした弱さをお笑いくだされ」

「いや、その」

俺が狼狽えているると見てとったのだろう、官兵衛は深々と頭を下げてきた。

「もう、なにも仰有《おっしゃ》るな」

「だからな、松寿丸は生きている。生きているのだ」

下げた頭がぐいと上がった。俺をまじまじと見つめている。いささか大仰な笑みと共に大きく頷きかえした。

「上様が処刑を命じたとき、俺は必死で止めに入ったのだが、そこについと進みでたのが竹中半兵衛であった。ひどく冷徹な眼差しでな、その役目、手前がつかまつる――と慇懃《いんぎん》に松寿丸を受けとって、啞然とする俺に言葉を差し挟む余地さえ与えずに、独断でまずは長浜城にもどし、さらに密かに自分の菩提山城《ぼだいやま》に移したのだ」

息子が生きている——。

官兵衛の口が開いたままになってしまっていた。瞬《まばた》きも忘れている。やがて、祈るように手を組み合わせて幾度も首を縦に振った。合わせて俺も官兵衛に向かって幾度も頷きかけ、事の顛末《てんまつ》を語る。

「けれど松寿丸が生きているということが露見すれば、こんどは上様が手ずから首を落としかねぬから、半兵衛は己の家臣たちにさえ知られることを避け、思案を重ね、松寿丸を女装させて於《お》松《まつ》と名乗らせ、もっとも信頼し重用している不破矢足《ふわやたり》の屋敷が菩提山城から離れた五明《ごみょう》にあることに目を付け、矢足には一命を擲《なげう》っても守り抜くべしと命じて松寿丸を匿《かくま》っておったのだ」

「松寿が生きている——」

「真っ先に告げるべきであったが、そして、そのつもりであったが、官兵衛の変わり様が凄まじかったのでな、ついつい土牢の話ばかりになってしまった」

「そうですか。半兵衛殿が——」

安堵の息であろう、官兵衛の口から細く長く放たれた白い息を見やりつつ、言う。

「この官兵衛の姿を見れば、上様も納得なされるであろう。裏切り云々で青筋立てたことを恥じるであろう。松寿丸を匿ったことにお咎《とが》めがあろうはずもない。実際に、もうお許しはでておる」

「半兵衛殿の独断と仰有ったか」

「そのとおり。じつは、ついこの間まで俺も松寿丸は、その——」

「首を落とされた、と」

「ああ。信じ込んでいた」

「半兵衛殿は上様に逆らってまで」

「まったく、あの嫋《たお》やかといっては語弊があるが、あの物腰のどこにそのような強靱《きょうじん》なものが潜んでおるのか」

官兵衛の両の拳がきつく握りしめられた。迫りあがる思いを抑えこんでいるのが伝わった。震え声で言った。

「松寿の命を救ってくださったことも然りながら、なによりも上様までもが拙者が裏切ったと思い込んでおられたときに、ただただ拙者を信じてくださったこと、感激のあまり、もはや言葉もございませぬ」

「半兵衛の人を見る目の慥かさは、較べるものとてない」

「はい。なにをさておいても半兵衛殿に礼を申しあげなければ」

「うん」

「どうなされた」

「うん」

煮え切らぬ俺の顔を官兵衛が覗きこんできた。俺は柄にもなくにじんでしまった涙を指先で刮げた。

「半兵衛はな、死んだ」

「死んだ――」

「半年ほど前だ。労咳《ろうがい》で、六月の十三日に身罷《みまか》った」

奥歯を嚙みしめる。手を叩いて小坊主を呼び、半兵衛から官兵衛にわたしてくれと頼まれていた形見を持ってこさせる。

「三木城攻めのさなかに烈しく血を吐いて、これはいかんと京にて養生させたのだが、勝手に三木平井山《ひらいやま》の本陣にもどってきてしまってな。幾ら諫《いさ》めても言うことを聞かぬばかりか、武士ならば戦場で死ぬが当然と吐かしおって居つき、あの薄笑いを泛べたまま、静かにくたばったわ」

俯いたまま、付け加える。

「武士ならば戦場で死ぬが当然――この俺を諭すがごとくであった」

官兵衛は半兵衛の形見分けの軍配と軍扇を凝視したまま、身じろぎもしない。

「正直に言うが、俺も官兵衛を疑わなかったといえば嘘になる。が、半兵衛は官兵衛を信じて露《つゆ》ほども疑わなかった。つまり半兵衛は官兵衛が土牢に入れられていたさなかに、己の軍配と軍扇を俺にあずけてな、形見としてな、わたしてくれとな――」

官兵衛は下唇を咬んで黙っている。俺も口を噤《つぐ》んだ。官兵衛が手にしている軍扇は長さ一尺二寸で骨は黒漆塗りの十二本、要は金の鵐目《しとどめ》と、規矩《きく》に則った見事なものであり、使い込まれた軍配団扇は円形、革の二枚張りにて柄は鉄芯であった。

「松寿のこと、上様には」

「うん。まずは官兵衛がこの一年あまりの幽閉に耐え抜いたことを告げたとき、松寿丸のことが念頭に泛んだのであろう、大層不明であった——と悔やまれた。が、半兵衛の機転により、生きているると伝えたとたんに手を打って喜ばれた」

だいぶ陰ってきた。底冷えする。姫路城にもどろうと声をかけて、恐縮する官兵衛を輿《こし》に乗せる。姫道山《ひめじやま》の寺をあとにして腕組みなどして傍らをゆるゆる行きながら、もうひとつ、言い難いことを口にする。

「幸徳《こうとく》と申してな、半兵衛は松寿丸の当座の相手をさせるために小坊主を付けた。これが舞いを能くする小坊主とのことで、松寿丸とは即座に打ちとけ、昵懇《じっこん》であったという」

「されば、その幸徳にも礼をせねばなりませぬな」

「それがな——」

「如何なされた」

「死んだ」

「——まさか」

「その、まさかだ」

「そんな」

「上様は執拗な御方だからな。松寿丸の首実検をお求めになってな。致し方なく半兵衛自ら年恰好もおなじ幸徳の首を落とした」

半兵衛が幸徳の首を持参したとき、信長様は身代わりのちいさな首を一瞥し、鞠庭《まりにわ》に持ち込みて蹴鞠に使え、という詰まらない冗談を口にして大欠伸《おおあくび》したという。

俺は諸々の思いを振り棄てて、輿の上で俯いている官兵衛に言った。
「よくぞ耐えた。よくぞ生き抜いた」

*

中国経略だが、播磨平定は官兵衛の調略のおかげもあってじつに順調に進んでほぼ完了といったあたりまで詰めたのだが、あっさり引っ繰り返されてしまった。三木城城主、別所長治が毛利氏に通じて信長様から離叛してしまったのである。とたんに俺に従っていた播磨の国人衆が掌をかえすがごとく離叛し、蜂起してしまったのだ。

いよいよ毛利氏との戦いであると下肚《したばら》に力を入れた瞬間に、じつに大きな痛手といおうか、好事魔多しとはよくいったもので、すべてが水泡に帰してしまったばかりか、別所長治以下東播磨の国人衆と毛利勢に挟みこまれるかたちとなり、いわば孤立無援、西と東の両面作戦を強いられることとなってしまったのだから、たまらない。

しかも狙い澄ましたかのごとく毛利の大軍が播磨に侵入し、上月城を囲んでしまった。なんとか救援せねばと動き、京まで出向いて指示を仰いだが、信長様は上月城を見棄てる決定をくだし、尼子勝久と山中鹿介は見殺しにされた。そのときの落胆たるや、尋常でなかった。まこと世の中は己の思い通りには動かぬものである。

それでも半兵衛の助言により三木城を包囲し、あわせて播磨国のあちこちに立ち昇る焦臭《きなくさ》い煙のもとをひとつひとつ消していったのだが、さらなる危難が押し寄せてきた。

　摂津有岡城の荒木村重が信長様に反旗を翻したのである。これには腰が抜けるほどに驚かされ、心底からまいってしまった。なにせ村重の軍勢は俺と光秀が率いる軍勢と同等の力があるのだ。安易に攻めるわけにもいかず途方に暮れ、頭を抱えた。ようやく対毛利の突破口をつくったというのに播磨の別所、丹波《たんば》の波多野《はたの》、そして大坂本願寺、そこに荒木村重が加わって、丹波から摂津にかけてを巨大なる壁でふさがれてしまったのだ。

　そこで一肌脱いでくれたのが、官兵衛であった。荒木村重に矛を納めさせるため単身、有岡城に入ったのである。

　なにせ、弁舌にて宥《なだ》め賺《すか》して無用な争いを避け、播磨の国人衆の平定をほぼ成し遂げてくれた立役者である。村重謀叛は想定もしていなかった最悪の出来事ゆえ、事を構えれば当方の兵力も大打撃を受けるばかりか、下手をすれば敗走である。ゆえに官兵衛にすべてをまかせるしかなかったのだ。

　だが官兵衛はもどらなかった。結果、信長様は官兵衛が裏切ったと熱りたち、俺がいかに官兵衛を擁護しようとも聞き入れず、松寿丸の首を求め、当の官兵衛は土牢に一年ほど幽閉され、片足を引きずるようになってしまったというわけだ。

　官兵衛が土牢から解放される半年ほど前、竹中半兵衛が死んだ。享年三十六の短い生涯であった。信長様は前述の通り、官兵衛が裏切ったと青筋を立て、唾を飛ばして詰《なじ》りまくった。俺も官兵衛は殺されてしまったのか、あるいはやはり裏切ってしまったのだろうかと心中、溜息まじりに俯いていた。そんなときに半兵衛だけが官兵衛を信じ抜いて、その死に際して形見として軍配と軍扇を俺にあずけたのである。

半兵衛は幽鬼のごとく痩せ細り、ときに血を吐き、まともに立てぬほどに消耗しながらも、川と高地に囲まれた要害である三木城をいかに攻略するかを次々に教示してくれ、ひたすら軍略を授けてくれた。

別所長治離叛との報が入ると、即座に三木城周辺の田畑を焼き払い、稲その他を刈りとり、そればかりか大坂の商人に声がけして米などの買い占めを指示してくれた。

単に作物を焼くだけではだめなのだ。通常の倍ほどの価格にて目先の慾に訴えかけ、囲んだ城の周辺の者が備蓄している米などを吐きださせ、流通そのものをなくしてしまわねばならないのである。肝心の物がなければ、城方の忍びが食料調達に暗躍しても無駄であるということだ。

さらに三木城の周囲に付城を四十以上も構築し、さらに付城と付城のあいだに土塁を築いて遮断し、三木城を完全に孤立させて兵糧や兵を一切城内に運ばせぬ算段を徹底し、あとはじっくり待つのみ――とあの柔らかな笑みを泛べて頷いたものである。

城を力攻めするには、守る側の三倍の兵力が必要であるという。が、なにしろ東西から挟撃されているのであるから、俺のもっている兵力では力攻めなどとうてい無理である。攻めるべき城を陣城にて包囲し糧道を断つなどして孤立させる陣城戦法は、佐和山《さわやま》の城攻めなどでみせたように信長様が得意とするところではあったが、米作物の買い占めにまでは思いが及ばなかった。半兵衛は己の死期を早めてまでも食攻《じきぜ》めの肝要を俺に説いてくれたのである。

　その死の晩、半兵衛は烈しい喀血《かっけつ》を陣羽織で俺の目から隠し、ゆるゆると上体を起こした。羸《るい》瘦《そう》著しく、青白い頬に深い影が差していた。梅雨が陣屋を控えめに叩いていた。ひどく蒸して思わず掌で首筋の汗を拭ったが、指先に垢《あか》が鹿尾菜《ひじき》のごとく附着して、思わず苦笑いすると、半兵衛はあの独特の笑みをかえしてきた。その口許は、ひどく血で汚れていたが、俺は気付かぬふりをしてさらに作り笑いを深くした。

「どうだ」

「はい」

　体調に関してはなにをどう尋ねようとも半兵衛は、いつも頬笑みを泛べて、はいとしか答えなかった。だが様子を盗み見させた小者によると、独りのときの半兵衛は軀を縮めて咳き込んで胸痛に烈しく身悶えしていたという。けれど気配に気付いたとたんに半兵衛は姿勢を正して静かな笑みを向けてきた、と痛々しげに報告してきた。

　三顧《さんこ》の礼で迎えたが、いまでは上から物を言う立場になってしまい、それがどこか面映ゆい。いささか唐突であるような気もしたが、あえてごく軽い調子で言った。

「弾正殿をな」

「松永久秀殿ですか」

「うん。信貴山城を攻めたときのことだ」

「——推量を口にしても」

「言ってくれ。ぜひとも」

「筒井順慶殿にしては上出来でした」

俺は目を丸くした。これから喋ろうとしていたことの核心を突いてきたからだ。

「それだ。難攻不落の信貴山城、しかも弾正殿は周到にも三年ものあいだ籠城できるほどの糧食を備蓄していた。当方は四万もの大軍ではあるが、冬を越されてしまえば上杉謙信が動いてしまう。謙信に背後を突かれれば四万だろうが幾万だろうが一溜まりもないという情況だったわけだが」

半兵衛は頷き、鋭い眼差しで訊いてきた。

「すると、信貴山城に潜り込ませた男は」

「然様。順慶に入れ知恵した。順慶の譜代だったが放逐された男を使ったわけだ。城攻めの前に、つくづく順慶に愛想が尽きたと言わせて弾正殿に接近させ、石山本願寺からの加勢の軍勢二千、さらに加賀の鉄砲衆二百名を連れてきたと謀《たばか》ってな、信貴山城に這入《はい》りこませた。手土産に、毛利からも援軍が数日のうちにやってくると根も葉もない甘言を囁《ささや》かせて油断させた」

「さしもの信貴山城も、城内に敵を入れてしまっては」

俺はにやりと笑んで、半兵衛の目の奥を覗きこむ。

「もう、わかっておるであろう。半兵衛の真似だ。稲葉山城《いなばやま》乗っ取りが頭にあった」

「他愛のない悪戯《いたずら》のようなものでしたが、それなりにお役に立てたようです」

「それなりどころか、うまく言えぬが、俺の大切な弾正殿をな」

「――なるほど。大切であるが故」

「然様。上様の平蜘蛛の茶釜で赦すという言葉を平然と蹴った弾正殿だ。正直、惚れなおした。謀《はかりごと》にかけては途轍もない天骨の持ち主であられた。ならば、敬意を表して、さらなる謀にて、と思ってな。ただ、俺の手の者では如何ともしがたい。即座に底が割れてしまうに決まっている。そこで弾正殿にさんざん痛い目に遭わされた順慶の配下だった者に白羽の矢を立てたわけだ。うまい具合に弾正殿に筒井城を落とされて行き場がなくなってしまった男を見つけだし、弾正殿に仕官させたというわけだ」

「なるほど。信貴山城攻略の要は殿でございましたか。されど、巷間、順慶殿の手柄として膾炙《かいしゃ》されております。即ち、そのことを誰にも言っておられぬようですな」

「うん。このことはいわば俺の弾正殿に対する餞《はなむけ》のようなもの。いま、はじめて半兵衛に打ち明けた。なにせ、半兵衛の稲葉山城乗っ取りが下敷きだからな」

するとと半兵衛はなんとも嬉しそうに笑い、そして咳き込んで喀血した。そのあまりに鮮やかにして艶やかな赤い血の色が突き刺さるようで、傷ましさに目をそむけた。俺は傍らに身を寄せ、その背を丹念に撫でた。半兵衛はしばらく咳き込み続けた。掌に受けた喀血を凝視し、ぜいぜいと鞴《ふいご》じみた息をして、しばし放心した。

「見苦しいものをお見せしました。なんともかたじけなく――」

「なにが見苦しいものか」

半兵衛がすまなそうに俺の顔を見つめている。その視線に誘われて、頰に触れた。爆《は》ぜた血が俺の頰を汚していた。恐縮する半兵衛の肩にそっと手をかけた。金ヶ崎退き口の折、弾正殿が

『死ぬな』と俺の肩に手をかけて言ってくれたのと同様に、半兵衛の肩にかけた手に力を込めた。

「死ぬな」

「はい」

「死んでは、ならぬ」

「はい」

「加増しようと思う」

怪訝そうに半兵衛は小首をかしげる。

「とりわけ手柄を立てたわけでもございませぬ」

「俺の気持ちだ」

加増の約定を認めたものを手わたした。半兵衛は一瞥もせずに、それを破り棄て、柔らかく頬笑んだ。

「お気持ちとのこと。ゆえに、お気持ちだけ戴きました」

俺は溜息をつき、あらためて頬を汚した半兵衛の血を指先で刮げ、そっと口に含んだ。半兵衛は眉を顰《ひそ》め、俺を叱ろうとした。半兵衛が口をひらく前に俺は首を左右に振った。半兵衛は苦笑し、深々と頭を下げた。

風のない晩である。灯明皿から立ちあがっている朱の焰《ほのお》も、すっと姿勢よく伸びきったまま揺れもしない。ただただしとしと降りしきっている。遠い篝《かがり》の軋み爆ぜる音が時折、雨音の合間から控えめに届く。黒い夜に溶けてしまっている雨を俺は黙って見ていた。半兵衛の視線に気付いた。俺の横顔をじっと見つめていた。

「長篠の戦を思っていた」

「官兵衛殿がずいぶん拘《こだわ》っておられたとか」

「うん。まるで、その場におったかのように細かいところまで知悉《ちしつ》しておってな、俺よりも長篠に詳しくてな」

「官兵衛殿らしい」

「凄まじい戦いであった」

「まこと、劃期《かっき》なす戦いでした。まだあの戦の価値を判じておられる方はごく少数。官兵衛殿は例外中の例外でございます。されど戦は、長篠以前と以降にわけて論じられることとなるでありましょう」

「覚えているか」

はて、と小首をかしげる半兵衛である。

「武田勢が向かって左方に動いたときのことだ」

悪戯っぽい眼差しがかえってきた。

「殿はめずらしく焦りをみせて、手遅れになってはとその場でぐるぐる廻って思案なされましたな」

「然様。ぐるぐる廻って、武田勢に廻りこまれたら仕舞いだ、と、狼狽えたわけだ」

半兵衛は笑みを泛べたまま、なにも言わない。俺もしばし雨を眺めた。

「憎らしいくらいに落ち着き払って半兵衛は呟いたものよ。当方の陣に穴を開けるための陽動に過ぎませぬ――と」

「差し出がましい物言いでございました」

慇懃に頭を下げてきた。

「意外と厭らしいなあ、半兵衛は」

「本音で差し出がましかったと」

「嘘こけ。藤吉郎の阿房めと思っておっただろうが」

「然様なことは、思っておったとしても、口には致しませぬ」

「やはり、思っておったのだな」

「若干《じゃっかん》」

「ちっ。胸糞悪い」

「ま、武田勢の陽動でなかった場合も勘案して、殿には迎撃態勢をとっておいていただけば二重の護りということですので」

半兵衛は俯き加減でごくごく静かな笑い声をあげ、付け加えた。

「あのとき、殿は本気でこの半兵衛に怒りを抱いておられた。上様ではないが、戦場でなければ手討ちにしてやろうかという憤りが透けてみえて、思わず首を竦《すく》めたものでございます」

半兵衛は強く反対したあげく、俺に従わなかった。首を竦めたというが、俺から目を逸らさずに、持ち場を離れることを拒絶し、ごく少数の手勢と共に偃月《えんげつ》の陣形をとり、なんと自らが先頭に位置して武田の軍勢を迎え撃つ態勢をつくった。それを横目で見ながら移動しつつ、ならば一番前に立ったまま、流れ矢にでも当たってくたばれと内心吐き棄て、俺は左方に動いた武田勢迎撃のために兵を動かした。

「泡を喰ったぞ。勝頼《かつより》の総白に白の招きの旗印が左方から一転、残してきた半兵衛のほうに動きはじめたではないか。総白に白の招きがとんでもない勢いで半兵衛の偃月に向かっていくではないか」

「殿が不在、本音で護りきれるかというところ、必死でございました」

「勇んで猪突猛進して旗印の動きに気付かねば、あそこから穴をあけられて、俺は負け戦の責めを負わねばならぬところであった。半兵衛の進言があったからこそ、俺は全力では動かなかった。いわば並足《なみあし》で兵を進めていた。前後左右に気配りしていた」

「殿の戻りの素早さのおかげで半兵衛、こうして息をしていられるわけですから」

「――あれ以来な」

「はい」

「なにがあっても絶対に半兵衛の言うことを聞こうと決めた」

「それは、迷惑至極でございます。が――」

「が」

「はい。大層嬉しいことでございます」

言葉の遣り取りがやむと、半兵衛はすぐに半眼になり、首を折った。じっと見つめる俺の視線に気付くと、あわてて目を開き、顔をあげた。もう休ませてやらねば。

「そろそろ消えるわ」

「そう言わずに」

縋る眼差しであった。半兵衛の視線と俺の視線が真っ向からぶつかり、深く、静かに絡みあった。

「本音で心細うございます」

「心細い」

「はい。今宵は、とりわけ」

「ほんなら、もすこし邪魔をしようかな」

「お願い致します。いま、しばらく」

心底から申し訳なさそうに付け加える。

「この半兵衛の見苦しき甘え。なにとぞお許しを」

「許すもなにも俺はおまえと話すのが愉しみだから。おまえに教わるのが嬉しいから」

ふたたび雨に視線をやる。ここまで無風の晩もめずらしい。沈黙が続く。が、気まずさを孕むことは一切ない。抑えてはいるが、半兵衛の息は切ないくらいに頼りなげで、しかも荒い。その息の音にひたすら耳を澄ましていると彼方から馬の嘶きが届いた。俺と半兵衛は同時に小首をかしげた。

「ハツかなあ」

「どうやら」

「だとしたら一晩中牝馬を求めて喧《やかま》しいぞ」

「ま、我々とて年がら年中ハツでございますがゆえ」

「いま、我々と言ったか」

「言いましたが」

「まあ、逆らえんけどな」

ふたたび沈黙し、静けさを強調するかの雨音の彼方に耳を澄ます。が、もう嘶きは聞こえない。

「ふむ。諦めよったか」

「あるいは番わせたか」

「ああ、そうか。それだ。それのほうが的を射ているわなあ」

さりげなく半兵衛の横顔を盗み見る。安らいでいる。嘘偽りのない笑みが泛んでいる。相性とはよくいったもので、俺も信じ難いほどに肩から力が抜けている。

「なあ、半兵衛」

「はい」

「なんで半兵衛はあんな貧相な馬にばかり乗っているのか」

すると半兵衛は笑みを深くして、その頬を柔らかくさするようにした。

「おまえの身分で、あんな馬はなかろうにといつも呆れておったわ。だから俺はおまえのためにすばらしい栗毛を見繕った」

「馬はいとおしいもの。賢いもの。ゆえに名馬は困ります」

「困ることはないだろう。いとおしく、賢いのだから」

「いえ、困ります。戦において馬はあくまでも道具。いざ戦場にて気脈を通じた馬にばかり心が向いてしまえば、うまくありませぬ。傷つけたくない。盗まれたくない。喪いたくない。執着が湧いて、如何ともしがたくなるということです。ゆえに馬は乗り棄てても惜しくない駄馬に限ります」

「なるほどな。では、栗毛は」

「——戴きます」

ひとしきり雨に向かって笑いあい、それが静かに雨音に掻き消されたころ、半兵衛が俯き加減で呟いた。

「無粋をお許し願いたい。眠うございます」

がくり、首を折った。

そっと覗きこむ。あの笑みが唇の端に幽かに泛んでいた。

息をしていなかった。

そっと横たえて、指先を唾で濡らして半兵衛の顔を汚した血を浄めた。なにやら紅を塗り拡げただけであるかのようだった。半兵衛は己の血を溶かした俺の唾で薄化粧されてしまった。俺は手放しで泣いた。この場に誰もいないことが救いだった。泣いた。泣いた。ひたすら、泣いた。

明けて天正八年一月、食攻めにて配下たちが限界に至ったのを見てとった別所長治は、自分と弟と叔父の三人の切腹と引き替えに城兵の命を助けてほしいと降伏してきた。できうることなら兵たちを殺さぬようにという半兵衛の教えが心の片隅にある俺は、それを受け容れ、二年近くを費やした三木城攻めを終えた。

21

三木の干殺《ひごろ》し、鳥取《とっとり》の渇殺《かつえごろ》し。いやはや凄《すご》い題目を戴いたものである。ともあれ干殺しにて三木城攻めを終え、別所長治およびその与党を倒して播磨を制した。次に山陰道の衝路《しょうろ》である因幡《いなば》鳥取城の攻略をはじめた。

鳥取城は、千代川《せんだいがわ》を中心に拡がる平地の卯《う》の方角に突きでている久松山《きゅうしょうざん》に築かれた山城だ。なかなかの堅城として知られている。官兵衛の助言により、力攻めは愚かであると即座に悟った。鳥取の渇殺しは、この鳥取城を落城させたときに囁かれはじめた。

戦の経過、誰がどうしたといったことは案外面倒で、過ぎ去れば忘れてしまうとはいわぬが、漠としたものに成りさがる。継《つ》ぎ接《は》ぎになってしまう。とりわけ人の名が思い出せなくなる。次から次に為さねばならぬことが押し寄せてくるからだ。必死なのだ。率直にいってうしろなど振り返っていられない。

嘘をついた。俺は諸々《もろもろ》、いつまでも、ねちねちと心中にて捏《こ》ねまわすことがやめられない。とりわけ対人である。彼奴《あやつ》がどうした、其奴《そやつ》がこうしたといったことをいつまでも根にもって、けれどそれを顔にはださず、剽《ひょう》げてみせるばかりだ。信長様のように斬って棄ててあっさり忘却できるならば、どれだけ楽なことか。

いまでも流離《さすら》っていたときに受けた仕打ちが俺を嘖む。屈辱が迫りあがり、息が不規則になり、瞬きを忘れ、蟀谷のあたりが烈しく脈打って掌に苦い汗をかく。とりわけ百姓たちである。牛の糞《くそ》にも段々とはよくいったもので、奴らは山落だった俺を一段、いや数段下にみて、厭らしく差別したものである。上には媚《こ》び諂《へつら》い、下には踏ん反り返る。ふとした瞬間に、名さえ知らぬ者たちの三日月のかたちに歪んだ蔑《さげす》みの眼差しと黄色い乱杙歯《らんぐいば》を剝きだしにした嗤《わら》いが泛ぶ。きつく歯噛みする。烈しく上下する胸をなんとか宥めようと独り悪戦苦闘する。

その怨みを、鳥取城攻めで、いきなり露わにしてしまった。間の悪いことに、城下の百姓共の戦の予兆に怯える哀れっぽい眼差しを受けたとたんに、できうる限り兵を殺すなという半兵衛の教えが吹き飛んでしまったのである。

投降してきた敵兵は、自軍に組み入れることもできる。兵とは有限な資源なのだ。だからこそ殺すなという冷徹な教えだ。けれど己のわだかまりに拘れば、敵方とはいえ、たくさんの兵を巻きぞえにしてしまうとわかっていても、抑えがきかなかった。

率直に言ってしまえば百姓をいたぶりたかったのである。鬱憤を晴らしたかった。諸籠《もろごも》りを強いるのは食攻めの王道であるがゆえに貫徹せよと己に囁いて、城下の百姓共を徹底的に追い立てて鳥取城に逃げ込ませたのだ。その数二千超。城に籠もっている兵が千四百ほどだったから、一挙に人員が倍以上に膨れあがったわけである。

領民を守らぬ領主は成り立たぬというわけで、逃げ込む百姓共を追い返すわけにもいかない。無下に扱って当方に投降されれば、たとえ戦に勝ったとしても、領民の心は離れてしまう。ならば男はいざというときの兵として、そして女子供には雑用をさせる。が、それにしても一挙に二千人余り、これには毛利を当てにして籠城した鳥取城側も頭を抱えただろう。

本来ならば鳥取城の攻防はあっさり片がついていたはずなのだ。鳥取城主、山名豊国《とよくに》は城を包囲されたとたんに三箇月ほどですべてを見切り、降参して信長様に忠誠を誓ったので、俺は鳥取城をそのまま豊国にまかせて兵を引いたのである。

ところが家老の森下道与《もりしたどうよ》、中村春続《なかむらはるつぐ》らが毛利方に心を寄せ、ばかりか城内のほとんどが毛利に靡《なび》く有様にて、居たたまれなくなった豊国は鳥取城を追われ、わずか十人ほどの小姓をつれて俺を頼ってきた。結果、鳥取城は毛利方にもどってしまったのである。

されど森下、中村といった小粒な者たちには城をまとめあげる気概もなく、吉川経家《きっかわつねいえ》を城将に迎えた。経家はなかなかの武将であると聞いた。けれど負ける気がしなかった。というのも百姓共を鳥取城に追い込んで諸籠りを強いる以前から、官兵衛と額を突き合わせて戦術を練りに練り、今後の兵糧攻めの手筈を整えていたからである。

まずは計数に優れた才をもつ増田長盛《ましたながもり》を陣中萬物商《よろずものあきない》奉行に命じて兵站《へいたん》を担わせ、さらに鳥取城の糧食を賄《まかな》う因幡と伯耆《ほうき》の米の買い占めをさせた。経家の目論見《もくろみ》としては、七月に俺が攻撃を開始するだろうから、十一月まで持ちこたえれば雪のために攻めあぐんで撤退するといったあたりである——と官兵衛が読んだのだ。

ならば兵糧のすべてを吐きださせてやれと若狭の商人と結託して米買船をまわし、相場の倍で買い取ると鳥取城の蔵奉行に働きかけた。多少なりとも吐きださせることができればとの思惑だったが、呆れたことに蔵奉行は千四百人の城兵が二十日ほど籠城できる分だけを残して、すべて若狭の商人に売り払ったのだから、笑いが止まらない。

この蔵奉行、呆れるほどの楽観の持ち主であり、売買契約を結んだあとにしてやったりといった面差《おもざ》しで、どのみち追《お》っ付け毛利殿の援軍がくるから兵糧を売り払っても問題なし――と商人に言ったという。

しかも兵糧の備蓄を尋ねた経家に対して蔵奉行は『今年は米が不作ゆえ、若狭の商人が倍額でもと額をすりつけて求めてまいりました。そこでさんざん勿体《もったい》つけて倍額にさらにたっぷり色を付けさせて売り払い、それに拠《よ》って急遽《きゅうきょ》、鉄砲弾薬を購《あがな》っておきました』と誇負したというのだから、莫迦に付ける薬はない。

鉄砲弾薬が喰えるか――と、呆然とした経家が兵糧の備蓄量を尋ねたところ、この蔵奉行、平然と米二百俵と答えたという。おしなべて官僚役人というもの、自身が悧発であると信じ込んで疑わない。決まり切った筋道で答えがでる算用は得意かもしれぬが、大局に立った推量や計数ができぬ。己の思惑に疑念をもたぬということは、まさに莫迦の特性である。城兵千四百に逃げ込んだ領民二千の計三千四百人超に米二百俵。経家はこの時点で己の死を覚悟したのではないか。

「しかし、ずいぶん向きになられて百姓共を追い立てておられましたな」

官兵衛の呟きに、勢いよく顔をあげてしまい、さりげなく視線をそらし、せいぜい余裕をみせて呟き返した。

「ま、一度、徹底的に食攻めを極めてみようと思ってな」

なるほどと官兵衛は笑んだ。それは俺の呟きを肯う笑みであり、裏を読んだ笑いでもあった。

よほど百姓が憎いと告白してしまおうかとも思った。結局、曖昧に笑い返して不明瞭に終わらせた。

どのように説き明かせばよいのか、俺自身にもうまく気持ちをあらわせないのだが、半兵衛にはなんでも喋《しゃべ》れた。こういった俺の心の奥底に秘められた傷であっても、率直に口にすることができた。けれど官兵衛には言えない。なぜか、言えない。もちろん官兵衛に対する敬愛の念は半兵衛に優るとも劣らぬものである。これも相性というものなのだろうか。

「千代川はどうなっております」

「うん。長政にあたらせてる」

「浅野殿ならば、万全。千代川さえ封じておけば陸路からの補給などたかがしれておりますし、城を囲む鹿垣《ししがき》もほぼ完成。毛利軍、鳥取の後巻きに八月出陣も、ただの噂でございましたし」

「城内の者たちは、毛利が動かぬことを悟って、さぞや失望しただろうな」

「はい。八月出陣の根も葉もない噂を流したのは、じつは、この官兵衛」

思わず口を半開き、上目遣いで官兵衛を見やる。じつは信長様に毛利軍、鳥取の後巻きに八月出陣云々の注進状を書いてしまったのである。信長様は明智光秀以下の武将、そして馬廻にまで出陣の用意をさせ、自ら率いて毛利と戦う所存と応え、全三箇条の指示を下したのだ。

信長様の返答が届いたころには、鳥取城中では餓死者が出始めていたこともあり、餓え死には『表裏仕候族』――つまり一度は豊国が信長様に降ったにもかかわらず、ふたたび毛利に靡いた表裏ある者に対する『天罰であり打果たすべし』とあり、自ら出陣するとの気負いにあふれたものであった。

それであのとき官兵衛は妙に慇懃に、それには及ばずなどと信長様を制したのである。慥かに敵を欺《あざむ》くには味方からとはいうが、いやはや――。官兵衛は少々照れたような顔つきであるが悪びれたところもない。俺は苦笑いに紛らせて呟いた。

「きついことをするなあ」

執り成すかのように付け加える。

「きついことというのは、望みが気落ちに変わるということよ。八月に毛利が出陣する。援《たす》けにくる。大きく安堵したら、それがただの噂話だったという」

「然様。失意というもの、気力と精気をとことん打ち砕くものにございます。城中に籠もった者共、いよいよ腹が鳴り、切のうて切のうてたまらぬことと相成ったでしょう」

「気力精力か。かなり餓えておるがゆえ、さすがに萎《な》えはじめておるわな」

官兵衛はふわりと表情を変えた。

「筑前殿に仕えて、つくづく感じ入ったことがございます」

「感じ入る。大仰な」

「兵糧攻めの肝要は、詰まるところ兵站から派生する諸々であって、用意周到なれば自軍の兵を減らすことなく相手を滅ぼすことのできる最良の手管《てくだ》ではございますが、実際に兵を交えずに勝敗を決するということ、短絡の許されぬ経国済民《けいこくさいみん》――経済にも通ずる事柄でもあって、いわば商家の賢さが必須、つまり武張った者を幾ら揃えても如何ともしがたいというわけでございます。

即ち筑前殿は常に槍働きの武者よりも、計数の才に優れたる者を重用なされておりまする」

我が意を得たりと頷く。あえて自嘲するかのごとく呟く。

「近江泥坊《おうみどろぼう》よ」

今回、陣中萬物商奉行に任じた増田長盛は近江国浅井《あざい》郡益田《ますだ》郷の出である。さらには石田三成、大谷吉継といった計数の才に抽んでた者たちは皆、近江衆だ。しかも近江衆は、鳥取城の蔵奉行とちがって計数に溺《おぼ》れずに的確な推量ができる。先行きがどうなるか、想像を働かせることができるのだ。この者たちに限らず近頃、泥坊と陰口を叩かれるほどに伸《の》してきた近江商人とその心情がごく近い吏僚《りりょう》を俺はあえて集めてきた。

さらに言ってしまえば、近江商人の起源をたどれば、諸説あるにせよ高麗《こうらい》からの渡来の者たちであり、山落として韓鍛冶《からかぬち》の子孫を自任する俺と心根が似ており、阿吽《あうん》の呼吸がある。槍働きの武者を重用するよりも、俺にとっては近江衆を動かすほうが気が楽だし、的確な結果を出すことができる。

さて——。

毛利軍、鳥取の後巻きに八月出陣が単なる噂であると判明すると、兵糧が乏しくなってきた城内では諍《いさか》いが絶えなくなり、いよいよ殺伐《さつばつ》の気が充ちてきたという。餓えの怖さは理知を吹き飛ばすことにあるのだ。人というものは、斯様に食う物がなければ些細なことで苛立ち、あげく相争うのである。

これは危ういと経家は途方に暮れた。攻められずとも自壊してしまいそうなのだから、これでは己が鳥取城城将を引き受けた意味がなくなってしまう。

後巻きはともかくせめて兵糧米だけでも届けてほしいとの経家の必死の嘆願により、ようやく毛利は兵糧米を山と積んだ軍船を鳥取海上に送りこんだ。

おっつけ救援船が到来することなど織り込み済みだ。だから当方の警備船だけでなく、過日、信長様の命により俺のところに兵糧を届けてきた長岡藤孝《ながおかふじたか》配下の軍船もあえて鳥取の海にとどまらせておいた。

その藤孝の家老、松井康之《まついやすゆき》率いる水軍の働きはめざましく、俺の警備船と連携して千代川河口にて毛利の軍船を迎え撃ち、米穀を満載した六十五艘《そう》を沈めた。

これは経家以下鳥取城側の将兵、そして逃げ込んだ領民を絶望のどん底に叩き込んだ。船脚《ふなあし》――吃水《きっすい》ぎりぎりまで米を積み込んでいる船を沈めることなど、ある意味容易いことであり、この海戦のすべては山上にある城から望見できたから、一押しで沈むような大量の荷を積んだ船を向かわせた毛利方の莫迦さ加減もいよいよ籠城している者たちを失望させ、落胆させたというわけだ。

もちろん毛利方――毛利輝元や吉川元春《きっかわもとはる》もただ手を拱《こまね》いていたわけではない。九月には元春の嫡男である元長《もとなが》が鳥取を目指して出陣した。けれど織田方の南条元続《なんじょうもとつぐ》の妨害にあって身動きならず、そもそも輝元も元春も自国の情勢が不穏《ふおん》なために積極的な策にでることもできず、請われて城将となった吉川経家は哀れにも鳥取城に閉じ込められてなにもできず、いよいよ乏しくなっていく兵糧に、ただただ天を仰ぐばかりであったという。

九月も末には兵糧も底をつき、餓死者が多出しているという間諜《かんちょう》の報せがはいった。俺は座して待つだけである。出した命令はひとつだけ。鳥取城の城兵あるいは逃げ込んだ領民が投降してきても、それを受け入れることは絶対にならぬ。何人たりとも鹿垣の外にだしてはならぬ——。

つまり投降してきたからといって城兵や百姓を城外に出せば、城の中の人員が減る。食攻めを極めるならば、敵を一人たりとも城から出してはならないのである。ゆえに堀や鹿垣だけでなく監視の高櫓《たかやぐら》を設え、万全の包囲網を拵え、夜は篝火を焚き、昼にもまして夜番、廻り番、遠見の者をおいて巡視を徹底させた。

「城の巽《たつみ》の方角の長田《ながた》神社のあたりの鹿垣を見回ってまいりましたが——」

口をすぼめるようにして官兵衛は言葉を呑んでしまった。その頬に苦笑のような歪みが泛んでいる。目で先を促す。

「結局は武具を持たぬ百姓共がもっとも餓えているわけです」

「だろうな」

武威——暴力の裏付けのない者が真っ先に弾かれるのは当然のことだ。

「逆虎落《さかもがり》がまさに強固な牢のごとく巡らされており、痩せ衰えた老若男女が柵際まで迫りて、号泣しつつ、ここより引き出してお助けくださいませと」

「哀願しておったか」

「見るも無惨なものですな」

俺は雑に頷く。

「それを鉄砲足軽が撃つわけです」

「面白がってか。それとも憐《あわ》れんでか」

「さあ――」

「面白がって撃つならば、まあ許そう」

「弾がぷすりと穴をあけて、どっと横転したとたんに、まだ息があるにもかかわらず、老若男女が群れ集まり、なにをするかといえば鉈《なた》で頭を叩き割ります」

頭――。小首をかしげる。

「臀の肉あたりから喰うのかと思ったが」

「――髄脳《ずいのう》に群がっておりました」

「髄脳。ふむ。脳味噌は美味《うま》いと聞いたことはあるが」

「見たところ脂でしたが、鉄砲足軽に問うたところ、餓えたる者共、数多《あまた》啖《くら》ったあげく、髄脳がもっとも滋養《じよう》に富んでいると悟ったらしいとのことでした」

「ふむ。俺も餓えたときは脳味噌をいくか」

「髄脳を啜《すす》りたいがために首を奪い合って大わらわでございました。ふと、蹴鞠など思い泛べる始末」

俺は頭の後ろをぼりぼり掻いた。

「どうしたものかな」

「と、申されると」

「うん。食攻めを徹底するなら、こっちが撃ち殺してやるのはどんなもんだろう」

「ま、弾の無駄ではございますな」

「官兵衛ほどの者が、共食いにまかせよとは言わぬのか」

「――一度、御覧になれば」

「そうか。見にいってみようかな」

「いよいよ窮《きわ》まった人というものの浅ましさおぞましさは、曰く言い難いものですな」

いちいち喰い合いを見に出向かぬとも、奴らの浅ましさおぞましさは充分に承知している。俺は中空に眼差しを投げて、しばし思案した。

「ま、鉄砲足軽も暇を持て余しておることだろうし、撃たせてやろう。ただし」

「ただし」

「うん。ただし、間近から撃たずに、せいぜい腕を上げるために、離れたところから狙えと命じておけ」

「――なるほど。どのみち、きっかけさえ与えてやれば、まだ息をしておる者に群がる亡者共ですからな」

俺は笑った。声をこそあげなかったが、満面の笑みである。官兵衛はあやふやに視線を逸らした。俺はとぼけて言う。

「そろそろかなあ」

「――そろそろ、でございましょう」

「十月も下旬になるもんなあ。朝方、からっと晴れておるのに雪がちらほら舞っていたもんなあ。北風も冷たいもんなあ。護ってくれるはずの城が食い物の一切ない牢屋になってしまっているんだから、いやはや、なんともたまらんだろうなあ」

十月二十五日、吉川式部少輔隆久《しきぶのしょうゆうたかひさ》――経家が腹を切るから残党を助けてくれと詫びをいれてきた。俺からの返答は――森下、中村両名、主君山名豊国に背いた逆臣なれば一命を助けるべからず。されど経家は森下中村らのために入城し、籠もったのであるから些《いささ》かも咎めなし。切腹に及ばず。早々に城を出て本国に帰るべし。

それに対する経家の答えは――お気持ち、充分に有り難し。されど森下中村、山名に対して逆臣であろうとも、毛利家に対しては返り忠した者であり、かの者たちを棄て殺しにして己一人助かることあり得べからず。

経家は見事に腹をかっさばき、また経家が助けようとした森下、中村両名は経家自刃の前夜、それぞれの番所にて切腹して果てた。これにて第二次の鳥取城攻略は終結し、因幡の平定がなった。

さて、投降してきた餓鬼のごとき城兵領民をどう扱うか。まずはこの俺が情けをかけてやったと見せかけて、以前、耳にしたことを試してみることにした。

なにしろ相場の倍以上で買い占めたので米は幾らでもあるのである。増田長盛に命じて大量の粥《かゆ》を煮させた。その甘い匂いが漂いはじめると、眼窩《がんか》が落ちくぼみ頬骨の浮きでた土気色の餓鬼共は揃いも揃って両腕を前に突き出してふらふらと巨大な釜に近づいてきた。

俺は床几《しょうぎ》に腰掛けて優しげな笑みを泛べて餓鬼を見守る。その唇が粥慾しさに戦慄《わなな》くのを見つめる。骨を前にした犬じみた涎《よだれ》を垂らすのを凝視する。あせらずともよい。粥はたっぷりある。充分に引きつけて、目顔で合図した。増田長盛が采配を打ち振った。

一斉に粥が振る舞われた。

餓鬼共が群がった。

俺は笑みをおさめて、腕組みをして熟覧の構えである。

なかなかに見応えのある景色であった。極限の餓えにある者に、急に物を食わすと食に酔うというのは事実であった。面白いように頓死《とんし》していくのである。胸を掻きむしって、泡を噴いて事切れていく。

結局、この限界を極めた食攻めからかろうじて生き残ったというのに、粥を貪《むさぼ》った者の過半が死んだ。

22

備中高松城《びっちゅうたかまつ》は沼城である。低湿地のなかに石垣ではなく土塁で構築されていて、嶮岨《けんそ》な山城とはちがった攻めづらさがあった。周囲は深田《ふかだ》というか沼地で、踏み入れれば馬も人も足を取られてまともに動けない。そこを鉄砲で狙い撃ちされてお仕舞い、というわけである。

さて、三年ほど前のこと。鳥取の渇殺しの前の三木の干殺し――三木城を攻めていたころである。官兵衛が誘降して、備前の宇喜多直家が毛利方から寝返って信長様に臣従してきた。直家は松永久秀、斎藤道三《さいとうどうさん》と並び称されるほどの策謀に長けたなかなかの男で、上に厳しく、下に篤《あつ》いことで評判だった。つまり家臣たちからは強く慕われていて、皆が率先して附き従うのである。

直家は主家である浦上《うらがみ》家を下剋上にて追い落として一息に備前から備中、美作あたりにまで勢力を拡大していたが、俺の中国進出に合わせて心を翻したのだった。

このとき宇喜多直家の使者だったのが弥九郎《やくろう》――後の小西行長《こにしゆきなが》である。二十二歳だったか。堺の豪商の倅で、備前の油屋に養子に出されていたのだが、直家が見込んで武士となった。折衝《せっしょう》にやってきて俺と遣り取りを重ねたのだが、なかなかの才で、なんとしても慾しいと思い、直家に直談判して俺の家臣となった。

宇喜多直家だが、惜しいことに与力として俺についてたいしてたたぬうちに尻からたっぷり出血したあげく、死した。尻にごく近い腸の病だったとのことだ。家督を継いだのは十歳の八郎《はちろう》、後の宇喜多秀家《ひでいえ》である。

それはさておき三木城、鳥取城を落とし、宇喜多直家が当方についたことにより、信長様と毛利輝元の領土は直に接するといってよい状態となった。そもそも備前と備中の境は宇喜多と毛利が烈しい争奪戦を繰り広げていた。俺は二万七千五百余りの大軍勢を率いて乗り込んだ。そこに立ちふさがったのが高松城、清水宗治《しみずむねはる》である。

高松城は備前と備中の国境、岡山平野の最北に位置する平城で、一見攻めるに容易いようだが、実際は山陽道を睥睨する要衝であり、金城であった。三方の沼ともう一方に構えた堀が難物であり、どうにも攻め口が見当たらない。官兵衛の見立ても、力攻めは無理との結論だった。

そこで、まずは調略ということで城主の宗治のもとに蜂須賀正勝《はちすかまさかつ》と官兵衛を遣わし、備中一国を与えるから信長様に臣従せよと口説いたが、いやはや硬骨漢《こうこつかん》という評判以上の堅物で、まったく融通がきかぬ。誘降に応じる気配も見せぬ。仕方なしに鳥取の渇殺しの翌年四月、前述の二万七千五百余りの軍勢にて高松城を囲んだわけである。

「さて、どうしたものか」

官兵衛を前にして、途方に暮れたというのが本音だ。腕組みした官兵衛は、高松城の絵図を見つめたままなにも言わない。俺は顎の無精鬚を雑にこすった。その手の動きが貧乏揺るぎに近いことに気付き、よけいに苛立った。多少足場が悪くとも急峻な山城のほうがよほどましだ。なにしろ沼地のせいで兵がまともに立つこともできないのだ。

過日、試みに前進させた兵たちは、矢が自分に飛んでくるのを認めながらも身動きならず、泥濘《ぬかるみ》にとられた足を引きぬこうと足掻いているさなかにあっさり射貫かれた。高松城はしんとしたものだったが、初っ端に放たれた鏑矢《かぶらや》の唸りに、逆に声高な嘲笑を聴いたような気分になった。

今朝、見回ったとき、沼に足を踏み入れた雑兵が苛立たしげに脛《すね》に食いついてきた蛭《ひる》を引き剝がしていた。弁慶《べんけい》の泣き所にすうっと血の鮮やかな朱が拡がった。これは一筋縄ではいかぬと下唇を咬んだ。

「城の午《うま》の方角に堤《つつみ》を築くといたしますか」

首だけ伸ばして、絵図を覗きこむ。

「四囲を沼で囲まれておることが取り柄ならば、それを逆用するまで」

「と、いうと」

「足守川《あしもりがわ》を堰《せ》きとめてしまえば、高松城は水没するでしょう」

「水没──」

一声あげて前のめり、思わず官兵衛の手を取りそうになった。それに気付いた官兵衛の苦笑いに近い面差しに、俺はあわてて手を引っ込めた。官兵衛は悪戯っぽい眼差しを俺に注ぐと、絵図の西南──坤《ひつじさる》の方角に塩嘗め指を突き立てる。

「ここは低地です。この低地に堤を拵えましょう。さすれば川の水はたちまち高松城を囲みます」

「城が浮島のごとくなるな」

外は霧雨《きりさめ》である。蒸し蒸しする。官兵衛はしばし灰色に烟《けぶ》る微細な雨を眺めた。

「堤さえうまく出来あがれば城の周囲は湖と化しますがゆえ、即座に構築に取りかからせましょう」

「うまい具合に梅雨ではないか」

「然様。堤が完成して雨脚が強まれば、おそらくは数日で城は水没します。即ち天も我らの味方」

むふふ――と妙な笑い声が洩れてしまい、咳払いなどしてごまかす。

「気懸かりは、足守川の水かさが相当に増していること」

「ふむ。堤づくりは難儀しそうか」

「これ以上水かさが増すと、気合いではいかんともしがたくなるでしょう。猶予《ゆうよ》はございませぬ」

築堤奉行に蜂須賀正勝を据えた。土嚢《どのう》一俵につき銭百文、米一升という報酬を設定すると、近在の百姓が我先に参集してきた。堤は計画では高さ四間半、長さは一里超という巨大なもので、けれど実際に作業を始めると官兵衛が危惧したとおり増水した足守川の流れによって堤は幾度も崩されてしまい、めずらしく正勝が泣き言を洩らした。

「まあ、梅雨だから、増水もするわな」

「低地ゆえ、少し堰きとめただけでも他の場所よりも流入する水量が格段にて、手に負えませぬ」

困ったときの官兵衛頼み、ちらと見やると官兵衛は下唇などもてあそびつつ、思案している。

「どうだ」

と、問いかけると、官兵衛は船を集めているのは誰かと問いかえしてきた。

「長政。浅野長政」

「ならば話が早い。正勝殿、御一緒に」

「待て、俺も行く」

長政に船を集めさせたのは、攻城のためである。取らぬ狸の皮算用ではないが、高松城の周囲が湖と化したときに、攻めの一環として船を用いようと思案していたのである。

官兵衛は長政と額を突き合わせてしばし談じ、集めた船を一通り慥かめて、船大工を呼び寄せ、細工を命じた。流れの脇からちまちま人力で土嚢を積みあげようとするから崩壊するのであって、ならば船に土嚢を積んで川上から目的地点に至り、船縁が開くように仕掛けした船から次々に土嚢を川底に落とし、積みあげていくという。官兵衛は自信満々である。明日には土嚢投入作業を始められると大きく頷いた。

「うまくいくかな」

「官兵衛殿の采配ならば」

「うん。でも、船縁が開くなんて落ち着かんわ。沈まんかな」

「船脚ぎりぎりということもないようです。それに、官兵衛殿ならば船の安定を保つ方策をも勘案しておられるでしょう」

「ならば、よいがの」

「ただ、明日には、と申されていた。明日。作業が突貫なのが些か不安です」

「だよなあ。やっつけ仕事じゃろ」

官兵衛が首をねじ曲げて俺と正勝を一瞥した。あわてて視線を逸らす。

翌日、首尾を見てくれとのことで河原に出向いた。作業船に合図を送る赤と緑の采配を手にした官兵衛が慇懃に頭を下げてきた。傍らの正勝に耳打ちする。

「根に持ってるのかな」

「かもしれませぬ」

「図抜けた男ゆえ、抽んでていることを認めるに吝《やぶさ》かではないが、細かいことに拘るのはどうかなあ。とりわけ頭のよい奴は、ちょいと面倒なところがあるわ」

「声が——」

正勝に窘《たしな》められてとぼけると、官兵衛は苦笑い気味の貌であった。視線を絡《から》めると、官兵衛の苦笑いは、ぱっと明るく弾けるような笑みに変わり、けれどすぐに頬を引きしめ、緑の采配を大きく掲げた。向こう岸にわたされた綱がぴんと張り詰めた。

官兵衛の横には、俺が連れ歩いている穴太衆《あのうしゅう》の若者が附き従っていて、手振りも交えてあれこれ助言をしている。官兵衛はその道に通じた者の言葉に耳をかたむけて、細かな質問をしている。お互いに熱がはいり、その身振り手つきは傍で見ていると、まるで念仏踊《ねんぶつおどり》である。

上流から土嚢を満載した船がやってきた。張りわたした綱の手前で船頭が巧みに操船して方向転換した。固唾《かたず》を呑んだが、意外に危なげなく船尾を下流に向け、水夫《かこ》たちが身を乗りだして手鉤《てかぎ》にて綱を手繰り、金輪《かなわ》に固定した。

土嚢を積んだ船は、流れに逆らわぬように船首を上流に向けたかたちで、両岸からわたした太い綱に船首と船尾の双方をつながれ、その場に停船した。官兵衛の采配に合わせて百姓たちが両岸から綱曳きの要領で船の位置を細かく加減していく。

即ち土嚢投入時は操船するのではなく、船を岸の両側から綱で固定し、操るのだ。そうすれば流れに煩《わずら》わされずに的確な位置に土嚢を投入できるという寸法だ。

もちろん大量の土嚢を積んでいるので万が一のときのために、船頭の判断と合図でいつでも綱を切断できるよう大鉈を持った人員が配置されている。

見守っていると、小雨が落ちてきていた。ここのところお日様をほとんど目の当たりにしていない。灰色に濁った低い空ばかりだ。たいした降りではないので、そのまま正勝と並んで作業を見守った。

船縁の細工は、重い土嚢を最小限の人力で扱うことができるよう、梃子《てこ》で持ちあげ、転がすだけで流れに投入できるようにつけられた傾斜だった。なるほど、これなら突貫で一日で細工を終えられたわけだ。けれど、その作業の効率は目を瞠《みは》らんばかりであった。土嚢は派手な飛沫《しぶき》をあげるでもなく、滑るがごとく水中に没していき、官兵衛は岸から精密に測量した川の絵図を睨みつけながら曇天にも鮮やかな赤と緑の采配を操って、土嚢の投入位置を細かく指示していく。

「築堤奉行に任じていただいたが、することがございません」

ぼやく正勝の臀を軽く叩く。

「俺のいまがあるのも、小六殿のおかげだから」

「そのような話をしているわけでは、ございません」

正勝は口を真一文字に結んだ。この男は、本気で俺の役に立ちたいのである。見守っているばかりの己が歯痒いのだ。それがじわりと伝わってきた。いまでは蜂須賀小六、いや正勝に命じる立場ではあるが、やはりどことなく面映ゆい。

「ま、官兵衛にまかせよう。あいつは、ああやって頭を遣うのが愉しいんだから」

「ならば、この俺は、心を遣いましょう」

「凄いことを言う」

「本音です」

「うん」

俺と正勝は同時に熱いものを抱き、それを小雨に打たせて冷ましつつ作業を見守る。

積むのではなく、落とす。目の覚めるような着想である。

積み重なった土嚢が流れのほぼ真ん中から頭を出したとたんに早くも流れが変わった。高松城に向けて逆巻く水流が迫っていくではないか。沼地がすうっと澄んだ水に覆われていく。俺と正勝だけでなく、岸で見守っていた者たちからも響動《どよ》めきがおきた。

穴太衆の若者が強度に対する助言だろう、ますます手振りも烈しくなにやら官兵衛に言い募っている。この若者は有能だが、熱くなると見境がなくなる。官兵衛も負けぬ勢いでかえす。が、納得したとたんに頷いて、ほぼ若者の言葉に従って采配をふるっているようだ。土木には一家言ある俺も自分の意見を開陳したいところであるが、とても口を挟める気配ではない。

「なんか夢中になっとるな」

「立ち入る隙がありません」

「まったくだ」

ならば、と開き直った俺と正勝は、昔話を愉しみながら、ずぶ濡れになって作業を見守った。背後では、なんとか俺と正勝を濡らさぬ算段をしようとしているが、官兵衛と若者と同様、俺と正勝に対しても誰も立ち入れぬようで、どうやらそれを諦めたようだ。あとで叱られればよいわ──とぼやく声を微《かす》かに聞いた。

船上からの土嚢投入により堤は大まかなかたちを成して、それを取っ掛かりにして人海戦術にてほぼ完成をみた。報せに石井山《いしいやま》の本陣を降りて足守川の川縁にやってきた。土嚢一俵につき銭百文、米一升という歩合が効いて、なんと着工から十二日めであった。まさに突貫工事、要した土嚢は七百五十九万三千余俵という膨大なものだった。

俺を真ん中に、左に蜂須賀正勝、右に弟の小一郎秀長が見守るなか、官兵衛は堤の最後の仕上げに夢中である。

「崩落した清洲城の石垣を三日で修繕したときを思い出すわ」

すっかり武将としての風格がついた長秀が感慨深げに頷く。

「あのときも、今回とそっくりでした」

「うん。理に適《かな》った的確な働きと、それに応じた慥かな報酬」

「やはり報酬ですか」

「だなあ。人は銭金では動かぬが、働きに応じた報酬は必須だ」

正勝が呟く。

「誰もが、すべての者が、飯を食って糞をひりますからな」

長秀が、飯を食って糞をひる――と繰り返す。正勝の言葉は真実である。人とは、畢竟《ひっきょう》飯を食わねばならぬ存在なのだ。武力で強制もいいが、見合った報酬を与えたほうが、つまり飯を食わせたほうがよほど早いし仕事も的確にこなす。経国済民の肝要である。

官兵衛が左足を引きずって俺たちのところへやってきて、堤の完成を告げた。慰労の言葉を投げかけると、狙い澄ましたように雨粒が落ちてきた。低く垂れ込めた灰色の空を見あげたとたんに雨脚が強まった。梅雨――黴雨《ばいう》本番である。これで高松城は落ちた。

上流ではもっと烈しく降っているのだろうか、いきなり水かさが増して水流が乱れ、暴れはじめた。堤で方向を変えられた濁流《だくりゅう》はいよいよ猛って白い牙を剝き、城から外につながる唯一といっていい連絡路をいとも簡単に崩落させ、いよいよ高松城は大湖水のなかの浮島と化した。

足守川の増水はとどまるところを知らず、城の土塁の上にまで這いあがり、あれよあれよという間に浸水していくのが望見できた。打ち据える雨に烟る高松城は、湖上に心細げに浮かんでいる。その姿はこの世のものとも思われぬ不可思議な夢幻とでもいうべき美しさであった。水中の城――。有り得べからざる景色である。

「信長様に見せたいなあ、この光景」

俺の呟きを、正勝が受ける。

「さぞや目を瞠られることでしょうな」

「よし。来援を求むということで、御高覧を請うか」

「毛利軍も備中まで出陣との報ありですからな。毛利輝元自ら総軍を率いておるとのことですから、気合い充分といったところ」

長秀が付け加える。

「吉川元春、小早川隆景《こばやかわたかかげ》の両川も揃って高松表に向かっておるとのことです」

「毛利と両川、両軍あわせてどれくらいか」

「五万とのことです」

「ん――。こっちの倍近いな」

「是非、上様に来援を請いましょう」

いわば助けを求めるための遣り取りではあるが、切迫したところは欠片もない。要は信長様にこの夢か現かといった水攻めの有様、高松城の光景を見てもらいたいのである。ゆえに即座に救援軍派遣を依頼した。

安土で報告を受けた信長様は、光秀以下に出陣の用意を命じた。先鋒軍である。信長様自らもそのあとに直接、出陣するとの報が入り、戦いを急がずに、その状態を保ったまま毛利軍と対峙せよとの命であった。

されば、大湖水に浮かぶ高松城の姿を当分は保っておくことにした。信長様が目を瞠るところを想うと、胸が高鳴る。目を掛けてくださった猿が、ついに西国の大毛利を翻弄するまでになりました――。

俺が詰める本陣は石井山にあり、毛利勢を睨む位置である鼓山《つづみやま》に長秀、高松城間近は正勝と官兵衛にまかせ、城の北は浅野長政や宇喜多の軍勢、高松城と毛利軍の中間地点に山内一豊《やまのうちかずとよ》、堰きとめた足守川の要には加藤清正という具合に高松城に対する完璧なる包囲網を敷き、なおかつ毛利軍に安直に攻められぬ鉄壁の防禦陣をつくりあげた。

毛利輝元は高松から南西に五里ほど離れた猿掛山《さるかけやま》に陣を構えたが満足な策も見出せず、吉川元春も身動きならず、後詰めにきた小早川隆景を日差山《ひさしやま》に孤立させて余裕綽々《しゃくしゃく》といっては語弊《ごへい》があるが、俺の軍には気負いも焦りもなく、ただ梅雨の長雨に無聊をかこつといったところであった。

気まぐれに、城より高く設《しつら》えた見張り場に上って見おろす高松城内は、あきらかに狼狽に支配されていた。

完全に浸水した城内の移動には、なんと小舟が用いられるほどであり、補給路を断たれているだけでなく、兵糧を濡らしてしまったがゆえにまともに口にできる物もなくなってしまい、籠城している五千余りの兵たちは、腰のあたりまで水に浸かって座り込むことが多くなり、ひどく士気が衰えていた。さらには疫病《えきびょう》の気配も漂いはじめて、放置しておけば城兵すべてが死すだろう。

毛利輝元は、俺が拵えた湖に切歯扼腕《せっしやくわん》するばかりで、高松城内の者たちを救出する手立ても見つからず、為す術《すべ》なしで途方に暮れていた。そこに信長様自ら出陣との報である。ついに輝元は講和を決意し、外交僧の瑶甫恵瓊《ようほえけい》——安国寺《あんこくじ》恵瓊を官兵衛のもとに遣わしてきた。

恵瓊は備中、備後、美作、伯耆、出雲《いずも》の割譲と清水宗治以下城兵の命を助けることを条件に和議を申し出てきた。が、清水宗治が素直に調略に応じてさえいれば湖を拵えることもなかったのだから、安直に受け入れることはできぬ。交渉は、拒絶してからが勝負である。ゆえに五国割譲、そして高松城主、清水宗治の切腹を要求した。

硬骨漢として鳴らした清水宗治は、俺の首で毛利家と家臣、城兵の命が助かるなら安いもの——と、籠城している者たちの助命嘆願を記し、恵瓊に託してきた。

＊

清水宗治が腹を切ると伝えてきた六月三日の夜であった。眉間《みけん》に縦皺を刻んだ難しい顔つきの官兵衛が、襤褸《ぼろ》を纏《まと》った貧相な得体の知れぬ男を引っ立ててきた。何ごとかとその汚れ放題の顔を覗きこんで気付く。

「わざと汚しておるわ」

「然様。此奴《こやつ》、惟任《これとう》の密使」

なぜ明智光秀《あけちみつひで》を惟任と呼び棄てるのか。官兵衛のこの剣幕からすると、光秀の密使は、俺のところに差し向けられたのではないようだ。すると、誰に――。

「毛利」

「然様」

「ふむ」

官兵衛が黙って密書を手わたしてきた。五国割譲、高松城開城、清水宗治の切腹と諸事万端滞りなくというべきか、すべてうまくいっているのである。官兵衛の暗い表情の意味がわからぬ。密書に視線を落とす。

「信長様が――」

思わず顔をあげ、官兵衛を見やる。官兵衛が短く頷く。

「信長様が死んだ――」

腰が、抜けた。

生まれて初めて腰が抜けた。

腰が抜けるということ、真に受けていなかった。いわば喩《たと》えのようなものであると思い込んでいた。

だが、立てない。力が入らない。床几に臀がへばりついて動けない。

口を半開き、さぞや呆けた顔をしていたことだろう。官兵衛が手を伸ばしてきた。そっと俺の手から密書を受けとると、篝火に投げ込んだ。ちりちりと燃えかすが宙を舞う。なぜ燃やす。腰が抜けたまま目で問う。

「外に洩れれば、羽柴筑前守秀吉殿は終わりますがゆえ」

「――終わるか」

「ここぞと五万の毛利の大軍が攻め来たります。が、もはや上様はおられぬがゆえ、即ち後ろ盾を喪いましたがゆえに誰も助けにはまいりませぬ」

「――だな。そうだな」

官兵衛が抜いた。密使の首が落ちた。胴の側から二筋噴きでる血をすっと避け、返す刀で密使を捕縛して連れてきた男も両断した。ぽんぽんと手を叩き、小者を呼んで屍体を片付けさせ、耳打ちしてきた。

「京に放っている間者からも上様のこと、裏付ける報せが入っております」

「そうか」

「はい。上様は筑前殿の援軍に出陣なさるために安土城を発ち、京は西洞院《にしのとういん》四条《しじょう》坊門《ぼうもん》、本能寺《ほんのうじ》にて軍勢の集結を待つさなか、惟任の謀叛にて御落命」

「俺のために」

信長様は、俺のために――。切迫していたわけではない。高松城水攻めの、この湖上に浮かぶ城というふしぎな光景を見てもらいたいがために救援軍派遣を依頼したところ、おそらくは俺が難儀しているであろうと判じ、俺のために自ら出陣しようとし、京にて軍勢を調《ととの》える算段をしていたというのである。胃の腑のあたりに悲しみが痼《しこ》り、それがじわりと迫りあがってきて口から洩れそうになった。

「俺のために――命を落とされたのか」

いまごろになって官兵衛が人払いした理由が身に沁みてわかった。信長様の落命は誰にも知られてはならぬ。立ち上がれぬ俺に、官兵衛が腰を折って囁き続ける。

「さっさと清水宗治に腹を切らせてこの戦のけりを付け、毛利と講和を結び――」

「惟任を討つ」

「然様。大返しでございます。北陸は越中魚津《うおづ》の修理《しゅり》に、絶対に柴田勝家に、あるいはその他諸々に先を越されてはなりませぬ」

「柴田勝家も呼び棄てか」

「拙者が仕える御方は羽柴筑前守殿のみ」

上目遣いで力なく頷いて、それにしても、と嘆息し、とたんに涙があふれた。

山落の集落を単独で訪れた信長様を迎えにでて、はじめて言葉を交わしたときのこと、木下という姓をもらったこと、そして小者として召し抱えられて囁かれた言葉――俺の小者になったことで、いよいよ天下取りの第一歩がはじまったな――が脳裏で渦巻く。されど、信長様にお仕えして、天下取り云々は徐々に消え去り、滅私御奉公の思いのみでこの猿めは生きてまいりました。信長様は猿めの生き甲斐でございました――。去来するものを抑えきれず、官兵衛の前であるが身悶えするように嗚咽《おえつ》した。涙が止まらない。

信長様が、亡くなった。

信長様が亡くなった。

信長様が、亡くなった。

信長様が亡くなった。

信長様が、亡くなった。

信長が亡くなった。

信長が、死んだ。

信長が死んだ。

ようやく信長が――。

涙と裏腹に重しがとれた。抜けた腰にじわりと力が入り、すっくと立つことができた。手の甲で涙をこする。呟く。

「しかし、惟任、まこと為すとはな」

官兵衛が首を左右に振った。

「いまの御言葉にふさわしいのは、まこと、ではございませぬぞ。まさか――の一言こそが相応。すなわち続く為す云々は不要でござる。以後、お気遣い召されい」

弾かれるかのように官兵衛の目の奥を凝視した。あえて訊く。

「まさか――とだけ呟けばいいのだな」

「然様。まさか――とだけ呟いて、彼方など見つめておられさえすれば、すべて丸く収まり申す」

ぞくりとした。背筋が冷えた。官兵衛は折に触れて俺が明智光秀に密かに吹き込んでいたことを悟っていたのだ。信長がいかに悪逆非道であるか。他人を踏み台にすることになんら心が咎めぬこと。己が神であり、その行いが人倫にもとるとも一切意に介さぬこと。それらを世間話に紛れ込ませてごくごく遠回しに、お互いに油断せぬようにしようと常々囁いていたのである。

とどめとなったのは、波多野秀治《ひではる》が籠もる八上《やがみ》城を光秀が攻略したときであろう。俺がちょうど三木城を干殺しにしていたころだ。ようやく波多野秀治とその兄弟たちが投降の気配をみせ、けれど往生際の悪い波多野兄弟は首を刎ねられてはたまらぬと、降伏と引き替えに助命の保証を求めた。

波多野兄弟に対し、信長は首を刎ねぬと明言し、その証しとして光秀にむけて母親を人質に差しだせと命じた。

理に優る光秀は、波多野三兄弟が助命されることを信長が確約したのだから、これで戦が終結するならば――と、素直に実母を波多野秀治の八上城に人質にだした。

ところが信長は安土に送られてきた波多野兄弟を間髪《かんはつ》を容《い》れず浄厳院慈恩寺《じょうごんいんじおんじ》の町外れにて磔《はりつけ》に処したのである。結果、八上城に籠城している者たちは破れかぶれになって、あえて光秀に見える場所に母堂を引きだして、磔には磔と、光秀の母を逆《さかさ》磔《はりつけ》にして執拗に突き殺し、さらに首を落として光秀に見えるように松の大木に吊した。

光秀は母を好いていた。場合によっては見苦しいほどに母を慈《いつく》しんでいた。狼狽えきって顔色を喪った光秀が、話が違うと信長に縋り迫ると、波多野兄弟、磔にはしたが、約定《やくじょう》どおり首は刎ねておらぬと呵々大笑したのである。それを知った俺は、折をみて光秀の耳許で首の後ろなど撫でさすりながら、ぼやいた。

粉骨砕身、いかに尽くし抜こうがそのときの気分で平然と引っ繰り返して顧みぬは上様の恐ろしさ。我々もこの先どうなるかわかったものではないわ――。

光秀は徹底して理詰めな性格である。俺のようになあなあやまあまあ、あ、あ、あ、といった曖昧模糊《あいまいもこ》の不明瞭がない。俺は筋が通らず道理の立たぬことであっても、来《こ》し方から行く末まで全体の絵柄を頭の中に描いて素早く損得勘定をはじく。

けれど光秀は、道理が通らぬことに耐えられない。ほんのわずかの筋違いが許せない。信長も程々がなかったが、光秀も別の意味において程々がない。光秀は実際に用いるのに支障がなくとも、少しでも刀の鞘《さや》がゆるいと耐えられぬたちなのだ。思いに沈んでいる俺を、官兵衛が促した。

「さ、上様御落命が知れわたる前にすべてを終えて惟任を討たねばなりませぬ」

「よし。いますぐ安国寺恵瓊を呼べ。今宵、即座に毛利氏との講和に入る」

官兵衛は深く頷き、使いを立て、あれこれ処置してごくさりげなく俺に顔を寄せ、耳打ちしてきた。

「上様は自ら御出陣というだけでなく、惟任にも筑前殿の援軍を命じられた。惟任が筑前殿の援軍にかこつけて兵を集結させて上様を襲ったということ、これぞまさに因縁」

「因縁――。そうか。惟任は俺にかこつけて兵を集めたのか。なるほど、因縁」

因縁と繰り返しはした。だが、ほんとうのところはなにが因縁なのか、よくわかっていなかった。官兵衛はさらに声を潜め、唇だけ動かして囁いた。

「いよいよ御運が開かれる機会が参りましたな」

「運。どんな」

「お取りなされ」

「――なにを」

「天下」

俺の耳の奥の奥に吹き込まれた一言に、ふたたび腰が抜けそうになった。俺がただの一度でも天下一統の気配を漂わせたことがあったか。信長の下でひたすら身を粉《こ》にして働く姿のどこに天下を狙う気配をにじませたか。俺は私心のない猿を徹底的に演じきったつもりである。あげく信長の死を知って、涙滂沱《ぼうだ》として流れ、しばし己でも信長の死に衝撃を受け、悼《いた》みさえしてしまったではないか。つまり俺は自分自身をも欺《あざむ》き瞞《だま》しとおしてここまできたのである。

己が行くあてもなく彷徨っていたときには無責任にも天下云々を夢想したことはあったが、そして小紫《こむらさき》から『天下を狙うたらどうじゃ』と囁かれて、心のどこかでその気になったこともあったが、それは天下など取れるはずもないことからきていた気楽な妄想であった。実際に信長に仕えて現実を知れば知るほど天下は遠のいていき、夢想をもてあそんでいたときには大きく燃えあがることもあった焰が、いまや完全な熾火と化していた。

小紫の首を落とすとき、蜂須賀小六に『天下を取る気なのであろう』と揶揄されたこともあった。が、当の小六、いや正勝だって、いまや俺が天下を狙っているなどとは思ってもおらぬだろう。

いきなり焚き付けを投げ込まれた。官兵衛に煽られて、熾が燃え盛ってしまった。もはや抑えがたい焔であり、赤々と燃えあがる大火である。

同時に、不安になった。天下云々に対する不安ではない。あたふたとやってきた安国寺恵瓊を迎え、俺の傍らで涼しい顔をして、毛利との正式な和睦の条件その他を並べあげている官兵衛が怖い。そういう目で見ると、有岡城の土牢に幽閉されていたときに禿げあがってしまった頭の瘡の痕跡の青黒い紋様さえもが禍々しい。

「再度、恵瓊殿に確認致す。筑前殿、清水宗治殿の潔き御覚悟に感じ入り、されば毛利領備中、美作、伯耆三国譲渡でかまわぬと仰有った。これを毛利殿は即座に受け容れる。それでよろしいな」

「聢と」

「ならば明朝早々に検使を派遣するがゆえ、清水宗治殿はその眼前にて腹を召されい。なお筑前殿からの御厚意により、清水宗治殿には小舟を一艘、酒肴十荷、上林《じょうりん》極上三袋を進上致す」

小舟は検使の前で腹を切らせるために湖上に浮かべるものである。当方の検使が城内に出向くのではなく、わざわざ舞台を設えてやって、そこで腹を切らせるというのだから、即座に高松城をものにしようと画策している官兵衛の遣り口は念が入っている。だが恵瓊は所詮は渉外役の坊主。清水家の断絶を避けることのみに気持ちがいってしまっていて、身を乗りだして確認してきた。

「これ即ち、連枝《れんし》の切腹は」

「させぬ旨を確約致すということでござる」

「城兵も」

「然様。清水宗知《むねとも》、清水宗治、難波伝兵衛尉《なにわでんべえのすけ》の御兄弟、末近左衛門尉《すえちかさえもんのじょう》殿、計四名が切腹することにより、すべては――」

皆まで言わず、恵瓊と見交わす官兵衛であった。俺は恵瓊に気付かれぬよう静かに息をついて肩から力を抜いた。

そもそも講和の条件として恵瓊のほうから備中、備後、美作、伯耆、出雲の五国割譲を申し出てきたのである。信長横死という切迫に鑑《かんが》み、和睦を早めるならば清水宗治の切腹を許して五国を手に入れたほうがよいという俺の損得勘定を制し、宗治を許せば高松城が空になるのに時間がかかるがゆえに、それはならぬと諫めてきたのだ。

明日はともかく明後日には毛利勢も信長の死を知るであろう。有り得ぬとは思うが、万が一、毛利勢が講和を破棄して反撃に転じ、大返しの背後を突いてくるかもしれぬということを慮《おもんぱか》るならば、それを防ぐ足場として誰か味方を高松城に入れねばならぬがゆえ、つまり高松城を殿軍が籠もる城として用いるためにも宗治には即座に腹を切らせねばならぬと言うのである。

ゆえに清水宗治が切腹を受け容れたことに俺がいたく感心したということにして、いかにも鷹揚に官兵衛は毛利氏側にとって願ってもない三国割譲を切りだしたのである。

五国から三国へ――。

内心、官兵衛の独断が気に喰わぬが、口をはさみようがないし、逆らいようがない。この案を持ち帰れば恵瓊はそれを自分の手柄とすることができる。さぞや自分が尽力したかのごとく毛利輝元に告げて、筑前殿の気の変わらぬうちにと熱く輝元を口説くであろう。つまり中国からの大返しを貫徹するためのもっとも重要な謀《はかりごと》といってよい。

天下と備後出雲の二国を秤《はかり》にかければ自ずと答えはでましょう――と醒《さ》めた眼差しで官兵衛は迫った。俺は首を縦に幾度も振るしかなかった。

安国寺恵瓊が去ると、夜半にもかかわらず官兵衛は即座に蜂須賀正勝と杉原家次を清水宗治への使者に立て、長男宗之《むねゆき》の切腹はさせぬことを第一に、明朝の切腹を伝えさせた。ちらと官兵衛を窺う。官兵衛も見かえしてきた。同時に息をついた。

「正直、疲れたわ。軀ではなく、心が」

「なんの。これからが正念場でござる。お気を慥かに」

「うん――」

官兵衛は俺の浮かない顔を覗きこむようにして、すらすらと諳誦した。

「信長之代五年三年者可被持候《はもたるべくそうろう》。明年辺者《あたりは》公家などに可被成候《なさるべくそうろう》かと見及申候《みおよびもうしそうろう》。左候《さそうらい》て後、高ころびにあおのけに転ばれ候《そうらわん》ずると見え申候。藤吉郎さりとてはの者にて候」

「なんだ、そりゃぁ」

脳裏で反芻する。――信長の代は五年や三年はもつだろうし、明くる年には公家の位を成しもしょうが、けれど派手に転んで仰向けに引っ繰り返るように見える。けれど藤吉郎はなかなかできる奴——

「十年ほども前になりますか。恵瓊が某所に向けた書状にござります」

「十年前といえば」

俺は羽柴の姓を称するようになり、浅井の旧領を信長よりもらい、長浜に城を築いてようやく一国一城の主とならんとしていたころである。慥かにそのころ恵瓊と会っている。信長が将軍義昭を鞆《とも》の浦《うら》に追放したとき、面倒を嫌った毛利輝元が恵瓊に命じて信長と義昭の講和を斡旋《あっせん》してきたのである。そのときに幾度か信長に取次をし、恵瓊と遣り取りをした。

腕組みをして思いに沈む。官兵衛も黙っている。勢いよく、顔をあげる。

「あの坊主は、上様が転んで仰向けに引っ繰り返ることを——つまりこのたびのことを見通していたのか」

「然様。そして筑前殿の才をも見抜いておられた。ちなみにこの書状、吉川元春および小早川隆景の側近に宛てられたものです。ゆえに毛利方は織田方の誰よりも筑前殿を煙《けむ》たがっておられる」

「そうか、煙たいのか」

「言葉が過ぎました」

「いや。恵瓊の書状があるからこそ、俺は面倒な相手であると思い込んでいるわけだ」

「然様。筑前殿が高松城攻略に出向かれることを知ったときの毛利方の渋面が目に泛ぶようでございます」

　なぜ官兵衛が吉川元春ら側近に宛てた恵瓊の書状の中身を知っているのか。毛利方にあれこれ調略を重ねているときに知ったのか。だが、煽《おだ》てに弱い俺は思わず顔を綻《ほころ》ばせそうになって、口をすぼめ、視線をそらして遣り過ごす。官兵衛が顔を寄せてきた。

「今回の戦において、毛利輝元や吉川元春、そして小早川隆景の動きがいまひとつであったこと、この書状の効きめでもあるということでございます。これ即ち、安国寺恵瓊は筑前殿が天下をものにされることを十年ほども前に予見しておられたということであり、背後から毛利勢の手綱《たづな》を締めておられたということでもございます」

　単なる渉外役の坊主にすぎぬと侮っていたが、思いを改めねばならぬようだ。そして、十年も前に俺のことを認めていたというのだから、俺も多少は自惚《うぬぼ》れてもよいようだ。

　俺が腕組みして思いに耽っていると、傍らから官兵衛が俺以外の信長配下の様子をごくごく抑えた小声でさらさらと並べあげる。なぜ、そこまで知悉《ちしつ》している——と内心、唖然としつつ耳をかたむけた。

　ちなみに、もっとも京に近い大坂にある丹羽長秀と織田信孝《のぶたか》は、とっとと光秀を討てばよいようなものであるが、信長横死の箝口令《かんこうれい》を徹底することができずに、曲がりなりにも天下を取った光秀の宣撫《せんぶ》の効果か、あらたな支配者を畏れた兵たちの逃亡を抑えられず、仕方なしに俺の到着を待っているらしい。柴田勝家や前田利家《まえだとしいえ》、佐々成政《さっさなりまさ》らは北陸戦線である。滝川一益《たきがわかずます》、河尻秀隆《かわじりひでたか》、森長可《もりながよし》らは東国にある。織田信雄《のぶかつ》は伊勢にいるが、その兵のほとんどは織田信孝の四国遠征に従軍しているので身動きならぬという。同盟を組んでいる徳川家康《とくがわいえやす》は信長の勧めによりごく僅かな供回りを連れての上方遊覧のさなかであり、本能寺の変の報せを聞くと這々《ほうほう》の体《てい》で堺《さかい》を抜けだして、いま、どうなっているのか判然とせぬとのことである。

「だが、俺だって備中だ」

「だからこそ誰よりも早く京にとって返して惟任を討つべし」

ん——と、ちいさく頷いて、大きく息をつく。ここまで各々の動向を把握しているということは、俺のことだって俺よりも詳しく知っているということだ。

「官兵衛」

「はい」

「なんか俺たち、今宵、内緒話ばかりしているな」

「然様。いまは、ひそひそ声で喋るしかございません。が、いずれは大声で喋りたいことを喋りたいように喋るときがまいります」

「うん。頼むわ。俺はおまえだけが頼りだから」

「啶と承《うけたまわ》りました。だいぶ更けてまいりました。そろそろお休みを——。明日から途轍もない強行軍にございます」

頷いた直後に大欠伸が洩れた。目尻の涙を中指の先で刮げると、官兵衛は妙に人懐こい笑顔を泛べて辞去した。とりあえず先ほど臀が張りついてしまった床几に腰を落とした。信長落命からはじまって急展開、まことに慌ただしい夜であった。

＊

官兵衛のすすめで床についたはいいが、丑三《うしみ》つ時に魘《うな》された。天下という錘《おもり》が俺の両手両足に絡みついていて、仰向けのままひたすら水底に沈んでいく。沈む俺と裏腹に大小無数の泡ぶくが昇っていく。とにもかくにも異様なほどに透き徹った水で、水上から上体を迫りだして覗く官兵衛の貌がくっきり見え、しかもその唇の端が笑みで歪んでいることに気付き、跳ね起きた。

肩で息をした。首筋から胸元をじっとり濡らした冷たい汗を拭う。俯いて、胸中にて呟く。

――官兵衛。どうしたものか。

どうしようもない。あの男に私心のないことは百も承知だ。それに天下を本気で狙うとすれば必須の人材だ。なによりも、あれほどの男が自己保全の算段をしていないはずがない。たとえば難癖つけて腹を切らせれば、俺にとって不利なあれこれが一気に噴きだし、洩れだしかねぬ。これは絶対に避けねばならぬ。これらが俺の勝手な思い込みであったとしても、官兵衛の扱いは細心を要する。

綺麗な戦だけをしてきたわけではない。謀って引きずり倒し、汚泥に沈めて足蹴《あしげ》にしたことなど、数限りない。これらは誰もがしていることではあるが、調略上手とされる俺である。他の誰よりも汚い手を用いてきたという後ろ暗い自負もある。そもそもそれをさせたのは信長である。俺は常に信長の意を汲んで、ある頃からなにも言われぬ前に誰もやりたがらぬ薄汚い仕事を率先してこなしてきた。だからこそいまの俺があるのである。そして半兵衛亡きあと俺の意を汲んでその薄汚い戦いの核心を担ってくれていたのが官兵衛である。

下賤の生まれの俺が天下を取る場合、傍若無人な信長が天下を取るよりもよほど周囲の人気と評価を気遣いせねばならぬ。有象無象《うぞうむぞう》の猛る嫉妬や過剰に燃え盛るであろう蔑視を巧みに抑えていかなければならぬ。

いままでは猿として徹底して上に媚び諂って剽げてみせ、嘲笑《ちょうしょう》、憫笑《びんしょう》、苦笑、失笑、大笑、爆笑等々の屈辱を真正面から受け、自分からは嬉笑《きしょう》、嬌笑《きょうしょう》、相手の気に入る笑みを泛べ、ときにうまく笑えずに諂笑《てんしょう》、痙笑《けいしょう》の類いにてどうにか誤魔化して遣り過ごしてきた。けれど、そろそろ戯《おど》けが通用する時期は終わってしまった。かといって独断専横を為せるのは完全に天下を掌握してからだ。声にならぬ声で呟く。

「手出しできぬ。官兵衛は、ひたすら手中にて飼うしかない」

己で両頰を張った。居眠りしていた小姓があわてて背筋を伸ばした。ふっと息をつき、横になる。胃の腑のあたりを撫でまわす。肚が据わって、先ほどまでの厭な痼りが消えていた。夢も見ぬ眠りに墜《お》ちた。

＊

清水宗治は俺が贈った酒肴十荷、上林極上三袋にて近親配下共と別れの宴《うたげ》を執り行い、翌早朝、自らの死装束を調えると共に、汚泥の流れこんだ城内清掃を命じ、おなじく俺が差し向けた小舟に乗って俺の本陣の前まで漕ぎ寄せた。

宗治自刃の立会には正勝と堀尾吉晴《ほりおよしはる》を立てた。俺は物陰から見守った。淡き乳のような朝霧が揺蕩《たゆた》って小舟は宙に浮いて見えた。絶好の舞台に清水宗治が小舟の上で半眼にて舞うと、朝霧はそれに合わせて嫋やかに乱れ、幽かな水音が沁みた。兄の清水宗知、弟の難波伝兵衛尉、援将の末近左衛門尉と盃を交わして辞世を認《したた》めると、宗治は腹を一文字に掻き切った。

見事——と感じ入った、そのときだった。なにやら異な臭いが水上から朝霧と絡みあって漂ってきた。思わず顔を顰《しか》めた。便臭であった。どうやら腹を掻っ捌いたときに腸まで切ったようだ。ぶち壊しである。

「やはり、いかんな。切腹は見苦しい」

いよいよというときに信長は本能寺にて腹を切ったのであろうか。俺は絶対に腹など切らぬ。不細工と後ろ指をさされても絶対に生き抜いてやる。糞の臭いを漂わせて事切れるよりもよほどましだ。

介錯をした国府市正《こくふいちまさ》が立会の堀尾吉晴に清水宗治の首をわたし、胴は小舟にのせて高松城内に持ち込んだ。聞くところによると国府市正は宗治の胴を城内に埋め、自身も首を掻き切って宗治の胴に重なるようにして倒れこんだという。まったく麗《うるわ》しくも鬱陶しい主従の美談である。

23

信長から学んだことがある。早さ、速さ、疾《はや》さ、捷《はや》さである。信長はここぞというとき自ら真っ先に居城を飛びだしたものである。悪天候もなにもかも無関係である。即ち主将が先頭に立って素早く軍を移動させることこそが戦の肝要であり、勝機とみるや猶予せずに敵を攻め、撃破する。

高松城から京までざっと五十里強といったところか。思い描くと、一瞬、気が遠くなった。ずいぶん遠くまで出張ってきていたものである。さて、どれだけ早く京までとって返すことができるか。

まずは宇喜多秀家の沼《ぬま》城を目指した。二万五千余りの兵の山陽道大移動である。官兵衛が使者を放ち、京までの沿道の領民に炊き出しを命じていた。兵はそれこそ駆けながら飯を啖うという寸法だ。

落城させたばかりの高松城には城代として杉原家次をいれた。信長の死を知った毛利が反撃を試みれば真っ先に攻められる城であるがゆえに、寧々の生母、朝日《あさひ》の兄に殿軍をまかせたのである。

とはいえ俺の数少ない一門衆である杉原家次を簡単に死なせるわけにはいかぬ。いざというときは戦うだけ戦って、そして委細かまわず逃げてくれと耳打ちしておいて、撤退の前に足守川に築いた堤を破壊した。

苦労してつくった湖は堤の決壊と共に消滅し、迸《ほとばし》った水流は周囲一帯を広範囲に水浸しにした。なにせ高松城にとって湖は水牢といってよい代物である。万が一毛利軍が高松城を攻めたときに、湖が杉原家次の撤退の邪魔にならぬようにするためである。さらには流出した大量の水はおおむね酉の方角に流れだすであろうから、毛利軍の足場を不安定にするという狙いがあった。

とはいえ信頼する杉原家次を守りたいのでぎりぎりまで様子を見た。毛利勢が高松の陣を引き払うのを見届けてから、大返しを決行した。

備前沼城までは六里ほどか。充分に強行軍ではあるが、その日のうちに入城した。夜半である。兵たちには軍装を解かぬように命じた。大一番が控えていることを気配から悟っているのだろう、思いのほか士気が高く、応の声と共に兵は武具を身につけたまま地面に転がった。季節柄、風邪などひかぬことが救いであると頷いていたところに狙い澄ましたように大粒の雨が落ちてきて、俺は頰を歪めた。

「まいったな」

「なんの。この蒸し暑さ、いっそ降れればと念じておりました。それに――」

「それに」

「はい。それに、兵たちは顔を天に向ければ水を飲み放題」

めずらしく戯けた官兵衛の言葉に、俺は黒々と沈みこんだ夜空に顔を向けた。喉の奥にまで雨粒が落ちこんできて、しばらくそうしていたら烈しく咽《む》せた。官兵衛があわてて背をさすってくれた。

翌早朝、毛利への備えとして沼城に宇喜多勢を残すと、浅野長政を入れている姫路城を目指した。目的地が姫路城であり、今日中に到着すると聞いた兵たちは、あまりの途方のなさに呆気にとられて、ほとんどの者は冗談であるとしか捉えていないようだった。万が一、背後を突かれたときに全軍崩壊の憂き目を避けるため、行軍の筋道を二手に分けたのだが、どちらも姫路城まで十七里超、いかなる強行軍であっても最低二日かかる距離である。我が兵士たちは目的地が姫路城であるということを真に受けぬまま、烈しく打ち据える風雨の中、早朝より全員気合い充分な前屈みの体勢で行軍を開始した。

「官兵衛よ、これは嵐と呼んだほうがよい空模様。これだけ濡れると姫路城に着いたころは、皆ふやけて皺々になって倍くらいに膨らんでおるのではないか」

「巨人大兵と化した兵に、惟任もさぞや腰を抜かすことでしょう」

「官兵衛」

「はい」

「おまえ、やっぱり、あまり冗談は巧くないなぁ」

「——おそらくは西から東へ雨雲の動きに合わせての行軍。おかげで暑さにやられることはないにせよ脹脛《ふくらはぎ》など、さぞや攣《つ》りやすくなることでしょう」

急に真面目腐りおって——と、ちょくったが、官兵衛は空惚《そらとぼ》けて続けた。

「こまめに休ませてやりたいところですが、今日こそが筑前殿の兵たちの正念場。脱落せねば、即ち遅れようがどうしようが兎にも角にも姫路城に着きさえすれば、城内備蓄の金銭米穀すべてを分与すると兵たちに伝えおく所存」

「うん。遅れようがなにがあろうが這ってでも姫路城に辿り着いたならば、嘘偽りなくすべてを兵に分け与えよう」

という具合に、出立した直後は俺も官兵衛も気合い充分であった。が、午過ぎには項垂《うなだ》れ気味になってきた。俺たちは馬に乗っているが、それでも烈しく打ち据える雨中、馬草鞋《うまわらじ》が即座に千切れ、吹き飛ぶほどの襲歩《しゅうほ》にちかい尋常では有り得ぬ常軌を逸した歩速である。そもそも幾度馬を乗り換えたことか。その揺れに濡れた着衣と臀が厭らしくこすれたあげくに臀の皮が剝け、さりとて鐙《あぶみ》に踏みかけた足を突っ張り続けて腰を浮かすにも限界がある。己の足だけが頼りの歩兵たちには申し訳ないが、これはこれでじつにしんどいのである。俺を護る馬廻衆ら騎馬武者たちもいよいよ無口になってきた。身を乗りだして、官兵衛に声をかけた。

「船で行こうか」

するとと官兵衛が返事をする前に、蜂須賀正勝が身を乗りだして言った。

「片上《かたかみ》の宿から播磨は赤穂御崎《あこうみさき》までならば、いつでも」

「乗れるか」

「こういうこともあろうかと」

「でかした。もう、穴《けつ》が終わってしもうた」

そんな遣り取りの末に、俺と正勝、官兵衛に生駒親正《いこまちかまさ》、そして馬廻衆十六名は船で赤穂御崎を目指した。片上宿の港をでると梔島《くちなしじま》、曾島《そしま》、鹿久居島《かくいじま》と島影が間近に迫るごく狭い水路を抜けていく。海は荒れていたが、呆けて転がっていられるのだから贅沢は言えない。傍らに端座している官兵衛に訊く。

「赤穂御崎から姫路城まではどれくらい」

「ざっと十里弱ほどかと」

また十里も馬に乗る――。くらっときた。気が遠くなった。俺の辟易《へきえき》が官兵衛や正勝にも移ってしまったらしく、しばし暗い沈黙が流れた。溜息まじりにぼやく。

「気合い充分だったが、今日中に着くのだろうか」

「いかなる気合い根性をもってしても己の足で進むしかない足軽共は無理でございましょう」

「だよな」

「が、我々は」

「着かねばならぬか」

「なりませぬ」

「だよな。主将が先頭に立って素早く軍を移動させることこそが戦の肝要などと吐《ぬ》かしてしまった手前、どんな遣り口ででも着いておらねば示しがつかんよな」

「要は、京に行き着くまでに兵が脱落せぬための無理難題。切迫したときほど達成が難しい事柄を眼前にぶらさげれば、少なくともゆるい目標設定よりは前に進みます」

「進まされる足軽共は、たまったもんではないなあ」

官兵衛は大きく二度、頷いた。

「姫路城では着到順にせいぜい酒肴を振る舞い、慰労致しましょう。城内備蓄の銭金等も残らず分け与え、綺麗に空に致しましょう。翌一日は遅れてきた兵を待ち、兵の休息にあてます。尼《あま》崎《が》までは二日かけます。沼城から姫路城までの無茶がありますがゆえ、尼崎までの二日は案外容易いかと」

「よく言うわ。人のことだと思って」

「まあ、そういうことですが」

正勝が吹きだした。冗談の下手な官兵衛であるが、真面目腐って呟いたときなどに、なんともいえぬおかしみが漂うのである。正勝は官兵衛に一瞥されて、とぼけて視線をそらした。官兵衛はなにごともなかったかのような顔つきで口をひらいた。

「尼崎からは翌早朝発ちまして、摂津《せっつ》と山城《やましろ》の国境間近、富田《とんだ》には十二日夜に到着すればよろしいかと」

胸中にて大雑把な地理その他を思い泛べ、日時をそこに当てはめて、官兵衛の冷徹にして如才なき算当に驚愕した。はじめに沼城から姫路城という途轍もない難題を吹っかけておいて、それ以降は少しずつ手綱をゆるめていくのである。

「そうか。たかが行軍。戦であれば、疲れ果ててしまえば役に立たぬが、所詮は行軍。最初にいちばんきついところを押しつけておけば、あとは――」

「然様。人というもの、少しずつきつくなっていくことには耐えられませぬが、初っ端に難題をこなしてしまえば、あとは相当に難しい事柄でもそれなりに達成してしまうものでございます。また、先に進むに従って楽になっていくのは、戦のときの力を涵養《かんよう》する手管にございます」

「なんかな――」

「はい」

「官兵衛や正勝と一緒にいると、すべてが、なにもかもがうまくいく気がする」

船酔いで嘔吐しまくって顔色を喪い、気息奄々《きそくえんえん》となって転がっている生駒親正を悪戯っぽい眼差しで見やる。官兵衛も正勝も下を向いて笑いを怺えている。

＊

姫路城では改めて将兵らに必ずや信長の仇討《あだう》ちを果たすと語り、城内の蔵その他が完全に空になっていることを示して言った。

「ここまで綺麗さっぱりだと、惟任討伐に失敗しても姫路にはもどれぬ。が、勝てばさらなる恩賞を与えよう。よいか。必ずや上様の仇を討つのだ」

一呼吸おいて、腹の底からの大声をだす。

「惟任の天下が望みか」

官兵衛が仕込んだのであろう、即座に大声で否《いな》と叫ぶ者があり、それにつられた全員の発する否――という雷を束ねたかの大音声《だいおんじょう》が返ってきた。

俺はぐいと中天を仰ぐ。そのまま天を睨みつけ、目尻の涙を中指の先で拭う。もちろん空涙だ。けれど、えいえいおう——と気勢をあげる轟《とどろ》きがふたたび返ってきた。無数の甲冑の軋みを背に退出すると、官兵衛が耳打ちしてきた。

「程よい涙でございましたな」

「うん。俺は、こういうのは得意なんだ。欠伸をしたつもりになってな、じわりと滲みださせる」

しっ、と官兵衛が唇の前に人差し指を立てた。いかん。声が大きすぎた。どうやら俺も相当に昂ぶっているようだ。

＊

姫路城を浅野長政にまかせて、旗幟《きし》を鮮明にせずに様子見をしている諸大名の様子を窺いつつ、それでも遅滞することなく官兵衛の立てた予定通りに高槻《たかつき》は富田に着陣した。難事が降りかかったわけではないが道中なかなかの綱渡りであり、緊張を強いられた。というのも京に向かう筋道にある摂津衆が光秀に与《くみ》して挑んでくれば、大返しどころではなかったからだ。

実際、大返しのさなかに信長の死に感付いた摂津衆、中川清秀《なかがわきよひで》が探りを入れてきた。俺は即座に信長と信忠《のぶただ》は危難を切り抜け、膳所《ぜぜ》に下がり、これに従っていた福富秀勝《ふくずみひでかつ》が比類なき功績を打ち立てた——といった意味の書状を返した。もちろん嘘八百である。虚報に織田信忠と共に二《に》条城《じょう》にて討ち死にした福富秀勝の名をあえて入れたのは、福富秀勝が明智氏一族であったからで、結果、中川清秀や高山右近《たかやまうこん》、池田恒興《いけだつねおき》といった摂津衆が続々と俺の味方となって軍勢に加わった。

さらに信長三男信孝とその宿老である丹羽長秀もどうにか数千の兵をまとめ、俺に合流した。信孝は本能寺の変を知った雑兵のほとんどが逃げてしまったこともあり、これっぱかしの兵になってしまったと歯嚙《はが》みしていたが、俺は慇懃に頷き、よくぞ——とだけ言ってその手をぎゅっと握りしめておいた。

信長の三男といえども兵をほとんど喪ってしまっているのだから、俺に従わざるをえない。ならばせいぜいかたちだけ立てておけと官兵衛に耳打ちされていたのである。ゆえに軍議においては、まずは丹羽長秀を総大将に推し、次いで信孝をもちあげておいた。狙い通り己の兵を喪ってしまって引け目のある両者は俺に盟主になってくれと言い、俺は信孝を名目上の総大将にして実権を握り、天王山《てんのうざん》の中腹に本陣を構えた。

俺が兵を率いて畿内目指して大返しの途についたことを知った光秀も、即座に軍勢を調えて淀《よど》城と勝龍寺《しょうりゅうじ》城に軍を入れて迎撃の態勢をとった。ただし自身の居城である坂本城や安土城を押さえておくことと合わせて北陸戦線にあった織田家中における最大勢力である柴田勝家への備えを最優先した光秀は、自軍の主流を京以東に展開させていたこともあって俺の兵のまさかの行軍の速さに対応しきれず、百姓農民を無理やり徴用するなど俄拵《にわかごしら》えの軍勢を揃えるのが精一杯であり、俺のほうが倍もの兵を揃えていた。が、さすがは理詰めの戦上手、光秀。侮れなかった。

　天王山の戦いの火蓋《ひぶた》が切られたのは、篠突《しのつ》く雨の降る六月十三日の昼七つ頃であったか。それ以前にも小競り合いはあったが、光秀が本陣を置いた恵解山《いげのやま》は沼地が拡がっており、当方が軍を展開できる唯一の筋道に古墳が被さっており、攻めづらいことこの上なしであった。実際に高山右近と中川清秀の軍が光秀の猛攻に、窮地に陥っているとの報せが入った。右近と清秀は中央に位置しているのだ。即座に堀秀政《ほりひでまさ》の手勢を後詰めにまわしたがじわじわ押されているようだ。

「まずいなあ」

　渋面を隠さぬ俺の呟きに、なぜか官兵衛が照れ笑いを浮かべた頬を掻いた。

「少々戯《たわむ》れてみますか」

　ずっ、ずっ、ずっ、と足を引きずって配下に近寄り、なにやら耳打ちした。なにを企んでおるのか。腕組みして見やっていると、なんと我が本隊に毛利家の旗印が無数に翻ったのである。思わず名を呼んでいた。

「官兵衛」

「はっ」

「これは――」

「和睦の交渉時、毛利家に旗を所望しておきました」

「所望しておきましたってな――」

「旗で筑前殿に恩を売ることができるならば安いものと唆《そそのか》したところ、苦笑まじりに受け容れてくれました」

たいした奇策である。だが首の後ろをぼりぼり掻いて見守っているうちに、光秀の恵解山の本陣にあきらかに動揺が疾り、乱れ、これも官兵衛の仕込みであろう、毛利殿の軍勢到着云々の声音も高々と響いて、毛利勢が加担したと勘違いした光秀の兵たちは徐々に崩れていった。そこに池田恒興と加藤光泰《かとうみつやす》の軍勢が淀川沿いを北上して光秀軍の側面に容赦なき攻撃を加えた。弾幕を張るとはこのことである。

「また派手に撃ちまくっとるわ」

「急襲の手本でございますな」

「――しかし毛利家の旗か」

官兵衛は首をすくめるようにして、なにも言わない。日没を前にして光秀の軍は総崩れとなり、兵たちは逃亡四散し、光秀は勝龍寺城に退却したとの報せが入った。

この戦い、もらったと息んだ瞬間、官兵衛がぼそりと深追いするなと諫めてきたので夜間の追撃は控えた。あえてつくったと見える無表情にて官兵衛が言った。

「これにて、さらに、ぐいと手繰《たぐ》り寄せましたな」

「なにを」

「はて、なんでございましょうかな。天王山の戦いの勝利がもたらすものは――」

言葉を呑んだ官兵衛の唇が、天下人と動いた。俺はそれに気付かぬふりをして、深追いはいかんか――と呟いてみた。もはや俺は官兵衛の言いなりである。が、肚も据わった。これから先もとことん官兵衛の言いなりになるつもりである。

24

明智光秀、享年五十五。

官兵衛より夜間の追撃を諫められ、勝龍寺城を包囲するにとどめておいたが、夜半、光秀は再起を図るべく溝尾勝兵衛《みぞおかつべえ》らごく少数の近臣と共に勝龍寺城を抜けだし、近江坂本城にもどろうとして醍醐《だいご》は小栗栖《おぐるす》にて落武者狩りの百姓に襲われ、竹槍にて刺し貫かれたという。

翌日、追撃のため近江は三井寺《みいでら》に陣取ったとき、首が届いた。鈍《なまくら》な鎌かなにかで落としたのだろう、切り口は揉み込んだ綿毛のごとき乱れようで、ほとんど引き千切《ちぎ》られたといっていいくらいであった。薄くひらかれた両眼は灰色に濁って漠然と天を眺めており、その口許はまるで苦笑いを泛べているがごとく歪んでいた。天を眺めて苦笑い——。頬《ほお》に固まった黒き血に足を取られて身悶えしているちいさな蟻を抓みあげて潰す。俺の指先でひしゃげた蟻に視線を投げつつ官兵衛が小声で言った。

「惟任の京における政務は六月の十日から十二日までであったとのこと」

ははは——と力なく笑って、言わずもがなのことを呟いてしまった。

「十日から十二日。三日天下か」

官兵衛以下、首に視線を注いでいた皆が苦く笑った。あげく、俯き加減である。儚いものだ。切ないものだ。

聞くところによると信長から徳川家康と穴山梅雪《あなやまばいせつ》の接待を命ぜられ、その準備のさなかに饗応役を解かれ、俺の高松城攻めに対する援軍を命じられた光秀は唐突に帰国し、丹波亀山《かめやま》城から兵を調えて上洛、本能寺の信長を討った。本能寺攻めは理智に明るい光秀らしい信長の虚《きょ》を衝《つ》いた絶妙な攻めであったが、だからこそ誰も靡《なび》かなかった。

味方と頼んだ蒲生賢秀《がもうかたひで》や細川忠興《ほそかわただおき》は参陣せず、光秀の斡旋で信長に臣従し、光秀と友人でもあり縁戚関係にもあった筒井順慶《つついじゅんけい》に至っては、洞《ほら》ヶ峠《とうげ》に布陣して順慶の参陣を待ち侘《わ》び、合力《ごうりき》を説得する光秀に対してどっちつかずの態度のままぎりぎりまで引っ張って天秤にかけたあげく、俺のほうに覚悟替したというのだから、なんとも罪な男である。

しかも靡かなかったのは武将たちだけではない。京畿《けいき》の民草の収攬《しゅうらん》も成しえず、結局は落武者狩り、しかも竹槍という俄作《にわかづく》りの武具にて刺し殺されたのである。光秀の秀でた額を指先で弄《もてあそ》びながら声をかける。

「なあ、官兵衛。いわば光秀はその場の気分で上様を討ったわけだろう。その場の情を抑えきれずに動いてしまった」

「まことと理に明るい惟任らしくない所行。長いあいだ機会を窺い、充分に下拵《したごしら》えを重ねたあげくに決行したならば、また違った結果がありましたでしょうな」

「だよな」

理智にまさり、徹底して理詰めな性格であることを見抜いたがゆえに、俺はことあるごとにあえてひたすら光秀の情に訴え、遠回しにあれこれ吹き込んできたのだ。光秀にとっての最大にして唯一の情の在りかは母堂であった。

俺は乳母で育つような高貴の生まれではないこともあって、延々と母の乳首に吸いついて育った。乳の香りを覚えているると強弁する気はないが、それでもふとした瞬間、さんざん吸われてやや垂れ下がった乳房が泛ぶ。そんな俺とはまったく生まれも育ちも違うにせよ、漠然とではあるが光秀の母に対する思慕は悟ることができた。たぶん光秀は母親にかわいがられて育ったのだ。俺にしても心密かにお袋のことを想えば愛憎こもごも、理智などあっさり吹き飛ぶのだ。

理を崩すもの、それは情である。

さらに言ってしまえば俺と光秀が仕えていた信長という男は、理に明るく、冷酷なほどの理詰めをもって動くくせに、なぜか理を崩すことが大好きな悍《おぞま》しい男であった。理に生きる男が周囲に振りまく理不尽は尋常でなかった。

その理不尽をもっともまともに受けてしまった男が光秀であった。理詰めの理不尽に対処するには、破裂しかない。本能寺は、光秀の大炸裂が成し遂げた偉業である。

けれど不意打ち、騙《だま》し討《う》ちの気配が濃厚であり、人心を掌握することができなかった。真に天下をものにするには、誰もが納得できる条理と落としどころを用意しなければならないのだ。

常々、心の底の底で夢想してきた。それはあまりにも深い場所なので俺の念頭にも一切のぼらず、俺自身が気付いておらぬほどであった。その想いとは――誰か理詰めの信長の理不尽に耐えかねて大爆発せぬか――というものであった。

俺にとっての信長は、畏れ多いというべきか、怖くてしかたのない妖怪のようなものであった。手出しなどできるはずもないから、まさに他力である。そして己では意識もせずにその標的に選んだのが光秀であった。俺は折々に、己でもほとんど意識せぬままに、光秀の耳の奥に情を込めた言葉を吹き込んだのである。それが実を結んだ。

理をもって口説けば必ず無理が生じる。それは単なる説得であるからだ。言いくるめられていい気分がするはずもない。

が、情をもってすれば無理が通るし、道理が引っ込む。

ただし情は遠回りさせられる。絶対確実には程遠い。理と情、要は兼ねあいであろう。が、それにしても俺は強運である。俺の心の底の願望をついに光秀が代わって成し遂げてくれたのである。

ここのところいつも泛ぶ思いに沈みこんでいる俺に、官兵衛が囁くように言った。

「とかくこの世は、石が流れて木の葉が沈むもの」

「石は上様で、木の葉は惟任か」

一呼吸おいて、付け加える。

「ならば、どっちも沈んでもうたなあ」

官兵衛は柔らかく笑んで光秀の首に視線を落とし、しばし汚れ放題の首を見つめた。

「せいぜい浄《きよ》めて差し上げましょう」

＊

六月十五日には明智左馬助《さまのすけ》の籠もる坂本城を堀秀政が包囲、左馬助は妻と光秀の妻子を刺殺し、自害した。左馬助の妻は、光秀の娘であった。おなじく丹波亀山城も落城し、光秀の長男である十五郎光慶《じゅうごろうみつよし》も十四歳の生涯を閉じ、ここに明智一族は滅亡した。

同日、信長次男、織田信雄が明智残党狩りと称して無人の安土城を攻め、放火した。天主および本丸などが炎上焼失し、また安土セミナリヨから市中までもが焼亡した。暗愚《あんぐ》なりとの評そのままの信雄の所行だったが、自ら信長後継の目を潰したのである。俺と官兵衛は見交わして微妙な笑みを泛べた。

さらに同日、浄め整えた光秀の首級《しるし》および骸が焼け焦げた本能寺跡地に晒された。あわせて三千ほどの明智与党の首を本能寺に並べたそうだが、見物衆が群れ集い、なかなかの賑《にぎ》わいであったという。

また、毛利家より天王山の戦勝を祝して蜂須賀正勝宛に贈答品と書状が届いたという。思わずぼやいた。

「なんで、俺にこんのかなぁ」

「毛利輝元は正勝殿を筑前殿家臣の長老格と目しておるからでございましょう」

「——毛利勢、追撃してこなかったな」

「惟任は、毛利が大返しの際に我らが背後を突き、東西から挟撃することを夢想しておったことでございましょうな」

「そのための密使だったんだもんな」

「なんでも上様の死を知った吉川元春が、いまこそ追撃すべしと熱りたつのを小早川隆景がさらりと諌めたとか。毛利輝元も隆景にむけて大きく頷いたとのこと」

このときの官兵衛との遣り取りはなんとなく収束してしまったのだが、数日後、官兵衛が囁いてきた。

「丹羽長秀にも毛利より戦勝祝いの品と書状が届いたそうにございます」

だからどうした、と醒めた目で見かえす。官兵衛はさりげなく視線をそらして独語するかのように呟いた。

「祝いの品も、書状もまったく同一」

なんのことか判じかねて官兵衛を凝視すると、あの妙に稚《おさ》なく雑味のない、けれど悪戯っぽい眼差しで見つめかえしてきた。

「さりげなく慥かめたところ、書状の文言、一言一句、正勝殿に送られた書状と同一」

「また、毛利輝元も手抜きを」

「ちがいます。正勝殿と同一の文面ということは、丹羽長秀も筑前殿の配下、家臣という認識でございます。以後、筑前殿になにかを頼むとき、このお二方を通せばよいと」

返す言葉がなく、しばし間があいてしまった。天王山の戦いではまともな兵も用意できずに、実際に俺の下働きのようなことになってしまったとはいえ、織田の家臣で最初に国持大名となり、筆頭格の柴田勝家に次ぐ二番家老である丹羽長秀が俺の配下。

「これが世間の見方、判じ方というものでございます」

「いや、なんというか――」

いったん言葉を呑み、官兵衛だからいいかと思い直して呟く。

「正直、嬉しい」

官兵衛は大きく頷いて、笑みを抑えられぬ俺にあわせて頬笑み、けれど即座に真顔にもどして続けた。

「また間者によると、六月六日に毛利輝元が満願寺に報せた本能寺の件、織田信長父子三名戦死」

「三名――」

小首をかしげると、官兵衛は頷いた。

「小早川隆景のほうは信長と嫡子信忠の戦死に加えて、大坂にて信孝自死と信じ込んでいたようです」

なるほど。信孝も死んだことにされていたらしい。実際に死んでくれていれば面倒がなくてよいのだが、残念だ。

「ところで」

「はい」

「官兵衛も信長を呼び棄てか」

「なんとなく筑前殿に毒されまして」

「毒されたか」

「相当に、毒されました。ま、筑前殿の面前だけでございますが。――さて話をもどしますが、毛利方は本能寺の件、惟任と柴田修理が共謀し、仕組んだことと捉えておったようでございますな」

「修理――」

目を見ひらいてしまった。柴田勝家が謀叛に加わっていたというのである。

「惟任、修理に加え、亡き織田信澄《のぶずみ》も共謀に加わったという風聞が消えず、いまだこの三名に対する眼差しにはなかなか厳しいものがございます」

信長の甥である信澄は光秀の娘を娶《めと》っていたことから市中において根も葉もない噂が立ち、織田信孝と丹羽長秀、蜂屋頼隆《はちやよりたか》らの沙汰により生害《しょうがい》させられたとも討ち取られたともいわれ、いまだに正確なところはわからぬが、兎にも角にも本能寺の変の三日後、堺の町外れに首を晒されたという。

謀叛といえば織田家筆頭格の柴田勝家に目がいくのは人情かもしれぬ。なにせ信長が毛嫌いして清洲城にて自ら謀殺した実弟、勘十郎信行《かんじゅうろうのぶゆき》の家老であり、林秀貞《はやしひでさだ》と共に信長を差し措いて勘十郎信行を織田家後継に据えようとさんざん画策し、戦を挑んだ男である。そんな俺の思いを上塗りするように官兵衛が静かに、けれど延々と捲《まく》したてた。

「後日、誰を織田家後継に据えるか、談合が行われましょう。そのときに念頭におくべきこと、まずは丹羽長秀。もはや世間の眼差しも筑前殿の家臣扱いですが、おそらく当人も筑前殿に従っておけば無難と内心決めておるであろうということ。そして柴田勝家、惟任と共謀の噂が市中に根強く、それは単なる噂なれど会議紛糾の折には遠回しに口にするだけでもそれなりの威力を発揮すること。加えて根回ししておきますがゆえに織田信雄、信孝両名は談合から外れること。さらに滝川一益西上の折は、さりげなく邪魔を入れておきましょう」

滝川一益、邪魔。ん——と小首をかしげて見つめると官兵衛はしれっと続けた。

「滝川一益、会議の場には着到ならじということになります。即ち、筑前殿、柴田勝家、丹羽長秀、池田恒興の四名にて諸々の討議を執り行うよう采配すること」

「俺と勝家、長秀、恒興か」

「然様。なお、あえて強調する必要もござらぬが、勝家を除く三名、筑前殿、長秀、恒興と天王山の戦いに参戦しております。猪突猛進《ちょとつもうしん》しかできぬくせに遅参し、参戦ならなかった織田家筆頭、惟任を討ち果たす機会をみすみす失し、大いなる引け目を覚えておることでしょう」

官兵衛は一旦息を継ぎ、俺の耳に息を吹き込むようにして続ける。

「ところで、織田家後継は、三法師《さんぼうし》ということで」

意外さに、片眉をあげて問いかえす。

「三法師は三歳だぞ」

「だから、で、ございます」

漠然と後継は織田家次男信雄か三男信孝のどちらかであると思っていたのである。どちらも信長の血が入っているとは思えぬ阿房であり、せいぜい並みといったところだが、阿房の質からいってどちらが与《くみ》しやすいか思案していたのだ。そこへ三法師である。

うーむ、と唸っているとき、心になにやら滲みだし泛びあがってきたものがあった。勝家が光秀と共謀していたという噂だが、官兵衛が流したのではないか。あわせて織田信澄の死にも官兵衛が関与していないか。また丹羽長秀が俺の家臣扱いということ、率直にいって俺はまだ織田家の序列に囚《とら》われているので、官兵衛に指摘されなければ、弱腰とはいわぬが、それなりの腰の低さで接してしまっていただろう。

「官兵衛」

「はい」

「おまえ、おっかない奴だな」

「はて――」

「褒めてるんだよ。この談合、もらった」

なにやら傀儡《くぐつ》になったかの気分であるが、もはや官兵衛に対する不安はない。一蓮托生《いちれんたくしょう》、しかも官兵衛は端から多くを求めていないことがわかってきた。

要は、遊戯なのである。盤双六《ばんすごろく》のようなものなのだ。官兵衛は俺という駒、あるいは人形を動かして世を思い通りにつくりあげていくことが愉しいのだ。

そこには銭金や権勢に対する慾、あるいは名誉といったものが見事に欠け落ちている。なにものにも囚われず、己一人の裡《うち》なるよろこびで完結しているのだ。

ようやく有岡城の土牢に幽閉されて耐え抜くことのできた理由がわかってきた。官兵衛にとって価値あるものは、現世にではなく、頭の中にしかないのである。だからこそ尋常ならざる土牢にあっても己を喪わなかったのだ。軀を閉じ込められていても、心は自在に羽ばたいていたのである。

奇特な男である。勢いよく立ちあがると、背後からずっ、ずっ、ずっ――と足を引きずる音がついてくる。

＊

光秀の死から十日後のことである。光秀と斎藤内蔵助利三《さいとうくらのすけとしみつ》それぞれの首と胴体を繫ぎあわせたものが山城と近江の国境、粟田口《あわたぐち》の東に晒されたという。塩漬けになっていたのかもしれぬが、この暑い盛りによくぞ十日もたった屍骸《しがい》に触れる気になったものだと呆れてしまった。その有様を泛べただけでも、思わず鼻を抓まずにはいられなかった。

さて、首と胴がつながれた光秀のことを知った翌々日、早めに尾張は清洲城に入った。目的はお市の方である。官兵衛によると、なんと柴田勝家がお市に懸想《けそう》しているというのである。

清洲の城で対面したお市はこのとき三十代なかばの大年増《おおどしま》。されどその美貌は図々しい俺であっても正視を躊躇《ためら》うほどのものであり、六十一にもなって懸想する柴田勝家の気持ちもわからんでもないといったところ、けれど当のお市は声もださずに勝家と唇を動かしただけで、やや投げ遣りな息をついた。

信長はこの妹を溺愛していた。夫である浅井長政が裏切って滅ぼされたあとも、三人の娘共々清洲城に引きとって過剰なほどに厚遇していた。勝手な推測だが、お市は母の土田御前《どたごぜん》に似ているのではないか。信長は光秀とはまた別のかたちの、いわば母を恋うる子であり、けれど母である土田御前は折り目正しき弟の勘十郎信行ばかりをかわいがり、信長に対してはそこに存しておらぬかのごとく接したという。信長の横様なねじまがった性癖は、母の情愛をその身に受けることがなかったことからきているのではないか。お市は俺の顔色を窺いながら問いかけてきた。

「なにを思う」

「——上様のことを」

「兄上のことを思うたら、妾《わらわ》はあの無骨者と添い遂げるべきか」

即座に返す。

「似合いませぬな」

「似合わぬ」

「似合いませぬ。その眩《まばゆ》いばかりのお姿に、あの日焼けして赤茶けた段付き頭が重なるところなど、思っただけでも怖気《おぞけ》が——」

お市の唇が、段付き頭と動いた。俺も声にださずに段付き頭と繰り返した。お市の頬が和らいだ。

「まだ筑前殿のほうが」

「まだ、という枕詞《まくらことば》が悲しゅうございます」

「——大層仲がよいと聞きましたが」

「寧々でございますか。見事に臀に敷かれております。ま、亭主が下手に出ることこそが夫婦円満の秘訣かと」

「亡き兄上が常々、筑前に過ぎたるものの筆頭が寧々殿であると仰有っておりました」

「まさにその通りでございます」

「されど、いろいろ悪さをしておるとも聞きました」

「この筑前め、女性《にょしょう》がいとおしくてなりませぬがゆえ——」

「そうじゃな。女はいとおしんでくれる殿方のところに身を寄せるのが一番であろうな」

「寧々と知り合ったばかりの頃のことでございます。こひと申しますが、寧々の実母に一緒になりたいと眦決して告げに出向いたことがございます」

「ふむ。また懇《ねんご》ろな」

「どうしても我が物にしとうて、めずらしく筋を通したわけですが」

わずかに前屈みになって、俺の目の奥を覗きこんできた。俺の気配を読んで、小首をかしげるようにして言った。

「思わしくなかった」

「はい。野合と罵《ののし》られ、眼前で息をしているのが鬱陶しく、万死に値する等々言われ放題にございました」

お市は即座に返してきた。

「表裏じゃな」

「さすが。おそらくは、表裏だったのでしょう。近こう——とこひが手招きし、俺はおそるおそる膝で躙り寄ったのです。なにをされるかと身構えておったところ、こひは俺の額に掌をぴたりとあてがってくれたのです」

「——どのような心持ちであった」

「憚《はばか》りながら、冷たかったこひの掌がすっと熱をもった瞬間に、男の芯がぐいと奮い立つような昂ぶりを覚えました」

「が、寧々殿のお袋様であろう」

お市はこひの歳のことを言っているのである。そのような齢の女にも昂ぶるのかと言外に匂わせているのだ。俺は真顔で答えた。

「もちろん、怺えましたが」

「よう、わかった」

俺は俯いた。お市は柴田勝家に嫁ぐと決めたのである。勝家を籠絡する手管と割り切って対面したのだが、なにやら苦いものが迫りあがってきた。しばしの沈黙のあとに、お市が囁き声で言った。

「その昔、吉乃《きつの》殿がな」

「吉乃——殿」

「藤吉郎殿は抽んでた好い男とな」

「吉乃殿が――」

「そのときは、誰のことじゃと小首をかしげて仕舞いだったが、なるほど」

短く息をつくとお市は我知らず両頰を掌で包みこむようにして俺を真っ直ぐ見つめた。思わず喉仏を動かしてしまった。とたんにお市は頰にあてがった両手をはずし、潤いで光る眼差しを伏せた。

＊

吉乃のことが頭から離れぬままに、清洲《きよす》城での会議当日となってしまった。織田家中の序列からいけば俺はこのような談合のときには小さくなっていなければいけないのだが、そして自分でも認めたくないが、根は小心なのでどのように己に気合いを入れようか、やや思い煩っていたのだが、お市と会って柴田勝家との縁談の下拵えをし、吉乃の名を囁かれたとたんに、すべてが吹き飛んで、俺の心は吉乃一色に染まってしまった。

勝家は、三男の信孝を擁立しようとしていると聞いた。そしてそれ以外に誰を推すかといえば、常識的には次男である信雄である。が、そこに本能寺の変にて信長と共に死した織田信忠の子である三法師をねじ込むという力業を見せねばならぬ。

ちなみに信長の長子信忠と次男の信雄は吉乃の子である。じつは信雄は三男の信孝よりも若干遅く生まれたのだが、信孝の母の身分が低く、信孝は次男ではなく三男にされてしまったのである。

亡き信忠は決して暗愚ではなかったが、いかんせん父親が信長である。尋常ならざる父と較べられてしまうことはじつに哀れであった。信長の奇矯さと手前勝手だけを受け継いだ次男の信雄を勝家が担ごうとしなかった気持は当然わかる。然もありなんといったところである。

天正七年だったか、信雄が図に乗って独断で行った伊賀攻めは見るも無惨な大敗で、殿軍の柘植保重《つげやすしげ》を亡くすなどその失敗は絶望的であった。信長も親子の縁を切ると熱《いき》りたったほどである。とにかく己を過信し、短絡が目立つ。織田家中においても信雄がなにかしでかせば家臣は『三介《さんすけ》殿のなさる事よ』と苦々しく吐き棄てるばかりだ。本能寺の変のあと無人の安土城を攻め、放火し、天主や本丸を焼失させ、城下を灰燼《かいじん》に帰せしめたことに至っては、頭は大丈夫かと皆呆れ、途方に暮れたものである。俺だって信雄を担ぐくらいだったら、信孝を推す。

ところが信雄は後継者になるつもりで養嗣子にでていた北畠《きたばたけ》家から慌てて織田に復姓したというのだから図々しいというか、諸々が読めぬというか、阿房というべきか――。

それにしても信長と吉乃が番ったならば抽んでた子が生まれそうだが、そうならなかったのが不可思議である。信忠は並の上、信雄は度し難い下《げ》の下である。ならば俺と吉乃が番ったならば、と妄想を膨らませかけて、我に返る。――子胤がないのだから、俺には子を語る資格がない。

長浜城にて俺の子を孕《はら》んだと称する女があらわれ、秀勝と名付けてかわいがった。石松丸秀勝《いしまつまる》である。

が、あっさり死んでしまった。三法師とおなじく三歳だった。そのときは心密かに慟哭しもしたが、いまでは漠然と、あれは俺の子ではなかったと割り切っている。その俺が三歳の三法師を擁立しようとしているのもなにかの縁だろう。

それに俺には寧々が信長に懇願して養子に迎えた信長四男、於次《おつぎ》秀勝がいる。可哀想に寧々は石松丸秀勝が死んで跡継ぎが消えたと嘆き、子を孕まぬのは自分に原因があると思い詰め、信長に、是非とも養子を――と迫ったのである。寧々にはやたらと甘かった信長は、あっさり四男をよこした。寧々は孕まぬ己を責め、呻吟《しんぎん》したあげく主筋の子を養子に迎えて石松丸秀勝とおなじく於次秀勝と名付け、羽柴家の安泰を企てたのである。

この於次秀勝がいま、役に立つ。会議に参加する他の者とちがって、俺には織田家との血縁のつながりがあるのである。実際、於次秀勝は高松城攻めにも参加し、中国大返しでも俺と行動を共にし、まだ十代半ばであるが本能寺の変の弔《とむら》い合戦の旗印として異母兄の織田信孝と並んで天王山にて戦っているのである。

筋論からいけば於次秀勝にも織田家を継ぐ権利はあるが、そして皆は俺がこの於次秀勝を織田家後継に推挙するのではないかと噂しているが、魂胆が見え透いているというか、あからさますぎて家中の支持を得るのは難しいとの判断から、官兵衛は意表を突いて三法師を推せと囁いてきたのである。要は、この会議にて俺の要求を通すこと。これが総てである。俺の思い通りに動かせば、先々も俺の思惑どおりに動くようになる。

もっとも、これら諸々は俺の心の上っ面を掠《かす》めるばかりで、清洲会議のその場にむかう刻限になっても頭の中は吉乃のことばかりであった。あの甘やかな肌の香りと、肝所《かんどころ》を柔らかくもじわりと包みこんで慰撫してくれるその軀、そして並みの女など及びもつかぬほどに深く切なく気を遣《や》るその様――。

信長に差しだして以来、心の奥底に押し込め、あえて忘却の彼方に押しやった吉乃が俺の背骨を伝って這いあがってきて、もはや思慕を抑えようがない。居丈高な貌でやってくる柴田勝家を前にしても、俺の男の猛りはおさまらない。奥歯をぐっと嚙みしめて、勝家に顔を寄せる。

「お市の方のこと、丹念に根回し致しましたがゆえ、万全にてございます」

「うむ」

お市に対しては小童《こわっぱ》のごとく顔を赧《あか》らめてしまい、まともに口もきけぬ勝家に代わって斡旋の労をとった俺を見もせずに横柄に頷きはしたが、見るみるうちにその頰がゆるむ勝家であった。

「大儀であった」

何様のつもりか。絶対に引っ繰り返してやる。そう決心を新たにしたとたんに、とっておきの迎合の笑みが泛ぶ。揉み手などしたいところであるが、やりすぎは逆効果と思い直す。それに勝家が俺のほうを満足に見もせぬこともあって、即座に想いは吉乃に向かい、ふたたび歩みがぎこちなくなるほどの昂ぶりに覆い尽くされた。

勝家がじっと俺の顔を見つめていた。あわてて剽げた笑みを拵える。

「どうした」

「──いまだから申しあげますが」

「ん」

「心密かに吉乃殿を懸想しておりました」

意外な、といった顔つきで勝家は歩みを止めた。白いものが目立つ伸び放題の眉毛の奥の目が微妙に濡れて揺れている。あきらかに異性を恋うるさなかにある男の眼差しであった。俺も合わせて立ちどまり、溜息などついてみせる。

「もちろん手が届くはずもございませぬ。なにを隠そう、上様に吉乃殿を引き合わせたのは、じつはこの筑前ではございますが、羨望に胸を焦がしたことがあった、ということでございます。ま、実際は懸想にまで至らぬ淡い思慕といったところでしたが」

「うん」

「修理殿が羨ましゅうございます」

「ん」

「お市の方は、ごく健やかな御様子でございました」

「ん」

「男は幾つになっても麗しき女性に心をときめかすもの。修理殿とお市の方が末永く仲睦まじく過ごされることを念じております」

「うん」

勝家は満足げに頷くと、あきらかに弾んだ足どりで先を行く。いきなり若返ったがごとくである。俺は俯き加減で従う。

もう、逢いたくても逢えないのだ。

吉乃は十六年も前に死んだ。

信長の長女、徳姫《とくひめ》を産んだあとの産後の肥立ちが悪く、呆気なく身罷った。それを聞き及んだときには、本性本音をすべて心の奥底に押し込んで一切浮上させぬよう障壁を拵えていたこともあって、小さく口をすぼめてわずかに俯いただけであったが、もう信長はいないのだ。そして吉乃も、いない。

だからお市のことで頭がいっぱいの色惚《いろぼ》け勝家にも吉乃に対する思慕を打ち明けた。勝家だって信長が消えたからこそ、お市に対する懸想をいきなりあからさまにして、けれど自分ではまともに口もきけぬから、俺に仲介を頼み込んできたのである。

吉乃が信長の長子、信忠を懐妊したときは打ちのめされたものである。俺とさんざん情を通じてきたにもかかわらず吉乃は孕まず、信長と同衾《どうきん》したとたんに男児が生まれたのである。

その信忠も、いまはいない。

そして、いまだに信じ難いのだが、信長と吉乃の血が合わさって、信雄のごとき愚物ができあがってしまったのも、紛れもない事実なのである。信雄は信長の悪いところばかりを受け継いでいる。いわば空っぽの信長である。この清洲会議においても信雄を積極的に推す者は、まずいないと思われる。

ただし唯一、旗幟をあきらかにしているのは三男の信孝を擁立すると公言している柴田勝家だけである。

下肚に力を込めた。息を整えた。戦などよりよほど難しい勝負である。吉乃よ、俺は天下を取るぞ——胸中で囁いた。俺の真の天下取りは、やはり俺がさんざん愛でた吉乃を信長に呉れてやったときから始まったのだ。

ふっ、と笑みが洩れた。俺の使い古しに夢中になったからこそ信長は天下一統の目前で大転びしたのだ。そう悪ぶって理窟にもなにもなっていないことを強弁したとたんに、涙が一筋伝ってしまった。

手の甲で頰をごしごしこすって勝家に続いて広間に入る。跳馬《はねうま》の障子の陰から目敏《めざと》く丹羽長秀が上目遣いで一瞥してきたので、欠伸を噛み殺すふりをしてみせた。すると長秀は意味ありげな眼差しと笑みを向けてきた。官兵衛の言うとおりであった。長秀は、俺についていくと合図してきたのだ。

俺に言われたくはないだろうが、池田恒興は老いた猿のごとき金壺眼《かなつぼまなこ》で彼方を見つめている。俺と同い歳だったたか、似たような歳だが、お互いに老け顔ではある。天王山の戦い以来である。俺が頭を下げると気のなさそうな黙礼を返してきた。

勝家が上座についたので、空いている菅円座《すげえんざ》にどさりと腰を下ろす。讃岐《さぬき》のものと思われる。なかなかの座り心地だ。そんなことに思いを致す余裕があった。己でも意外なほどに周囲をかまわぬ、見ようによっては横柄な着座であった。磨き抜かれた板床に歪んだ影が映り、しんとして心地好い。剃り跡が妙に青々しい茶坊主が退出したとたんに、長秀が口をひらいた。

「修理殿。お市の方とのことは」

世慣れたというか、いかにも世故に長けた笑みで問いかけられて、勝家は俺を顎でしゃくって示した。

「猿がな」

俺は笑みを絶やさなかったが、勝家はいったん口を噤んだ。

「筑前がな」

「なるほど。それはようございましたな」

「うむ」

勝家が茶を啜っている隙に、長秀が俺に向けてちいさく頬を歪めてみせた。俺は茶碗に添えられた無骨な勝家の指を一瞥して、幽かに頷き、その視線を池田恒興に流す。すると恒興は即座にその金壺眼で見返してきた。それは、まさにただの目にすぎず、なにを思うか、まったく読めぬ。

「さて、単刀直入にいこう」

いきなり勝家が銅鑼声《どらごえ》を張りあげた。なにもこのような場で大声をださなくてもよさそうなものだが、勝家もこの会議をある種、戦場のように捉えているのかもしれない。

「上様後継、誰を推すか」

芝居がかった目つきでぎろりと見まわす。長秀は空々しく視線をそらし、恒興はわずかに小首をかしげて顎を弄ぶ。俺は笑みの幕で全てを撥ね返す。

「意見がないようならば、信孝殿に決まりということで」

脇息《きょうそく》にあずけていた肘が外れ落ちそうになった。いくらなんでも早過ぎはしないか。これのどこが会議か。談合か。俺の笑いが苦笑いに変わった。

長秀は表情を消し、恒興は腕組みした。

勝家の戦法は、掛《かか》れ柴田と称されるがごとく、得意とする先手必勝らしい。けれどこの場合、あまりにも悪手である。どうやらお市の方が因《ちなみ》――婚約を受け容れてくれたことで気が大きくなっているらしいが、俺も長秀も恒興も勝家に欠片も呑みこまれてはおらぬのである。

長秀が俺を素早く窺ってきた。俺は首の後ろをぼりぼり搔いてから、痒くもないのにこうして首筋を搔くのは癖であり、どのようなときにこの癖がでるのだろうと口をすぼめて思案した。それを勘違いしたのだろう、勝家が身を乗りだしてきた。

「信孝殿では不服か」

「不服。然様――」

と勿体つけて続ける。

「この場におられぬからあえて率直に申しあげるが、三男であるということ、神戸《かんべ》氏に養子に出ているということ、それらを差し措いても上様後継としては帯に短し襷《たすき》に長し」

勝家が両の拳を床につけて、さらに前のめりになって大声をあげた。

「だが、天王山においては見事、惟任日向守《ひゅうがのかみ》を」

あえて勝家の大声を吸いこむような頃合いで、皮肉な、けれどくっきり明瞭な小声で強引に割り込む。

「見事という科白《せりふ》には無理がございますな」

「なに」

「信孝殿、惟任謀叛の報に兵をまとめあげることができず、ゆえにまともな数を揃えることもできず、あの戦においては中央後詰といえば態《てい》もよいが、有り体に申してしまえば予備として控えておられたに過ぎませぬ」

信孝に付いていて兵を散逸させてしまった長秀が一瞬酸《す》っぱい顔をした。が、即座にすべてが他人事といったのっぺりした表情をつくった。それを勝家は横目でじろりと見て訊いた。

「ならば長秀殿はどうだ。信孝殿の宿老の意見を聞きたい」

嫌らしく矛先を向けられた長秀はするりと遣り過ごす。

「そうですなあ。順番からいけば次男の信雄殿ですが、修理殿はあの御仁に附き従うことができ申すか」

「──無理。無茶。無体」

「ならば恒興殿は」

「そうよなあ。安土の城を焼いた時点で、完全に後継の目は消えただろうな」

勝家が俺を見据える。

「ならば猿だけか、信雄殿を推すのは」

「いつ、推すと申しましたか」

「ふん。ならば、猿の、いや筑前の取って置きか」

「取って置きとは」

「おまえのところの於次秀勝よ」

「上様の四男でありながら斯様《かよう》に呼び棄てられるほどでございます。ま、秀勝は、この筑前めの養子にございますからな」

「だが、信雄よりはましであろう」

「一応は、だれが耳を欹《そばだ》てておるやもしれませぬがゆえ」

「信雄、殿、よりは、ましだと言うておる」

「あのような御仁と較べられるは、於次秀勝の不幸」

「で、どうなんだ、どうする気だ」

「秀勝でございますか。別段」

「ふむ。信雄でも信孝殿でも、秀勝でもないと吐かすか」

「勝家殿」

「なんだ」

「何故、そのように居丈高に振る舞われますか」

笑みをおさめて、真っ直ぐ見つめる。

「明智日向守惟任と共に謀って上様を亡きものにしたという噂が市中を駆け巡っておることは御存知でしょう」

なに、と眉間に大仰な縦皺を刻んで、勝家は真っ白になり、そして真っ赤になった。俺はふたたび顔を満面の笑みで覆う。

「ここに御座《おま》す丹羽長秀殿、池田恒興殿の御両名は、この筑前と共に天王山において明智日向守惟任討伐を成しえた功労者にございます。我々が戦っているとき、勝家殿は越中魚津でなにをしておられた」

「なにをと言われれば――城攻めじゃ」

「城攻めは、この筑前も同様。何故、即座に引きかえして惟任を討つ算段をなされなかったのか」

抜群の間合いで、長秀が呟くように言う。

「ま、なんだかんだいうても筑前殿は於次秀勝殿をとおして織田家にもっとも近い血縁の持ち主。それにしても中国大返しから天王山の戦いに至るまで、じつに見事であった」

あとは勝家から視線をそらして爪のあいだの垢を見つめている。

しばし沈黙が続いた。勝家の不規則な鼻息ばかりがせわしない。そこに遠い蟬《せみ》の声が絡んできた。池田恒興が金壺眼を若干、見ひらいて問いかけてきた。

「で、筑前殿はいったい誰を推されるか」

その口調にはどこか馴《な》れ合いの気配があった。誰を推すかは判然としていないにせよ、さしあたり逆らう気はないという気配も伝わってきた。悪いようにはせぬ――と目の奥から恒興に念を送り、さらっと言ってのけた。

「三法師殿」

さんぼうしぃ――と勝家が語尾をあげて呻くような声をだした。

「まだ三歳だぞ」

大袈裟《おおげさ》な呆れ顔をつくって睨み据えてくる勝家に、あえて抑揚を欠いた声で言う。

「本能寺の変以前に織田家の家督は上様より信忠殿に譲られております。その信忠殿が亡きあと、嫡子であられる三法師殿が織田家を継ぐことになんの不都合がございましょう。不都合どころか、これこそが、筋」

静かに見つめかえす。勝家はしばし黙りこんでいたが、大きく首を左右に振った。

「いかん、いかん、いかん」

膝で躙り寄り、くさい息を吐きかけながら怒鳴りつけてきた。

「断固、許さぬ」

「何故でございますか」

「猿、おまえの思い通りにはさせぬ」

「思い通りもなにも、道理を申したまで」

「なにが道理だ。三歳だぞ。この難局を乗り切れると思うのか」

「後見を立てればよいだけのこと」

「おまえが後見人におさまるつもりだろう」

苦笑まじりに応える。

「後見には堀秀政殿がよろしいかと。秀政殿には織田家蔵入地《くらいりち》の管理を託そうかとも」

「いかん、いかん、いかん」

「信雄殿は論外ということでは意見の一致を見ておるのですから、織田家家督相続は三法師殿。堀秀政殿、後見。そして信孝殿預けということで丸くおさまるかと」

「いかん、いかん、いかん」

まったくもって勝家の語彙の乏しさは見苦しい。俺だけでなく長秀も恒興も苦笑いを隠さない。鼻の穴を拡げて熱りたつ勝家を醒めた目で見やって長秀が呟くように言った。

「筑前殿の案がよろしい。三法師殿が、よろしい」

恒興は肩を前後にまわして短く息をつき、頷いた。

「信雄殿も信孝殿も微妙なれば、信忠殿の嫡子は理の当然」

三対一だ。勝家の唇がいかんと戦慄き動いたが、もはや声は発されなかった。きつく両の拳を握り、斜め前を睨みつけている。

委細かまわず議題を光秀と信長、信忠親子の遺領配分に移した。光秀討伐においてなんら功のなかった勝家にはせいぜい譲歩してやり、空白となった欠国をたっぷり分配してやろう。

もはや会議は俺と長秀と恒興の遣り取りのみで進行していき、勝家は蜂谷をぐりぐりさせて黙りこくっている。長秀はさも面白そうに時折、勝家に視線を投げている。恒興はそんな長秀と勝家の双方を無表情に見やる。

この四日後、清洲会議に参加するはずであった滝川一益がようやく上野国《こうずけ》から本領の伊勢長島《いせながしま》に辿り着いたという。官兵衛にそのことを問うと、はて途中でなにがあったかは存じませぬ——と空惚けた。

25

いやはや、と丹羽長秀が苦笑する。ふと気付けば勝家殿の真隣ではござらぬか——と、ぼやく、ぼやく。信長、信忠親子および光秀の遺領配分である。

三法師後継を押し通したこともあり、天王山の戦いにおいてなんら功なき柴田勝家だったが、旧領越前八郡に加えて俺の長浜城を含む近江北三郡を分配して、さしあたりの苛立ちを抑えてやった。下世話な物言いをするならば、お市の方まで世話してやったのだ。当分は営みに励んで温和《おとな》しくしていてもらいたいものだ。

丹羽長秀には、それまで領していた近江中郡を堀秀政に移すかわりに、若狭一国に加えて近江高島《たかしま》郡、そして光秀領であった志賀《しが》郡を配分した。

これだけ増えれば大満足の長秀だったが、もろに勝家の勢力圏に隣接していることに気付き、嵌《は》められたとまではいわぬにせよ、俺の陣営の最前線に置かれてしまったことに苦笑いというわけである。

何故、あえて長秀を勝家と接して据えたかといえば冷徹な勘定ができる男である。もはや勝家と通じることはないと踏んだからだ。なれば安楽を許さず、常に緊張をもって領国経営にいそしんで戴こうという寸法である。なによりもいざ勝家と戦となれば、俺の兵を動かすにせよ、長秀があの場所にいてくれることがなによりも心強い。

俺はといえば近江北三郡を勝家にくれてやったかわりに、新たな居城として天王山に山崎城《やまざき》を築き、旧領である播磨に加えて政の中心である京を含む山城全域と丹波国を獲得した。禁中《きんちゅう》および京の警衛、そして朝廷との折衝などの重要な権限をもつ京都所司代《きょうとしょしだい》には信長旧臣である桑《くわ》原貞也《ばらさだなり》を据えたが、いまひとつで、一門衆の浅野長政と杉原家次を任じた。

もちろん信孝や信雄にもさしあたり文句をいわせぬよう遺領を過分に分配してやり、さらには堀秀政、高山右近等にも知行を安堵してやった。これらは清洲会議の面々、柴田勝家、丹羽長秀、池田恒興、そして俺の連署というかたちをとっているが、もちろん俺の意向がほとんどである。後に多聞院《たもんいん》日記に『大旨、羽柴がままの様也』と記されていたことを知って、にやりとしたものだ。

清洲会議にて主導権を握り、三法師を織田家の家督に据えたことによって、力むまでもなく諸々がするすると俺の思いどおりに運んだ。これはとりあえず俺にのっかっておくのが一番だということであり、皆が機を見るに敏であるということの証しでもあろう。図に乗っていれば簡単に引っ繰り返されてしまいかねぬが、さしあたり俺が、いちばん勢いがあるということだ。

清洲会議から十一日後の暑い盛り、ごく小規模なものではあるが、山城にて初の検地を行った。これは先々、俺が試みようと心に決めていることの大切な第一歩である。なにをしようとしているのかといえば、兵農分離だ。それを為すためには農民がその土地から動かずにすむように、戦に動員されて耕作を放棄せずにすむように、きっちり検地によって処置せねばならぬということだ。

このころ惣村《そうそん》のもつ力は侮れぬほどに膨張し、年貢高の折衝等、領主に強引な言い分を押しつけてくるほどであった。その一方で作物の生産高もあがり、村内では貧富の差が拡がり、地主と小作の争いも絶えなかった。

これらは領主などが安易に惣村に踏み込めず、土地の権利関係が不明瞭であることによるとみた。

そこで以前のような村側の自己申告による指出検地《さしだしけんち》によって銭納させる貫高ではなく、それこそ日本全国一律の基準にて土地面積をきっちり測定し、そこからどれだけの作物が穫れるかを米に換算する石高《こくだか》、即ち土地の生産力に置き換えればどうだろうという思惑を以前から抱いていたのである。

もちろんこれらは信長が天下を取った暁に俺が信長の元で力を有するための材料として具申するつもりであったのだが、もはや目の上のたんこぶは消えた。

ならば俺が天下一統を成し遂げて、日本全土に検地を行いたい。そのための試みとして山城にて初の検地を行ったのである。

俺の検地の要諦は、検地帳に土地を所有する者の名を明記することにある。地主や小作をはじめとする惣村内の村人の争いも、土地の権利が公に明記されることにより、終熄《しゅうそく》するはずだ。

つまり閉じた薄暗い惣村内の漠然とした決め事云々ではなく、理詰めの計測によって表向きにも土地が自分のものであると認められることが農民当人にとっても利点であると受けとめられるかどうかに俺の検地の成否がかかっている。

人は自身に利点のないことに唯々《いい》諾々《だくだく》と従うはずもない。力にて無理強いも可能であろうが、それは無駄が多すぎる。農民のほうから検地を望むように仕向けていきたい。

細心の注意を払って検地を行った結果は上々であった。検地によって隠田《おんでん》等があからさまになってしまうから年貢は多少重くなるのだが、土地が公に自分のものであると認められる明瞭さを皆、望んだのである。

不明瞭な部分が消えるということ、じつは余剰が消滅するということである。これにより徐々に惣村の力は弱体化していくであろう。加えて土地の個人所有の墨付きを与えることによって、集落の力そのものよりも各々の慾が、個々の本性が優先するのであるから惣村の劣化は火を見るよりも明らかだ。

さらに兵農分離。

まだまだ俺にその力はないが、天下を統一した暁には大名の転封《てんぽう》——領地替えを行わせる。そのときに『兵』は一人残らず連れていかせる。農民は、その土地に残す。

兵であり農であったどっちつかずの者も、兎にも角にも一度でも軍役をつとめたことがあり、恩賞をもらったことがあるならば兵。大名は必ず『兵』を連れて転封するから、村には農だけが残るという寸法である。

もはや農民を徴用し、急拵えの兵に仕立てあげる時代ではない。農民は戦のたびに徴用されて田畑を抛りださざるをえない。結果、否応なしにその年の収穫は見込めなくなるということだ。

しかも農民を俄仕立ての兵として用いると、必ず行く先々にて略奪を為して怨嗟《えんさ》の種子を蒔《ま》く。そのくせ弾の飛んでこないところで様子見ばかりで、まともに戦わない。下々のことなど与《あず》り知らぬ御大名様には農民の強《したた》かさなどわかろうはずもない。

農民からすれば命あっての物種であるし、徴用するだけで食い物さえまともに与えないのだから当然だが、このような規律のない有象無象はたいして役に立たぬということを、いやというほど目の当たりにしている。

だからこそ検地にて土地所有を明確にしてやって、一度でも従軍したことのある者は兵として転封する領主についていかせ、その者たちの土地を農民に分け与える。領主の移封は一度ではすまぬ。さすれば土地にしがみつこうとしている兵農どっちつかずの者をふるいにかけることができる。最後に残った農民にはひたすら作物だけをつくらせればよい。そうすれば収穫は安定し、国が富む。

一方で俺は武に専一する者を仕立てあげるつもりだ。戦はそれに対して徹底した修練を積んだ兵隊がすべきである。俺の軍隊は、なによりも兵站、即ち戦場の後方にあって武器や食糧などの管理補給を担うことを重視する。敵地であるから当然とされてきた略奪等の現地調達を厳しく戒める。

降雪の季節になれば略奪しようにも食糧を現地調達できなくなるから進軍を控える、あるいは兵を退く——といった季節に左右されてしまう軍隊など、これから先の時代には役に立たぬ。略奪強姦殺戮《ごうかんさつりく》によって攻め入った先の者たちに怨嗟を残すなど愚の骨頂だ。

俺の兵は餓えることなく、農民を殺さず、女だってきちっと対価を支払って筋を通して入手する。言い換えれば略奪などの雑事にかまけず戦だけに専心する。それこそが最強の軍隊であろう。

そのようなことを夢想しつつのごく小規模な検地だったが、土地所有がはっきりするということで慾を擽られた農民共が自ら率先して協力してくるので、思いのほかうまくいった。幸先がよいと頷いた。

すべては天下を統一してからだが、さしあたり兵站を強化するくらいのことはできる。秀吉の軍隊は農民その他、戦と無関係の者より略奪強姦殺戮をせぬという評価をぜひとも得たいものである。

*

勝家に喧嘩《けんか》を売ろうと決めていた。戦をせねばならなくなるように、じわじわ追い込むつもりだ。勝家のほうは引き延ばせばよいだけだが、俺のほうはもたもたしてはいられない。好機というものは、一度逃してしまえば摑めぬものだ。

三法師を預けられたのをよいことに、織田信孝は勝家と結託して三法師を切り札として手許に置いておくために、安土城の再建をあえて遅れさせている。

ならばこれはどうだ、と九月に入ったとたんに、俺が信長の葬儀を執り行うという意向を示してやった。

即座に勝家と信孝、滝川一益、そして丹羽長秀までもがこぞって反対してきた。ただし長秀の反対には、性急に過ぎるという戒めの気配があった。勝家を刺激しすぎるというのだ。つまり、まさに喧嘩を売っている——というわけである。

三法師を手許に置いておくことも重要ではある。けれど信長の葬儀を誰が主催するかということも、その衣鉢《いはつ》を誰が継ぐかということを天下に顕《あらわ》すための最重要事である。世の中はわかりやすい見てくれのほうに流れ、靡いていくということを、俺は嫌というほど思い知っている。

俺が葬儀及び百箇日忌法要を執り行うと宣言したことに対抗して、勝家は唐突に九月十一日、お市を立てて妙心寺《みょうしんじ》にて信長の百箇日忌法要を行った。法名は天徳院殿龍巌雲公大居士《てんとくいんでんりゅうげんうんこうだいこじ》という大仰なものであった。

勝家がこうも早く動くとは思っていなかった。なにせ百箇日忌法要といいながら、九十九日目であった。

されど、こういう事柄は既成事実をいかにつくりあげるかにかかっている。俺は悠々と百日目に、於次秀勝を立てて、大徳寺《だいとくじ》にて古渓宗陳《こけいそうちん》を導師に、より派手派手しく追善百箇日忌法要を執行した。法名は、大仰さで負けぬよう總見院殿贈大相国一品泰巌大居士《そうけんいんでんぞうだいしょうこくいちほんたいがんだいこじ》とした。
十八、二十の両日には丹羽長秀が俺の宿所を訪ねてきた。なにを話したかは、言わぬが花だ。ただ信長の四男、於次秀勝を養子にしたのは、まさにいまの状況を見越した慧眼《けいがん》——と長秀が呟いたことだけは記しておこう。俺は鷹揚に頷きかえしておいたが、於次秀勝が我が手にあるのは寧々のおかげである。

その於次秀勝を喪主に据えて、兵一万を率いる警固大将に弟の羽柴秀長を任じ、十月十五日に大徳寺にて信長の葬儀を執行した。

様子見であろう、池田恒興は次男の輝政《てるまさ》を名代として寄越してきた。長秀も参列せずに家老を代理に立ててきたが、これは様子見などではない。保身だ。

というのもこの葬儀、俺と長秀と堀秀政に加えて長谷川秀一《はせがわひでかず》らとの密談をもって企てたものであるからだ。さしあたり長秀は表立ってあれこれ動くと差し支えがあるので、あえて家老を寄越して背後に息を潜めていたということである。

じつは、長秀は信長恩顧の武将の懐柔工作を率先して引き受けてくれているのだ。織田家家中の主導権争いのなかで、早々に俺を立てると決め、動いてくれている。

これは大きかった。なにせ織田家重臣であった男である。そんな長秀が陰に陽に俺に尽くしてくれるその姿が、周囲にどれだけ影響を与えたことか。

織田信雄、信孝は葬儀を完全に無視し、当然ながら勝家も参列しなかった。それどころか勝家は信孝や滝川一益と共に俺に対する弾劾状《だんがいじょう》を諸大名にばらまいていた。

けれど、そんなことは織り込み済みだ。要は民草に俺が信長の葬式を出してやったということを見せつけるのが狙いだ。

俺は仏師に命じ、笏《しゃく》を右手に持たせた衣冠束帯の厳《いか》めしい姿をした木造による三尺八寸の信長の等身大坐像を二体つくらせた。内一体を棺桶《かんおけ》におさめ、それをあえて恒興の次男輝政に担がせた。それも前を、である。後ろは於次秀勝に担がせた。

悪目立ちする棺桶の前面に輝政を据えたのは、当然ながら池田恒興が勝家に肩入れできぬようにするための算段である。位牌《いはい》は信長の十男、信好《のぶよし》にもたせた。その背後に続いた葬列は三千人をはるかに超える派手なものであった。

導師は百箇日忌法要とおなじく古渓宗陳、加えて五山、そして洛中洛外の僧侶共を宗派を問わずとことん掻き集めた。見物に集まった物見高い町衆は、京の坊主がすべて大徳寺に集まったと驚嘆した。

棺桶に入れた木像はいかにも芝居がかったというか、見世物めいた茶毘《だび》に付され、もう一体は大徳寺に安置された。仕掛けというのも大袈裟だが、茶毘に付したほうの木像は香木にて拵えさせていた。燃やせばよい薫りが立ち昇る。さらに木像といっしょに大量の香木をくべてやったので、洛中一帯によい匂いが漂って大評判となった。これにより羽柴秀吉が織田信長の葬式を出したということが人口に膾炙した。

さらに勝家が信孝や滝川一益と謀って弾劾状をばらまいたことにあわせて、あっちが上から迫るならば、こっちは下からということで、織田信孝が三法師を人質扱いし、岐阜に抑留して安土に移さぬこと、勝家が誓約に背いたこと云々を、あえて本願寺など泥臭い方面に書状を送って綿々と訴えてやった。名もなき底の底の無数の民草を味方につける算段をしたということだ。

信長の葬儀の十三日後、六条本圀寺《ろくじょうほんこくじ》に丹羽長秀と池田恒興を招き、密談した。長秀は当然のこととして、倅に信長の棺桶の前を担がされた恒興も肚を決めていた。金壺眼を見ひらいて問いかけてきた。

「で、これから、どうする」

長秀が、いきなりか——という目で恒興を見やる。慥かに柴田勝家とはまた違ったかたちではあるが、単刀直入な男である。ならば率直に返してやる。

「さしあたり、三法師は棄てるわ」

金壺眼がさらに見ひらかれた。長秀も手にした茶碗を中空にて止め、俺を凝視し、咳《しわぶ》いた。

「軽く言うが、三法師を棄てれば担ぐ御輿《みこし》がなくなるぞ」

金壺眼が頷いた。俺は恒興と長秀の視線を左右から受けて、なにやらこそばゆく、早口で言った。

「織田信雄を当主に据える」

のぶかつぅ、と長秀が語尾をあげ、その上体が前のめりになって茶がこぼれ、畳を濡らした。

俺も前傾して顎がでている長秀に触れんばかりに顔を近づけた。

「三歳と、信雄。どちらも軽さからいったら似たような御輿よ」

「そりゃ、ま、そうだが——」

俺と長秀を等分に見つめていた恒興が、顔をくしゃくしゃにした。笑っているということに気付くまでに、しばし間があいてしまった。視線が合ったとたんに、めずらしく勢い込んで声がけしてきた。

「筑前殿」

「——信雄はいかんかな」

「いやいやいや、信雄がよい。信雄なら、よい」

幾度も頷く恒興に、長秀は苦笑いを泛べつつ首を左右に振る。俺はわざとらしく腕組みして抑えた声で言った。

「地道に下拵えはしてあるんだ。柴田勝家と織田信孝が、幼少なのをいいことに三法師を抱きこんじまって、織田家を乗っ取る――謀叛を企てておるとな、あっちこっちに触れまわっておる。もう下々ではそれが噂になっとるわ。ならば、こっちは信雄を織田家家督に据えるまで」

長秀が目を細めて、表情を妙に不明瞭なものにして問いかけてきた。

「筑前殿は、当初よりそれを」

どうとでもとれるように、俺は雑に頷いておいた。恒興が引きとってくれた。

「ま、信孝が三法師を安土にもどさぬことによって大義名分は立つわな」

長秀が受ける。

「ま、信雄の阿房ならば、我らが持ちあげれば大喜びであろう。信雄を担いで戦をするのも悪くない」

「ま、それで信孝を倒して、あらためて三法師をいただく。信雄は三法師の後見ということで無理遣り納得させる」

その先に柴田勝家打倒があることは、誰も口にしない。ただ、この日、俺と丹羽長秀、池田恒興は完璧な一蓮托生と相成った。

＊

十一月になると、勝家は養子である柴田勝豊《かつとよ》を立てて、前田利家、不破勝光《ふわかつみつ》、金森長近《かなもりながちか》と共に山崎城を訪れ、講和を求めてきた。雑な兵站の仕組しか拵えていない勝家である。要はこの季節、越前においては雪で身動きがとれぬから、しばらく俺に温和しくしていてもらおうということだが、講和だの和睦だのは、いざとなれば難癖をつけて、いかようにも反故《ほご》にしてしまえる。

利家と会うのも久しぶりだ。懐かしさに胸が詰まった。利家も感極まった顔つきであった。だが利家は北陸方面司令官である勝家の与力であり、主従関係にあることもあり、会話は微妙に煮え切らぬものだった。

幼名、犬千代《いぬちよ》。初めて遣り取りしたとき、俺はまだ下っ端もいいところで、利家にはへりくだって接したが、そんな俺に利家はこんなことを言ったものだ。

――俺とおまえは犬猿の仲だ。

己の幼名と俺が猿と呼ばれていることをかけたのだ。あのとき俺はひどく落ちこんでいた。鬱《ふさ》いでいた。信長に吉乃をあてがったのはいいが、吉乃がたいしてたたぬうちに信長の子を産んだのだ。

奇妙丸《きみょうまる》――いまは亡き信長嫡男、信忠である。あれは、きつかった。

それはそうと、信忠が信長といっしょに死なねば、いまの俺の運が拓けたかどうか。そんなことを思いつつ、利家に言う。

「勝家なんぞの下におっても、つまらんだろう」

「ああ。つまらん」

「相変わらず、ものをはっきり言う」

「つまらんものは、つまらん」

「だったら犬猿の仲。俺と遊ぼ」

「遊ぼ――」

「うん。遊ぼう」

「――ちょいと保留させてくれ」

「らしくない」

「俺だって己一人だったら、猿と、いや秀吉殿と遊ぶほうが愉しいにきまってるわい」

「俺な」

「うん」

「利家殿にずいぶん助けられた」

「助けた覚えはない」

胸の上を軽く叩いて示す。

「ここの痞《つか》えをな、利家殿との遣り取りで、ずいぶん楽にしてもらった」

なにを吐かしておるのかといった顔つきで利家は鼻の頭を掻き、呟いた。

「あれよあれよの大出世だのう」

「そうかな」

「猿が、いや秀吉殿がまったく変わっていないことを知って嬉しい」

「いちいち言いなおさなくてもよいから」

「猿か。ますます猿顔に磨きがかかっておるわ。だからこそ」

「言いなおす」

「ま、そんなとこか」

勝家の養子で、もともとは俺の城だった長浜城をまかされている柴田勝豊が、俺と利家の遣り取りを呆けたような眼差しで見つめていた。不破勝光と金森長近も、どのような顔をつくったものかと苦笑いに似た笑みなど泛べ、やや途方に暮れている。

なにしろ勝豊の面前で、勝家といてもつまらんだろう――などと言いたい放題で、利家も平然と、つまらん――と受ける。だが、そういったことよりも、勝豊は俺と利家の遣り取りに羨望《せんぼう》、あるいは憧憬《しょうけい》のような気配をにじませた眼差しを注いでいた。

それに気付いたとたんに、決めた。早いうちに長浜城を、勝豊を攻めてやる。

利家は素早く交互に俺と勝豊を見やり、膝で躙り寄り、身を寄せて勝豊に聞こえぬよう耳打ちしてきた。

「いい奴なんだ。勝家とは諸々反りがあわずに苦労してる。いじめるな」

「――わかった」

「どうだか」

俺は苦笑いにまぎらわせて肩をすくめておいた。もちろん利家の顔を立てて一応、勝家との講和は受け容れておいた。

だが、そんなことよりも旧知の仲である利家と、毒気を抜かれてしまったかの不破勝光と金森長近を誘い、密談した。もちろん直截《ちょくさい》な物言いはしなかったが、いざとなったら戦線離脱せよと囁いておいた。つまり裏切れと唆したのである。

どのみち越前の勝家は豪雪に阻まれ、近江に出陣できぬ。講和は即座に反故にして、十二月の初旬に長浜城を囲んだ。相手は利家曰く、いい奴——との柴田勝豊だ。いきなり攻めるようなことはせず、調略というべきか御叮嚀《ごていねい》な使者というべきか、大谷吉継を勝豊のもとに派遣した。

俺の前に膝をついた勝豊は、無条件無血開城、はっきり言ってしまえば寝返ったとは思えぬせいせいした顔つきだった。会ったのはついこのあいだなのに、懐かしささえにじませていた。そのまま俺の軍への編入を命ずると、周囲に気付かれぬようごく抑えた小声で訊いてきた。

「前田利家殿も、筑前殿と御一緒なされるでしょうか」

「うん。折を見て一緒してくれると思うぞ」

「そうあってほしいものです」

「それより、勝豊」

「はい」

「おまえ、どこか具合が悪いのではないか」

「いえいえ、至って壮健にございます」

眉間に気を漲《みなぎ》らせて健気に胸を張ってみせた勝豊だったが、妙に影が薄かった。話は前後するが、翌年早々に勝豊は倒れ、賤《しず》ヶ岳《たけ》の戦いにて敗走した養父の勝家が自死する八日前に、呆気なく病没した。勝家に蔑ろにされていた勝豊である。さぞやその最後を見たかっただろうに、人の世の無常に神妙になった一瞬だった。

さて、長浜城を無血開城させて、その勢いのままに兵五万を率いて堀秀政の佐和山城に入った。織田信孝が三法師を安土にもどさぬことを大義名分とした、信孝打倒の挙兵である。年内に片をつけてやろうと決めていたこともあり、十二月十六日に美濃を攻略し、大垣《おおがき》城に本陣を構えて、二十日には信孝の岐阜《ぎふ》城を攻めた。

そのころには、甘言を弄してとうに織田信雄を取り込んでいた。莫迦となんとかは使いようで、信孝に対する降伏勧告には信雄を用いた。

勝家が雪に閉ざされた越前から助けにこられないことは当初より知れていた。信孝も無駄な血を流す気になれなかったのだろう、意地を張らずにあっさり開城し、生母と娘を人質に差しだしてきた。もちろん三法師も俺の手にわたった。

翌日には三法師を仮館の建てられた安土城に送った。煽てにのった信雄も安土における三法師の後見を受け容れた。

翌天正十一年は閏《うるう》月があり、その閏一月四日、信雄が安土に赴き、三法師に代わって政務を執ることと相成った。俺や筒井順慶が安土城にて三法師後見役の信雄に対して臣下の礼をとってやると、見苦しいほどに相好《そうごう》を崩して俺の手をきつくとり、向後の力添えを頼んできた。もちろん俺は満面の笑みでそれを請け合ってやった。

利用できるものは利用し尽くしてやる。二月には信雄を総大将に推戴《すいたい》して、織田家の名のもとに、滝川一益を攻めるために伊勢に出陣した。越前は例年にない大雪だという。雪が溶けて勝家が進軍してくる前に一益を討ってしまいたい。けれど清洲会議着到をじゃまされてあれこれ勝手に決められてしまった一益にも意地がある。抵抗は頑強で、戦は一進一退であった。

ようやく伊勢亀山城を落としたが、一益が窮地に陥っていることを知った柴田勝家が、ついに動いた。二月二十八日には先鋒を、三月三日には佐久間盛政《さくまもりまさ》や前田利家などを先発として出陣させたのである。勝家自身も九日に二万弱の軍勢を率いて越前国北ノ庄《きたのしょう》城を出陣した。

先発の佐久間盛政が北近江は柳ヶ瀬《やなせ》に着陣したとの報せに、俺も伊勢の滝川一益攻略を後回しにして北国《ほっこく》街道と北国脇往還《わきおうかん》の分岐である木之本《きのもと》に布陣、対峙した。

睨みあっている最中に俺に降ったはずの美濃岐阜城の織田信孝が叛旗を翻したとの報が入った。おそらくは勝家からの唆し、あるいは指示があったのだろう。

これは、まずい。滝川一益をまだ討ち果たしておらぬし、正面には勝家の軍勢があり、そこに岐阜の信孝が加わってくるのだ。挟撃されてはたまらない。勝家は俺に対して否応なしの近江、伊勢、美濃の三方面からの攻略作戦をぶつけてきたのである。

ただし賤ヶ岳の戦線は膠着していた。空の青さもくっきりと、春爛漫《らんまん》の微睡《まどろ》みたくなるような長閑《のどか》な山間《やまあい》である。とりあえず俺は信孝鎮圧のために大垣城にもどることにした。この間も勝家は自ら金の御幣《ごへい》の馬印をこれ見よがしに立てて、左禰山《さねやま》の堀秀政に攻めかかる素振りをみせてはいたが、これは、できうる限り我がほうの兵力を北近江に釘付けにしておこうという陽動であると判断し、あえて俺は信孝に対峙したのである。

戦上手の勝家だ。そうそう安直に攻めてくるはずもない。大軍の俺との決戦を避けて持久戦に持ち込む腹積もりであるのは読めていた。そのために鳰《にお》の海——琵琶湖の北東にごく控えめに水をたたえた余呉湖、その大小の湖を屏障《へいしょう》具《ぐ》で仕切るかのように背伸びをしている賤ヶ岳より始まる狭隘《きょうあい》な谷間と山岳の続く身動きの取りづらい地帯に我が軍を誘いこんだのである。その時点で信孝および一益と協調した包囲網にてじっくり時をかけて締めあげてくるであろうことは覚悟していた。

実際、勝家は高所に堅固な防塞群を築いて備え充分であった。ならばそれに対峙してやろうと俺も多くの陣城を構築し、北国街道を封鎖するために強固な柵列をつくりあげた。勝家は北国街道がもっとも隘路となるこの部分をある時点で強行突破し、長浜の平野に一気に雪崩れ込むことにより活路を見いだそうとしているのだから、俺としては南下しようとしている勝家の軍をこの狭隘な地に押しとどめることに全力を尽くさねばならぬ。

しかし前述のとおり織田信孝と滝川一益を放置しておくことはできぬ。この二人が背後から襲ってくるのにあわせて勝家は即座に攻め入ってくる。そうなれば防ぎようがない。一益はずいぶん痛めつけてあるから、まずは信孝を叩かねばならぬ。

秀長に前線をまかせて俺が大垣城に入った数日後であった。勝家が動いた。それを大垣城内で知った俺は、まさに意表を突かれ、狼狽えた——というのは大嘘で、まさか本当に勝家が動くとは思ってもいなかったという意味合いにおいては意表を突かれたともいえるが、してやったりと、こみあげる笑みを抑えられなかった。勝家ほどの武将が、これほど易々と誘いに乗ってくるとは本音では思っていなかったのである。

このときは知る由もなかったが、佐久間盛政が勝家に、筑前不在なれば中川清秀の大岩山砦《おおいわやま》を奇襲強襲すべし、と強く献策したという。当然ながら勝家は裁可を渋ったが、しつこい盛政に根負けしたようだ。逸《はや》る気に逸る配下を押しとどめてばかりでは士気にかかわると思ったのかもしれない。

おそらく勝家の脳裏には俺の中国大返しがあったはずである。美濃の大垣城から賤ヶ岳は木之本までは十三里ほどか。奇襲をしつこく迫る盛政に勝家は、大岩山砦を攻略したならば、その場に留まることなく即刻引きあげよ――と強く命じたそうだ。大岩山砦は狙いやすくはあるが、筑前の諸陣に深く食い込むかたちであるがゆえ、長居をしていると反撃されるに決まっていると諭したのである。

だが慧眼の勝家とちがって、その家臣の盛政は背丈六尺という図体だけが異様に大きい凡愚《ぼんぐ》であった。鬼玄蕃《おにげんば》という異名をもつだけあって蛮勇をふるうことにかけてだけは並みではなく、行市山《ぎょういちやま》から尾根伝いに進んで余呉湖の西を迂回しつつ、早朝に中川清秀に襲いかかった。

さしあたり盛政の奇襲は成功した。清秀は敗死、配下も全滅した。勝家の命令は、前述のとおり、大岩山砦を落としたら即刻引きあげであった。けれど盛政は、図に乗った。十三里という距離がある。人が己の足で動けるのは一日に八里程度である。美濃大垣城から早々に筑前がもどれるはずもない——と。そして更に岩崎山砦《いわさきやま》を攻め、高山右近は敗走して秀長のところに逃げ込んだ。

さらに盛政の弟である柴田勝政は、余呉湖の西にて盛政と別れ、賤ヶ岳に布陣していた桑山重晴《くわやましげはる》と対峙するかたちで布陣し、その動きを抑えこんでしまった。

清秀、敗死。右近、敗走。拠点崩壊に身動きできなくなった桑山重晴は日没と共に賤ヶ岳砦から退却しかけたが、時を同じくして大溝《おおみぞ》より船で琵琶湖を渡って梅津《うめづ》に上陸した丹羽長秀が重晴の軍と合流し、そのまま賤ヶ岳周辺に散る盛政と勝政の軍勢を蹴散らし、賤ヶ岳砦の確保に成功した。

俺はといえば、同日の昼に清秀敗死、右近敗走、いよいよ賤ヶ岳砦も危ういとの報を受け、暮れ六つ前に大垣城を発った。

大男総身に知恵が回りかね——とはよく言ったものである。俺がなんの手立ても打たずに大垣城に向かったと思っていたのであろうか。佐久間盛政はまさに巨軀《きょく》だけが取り柄であったようだ。

そもそも俺が木之本の本陣に不在の折は、勝家はともかく、必ずや功をあせる配下共が攻撃をしかけてくると読んでいたのである。そして大垣城に向かうさなかに大返し——この場合は美濃大返しとでもいえばよいか、その準備を怠りなくしていたのである。

勝家が俺を雪隠詰めにしようとしていることは読んでいた。それに付き合っていれば、いかに兵力が上であっても、じわじわ押されるにきまっている。ならば一息に相手を動かしてしまえ、と思い、織田信孝叛旗の報をこれ幸いとばかりに利用して、いったん北近江の木之本本陣を離れて大垣城に移ってみせたのである。

勝家は派手な動きを厳に戒めていたが、案の定、佐久間盛政という阿房が図に乗った動きをしてくれた。中川清秀の敗死は哀れではあるが、外様ゆえ捨駒として大岩山砦に配した。高山右近もおなじく、である。

諸々は、すべて石田三成の手により俺に届くようになっていた。三成は尾根尾根に合図の狼煙《のろし》をあげるよう以前から人員を配置していたのだ。煙の断続でほとんど言葉の遣り取りをするがごとく瞬時に北近江は賤ヶ岳から美濃の大垣城まで情況が伝わっていたのである。ちなみに長浜の七尾山《ななおやま》から伊吹山北麓《いぶきやまほくろく》を経て池田山《いけだやま》という経路で狼煙は伝わるようになっていた。

美濃大返しの手立ても、三成にまかせていた。盛政は人は一日に八里歩くという思い込みに囚われ、筑前は当分やってこられぬと判じ、己の勝利に酔い、勝家の言うことを無視して退くことをしなかった。

地勢をいうならば、大垣を出て春照《すいじょう》の集落を抜け、野一色《のいしき》まではひたすら上り勾配である。木之本に至るまでの全行程の四分の三が坂道を駆けあがるようなものなのだ。盛政が一日に八里さえも無理であろうと決めつけて留まっていたのも宜《むべ》なるかな、といったところである。ならば十三里を半日以下、昼に大垣をでたら暮れるころには賤ヶ岳に着到してみせよう。

実際には報せが入ったのが昼八つ、諸々の確認その他で一時《いっとき》強ほど、兵たちが大垣を進発したのは西日もだいぶ低くなったころである。閏一月があったこともあり四月二十日とはいえ、もはや蒸し暑くなりかかっていたころであった。ゆえに兵たちは半裸である。武具も持たせなければ、具足も装着させていない。道中、暗くなるからといって松明《たいまつ》を持たせもしないし、食い物も持たせない。まさに犢鼻褌《ふんどし》一丁で駆けさせた。

もちろん気合いのみで十三里の行程を半日ほどで駆け抜けることなどできるはずもない。宿場ごとに大量の兵糧を炊きださせ、水や替え馬、馬草を用意し、万灯会《まんどうえ》ではないが、在々所々の民に松明を持たせて北国脇往還を煌々と照らさせた。夜間、滞りなく移動するには灯りが必須だが、山上よりこの光の帯を目の当たりにした盛政の軍勢は、さぞや肝を冷やしたことであろう。

我が兵には長浜にて貸胴、貸刀を支給して体裁を整えさせ、夜五つには木之本の本陣までの移動を完了した。武具、具足、馬、水、糧食、松明その他すべての手配をした石田三成、委細手抜かりなくじつに見事であった。ちなみに俺はこの移動で馬を三頭、乗り潰した。内一頭は首筋に稲妻のような血管を浮かびあがらせて泡を噴き、目を剝いて事切れた。

中国大返しが一日に十里程度だったか。今回は半日弱で十三里ほども移動した。俺の軍隊は速度が命である。後れをとれば負ける。速ければ、勝つ。間抜けな盛政は勝家が再三再四撤退を促したにもかかわらず、賤ヶ岳の周囲を包囲するかたちで野営していた。戦働きで疲れ果てた兵を一晩休めて退却致す、とさも配下を慮るかの答えを勝家に返したという。しつこく督促しても盛政は動かず、勝家は夜半、天を仰いで、小僧め、我に腹を切らせる気か――と嘆息したという。

もちろん松明の光の帯に気付いた盛政は狼狽し、殿軍を弟勝政にまかせて暁九つ、退却をはじめた。さすがに尾根筋をまとめて移動するという間抜けなことはせずに、兵を分散させたので権《ごん》現坂《げんざか》あたりまでの退却を許してしまった。が、ここで兄弟の情が邪魔をしたのであろう、勝政に合流して退却するように指示をだした。動きが止まったのである。これが盛政の命取りとなった。

必死で防戦しつつ、茂山《しげやま》の前田利家の助勢を盛政は求めたのだが——利家とその軍勢は唐突に戦線を離脱、あわせて不破勝光と金森長近も利家に従うようにして裏切った。しかも申し合わせてあったとおり利家はあえて越前方面に退却してみせたので、勝家の他陣地の部隊は味方の総敗北と勘違いし、脱走者が引きも切らず、それでも鬼玄蕃と称されただけあって盛政の戦いぶりは凄まじく、その一本気は敵ながらに、なかなかに天晴《あっぱ》れであり、心地好いものであった。

とはいえ柴田勝家の軍は壊乱してしまい、本軍の大多数までもが脱落、残るは三千ほどの兵にまで成りさがり、俺と丹羽長秀隊は左翼、堀秀政隊が右翼、羽柴秀長隊が真正面と勝家を挟みこむがごとく攻撃をかけた。規模こそちがうが、勝家、一益、信孝の挟撃が意中にあったのはいうまでもない。勝家は己が企てた三方面攻撃を自らが受けてしまったのである。

もはやこれまで、と、柴田勝家は毛受勝照《めんじゅかつてる》に金の御幣の馬印を持たせて殿軍をまかせ、離脱撤退——退却し、賤ヶ岳の戦いは終熄した。

この戦は、勝家が逸った佐久間盛政を抑えきることができずに攻撃をしかけさせてしまい、しかも盛政が悠長に構えて撤退が遅れたことが致命傷となった。勝家が本来目論んでいた環状に包囲し、持久戦に持ち込むという戦略を徹底されていたら、俺も相当に難儀したであろう。

勝家は居城である北ノ庄城に撤退し、俺はもちろん追撃の手をゆるめることなく北陸に侵攻し、越前府中にもどっていた前田利家は約定通り自ら進んで開城した。おかげで勝ったと囁くと、利家は沈んだ面持ちで言った。

「親仁殿《おやじ》は以前――明智など裏表のある者がでしゃばる昨今であるが、この勝家は真っ正直に合戦において二十四度も勝ちを得て、信長公のお褒めにあずかったものだ。又左《またざ》も勝ち戦を数えてみよ――と」

黙って目で先を促す。

「そこで俺も指折り数えてみた。十八度くらいであった」

俺が馴れなれしく親仁殿と呼ぶのも憚られる。やや大仰に受けた。

「さすが、勝家殿。じつは清洲会議を終えた直後にな、丹羽長秀殿が勝家殿に言うたものよ――早速にお上《のぼ》りなさっておりさえすれば、惟任ごときが三人おっても踏み潰されましたろうに――と」

「親仁殿は、戦となれば端武者《はむしゃ》のごとく常に先頭をきって槍をお使いになるくせに、なぜか、ゆるく甘いところがあった」

利家は嘆息し、俯き加減で付け加えた。

「親仁殿は肝心のところで、なぜか、いつだって遅い。遅かった。親仁殿に秀吉殿の速さがあったなら、いまごろは――」

俺は首の後ろをぼりぼり掻いてから、大きく頷き、息をついた。利家の嘆息とちがい、安堵の息であった。利家は目を伏せたまま震え声で言った。

「北ノ庄城に落ちてゆくときにな」

「うん」

「俺のところに寄った」

そうか、としか返せずに黙ってその目を見つめる。利家は潤みを隠しもせずに続けた。

「汝は多年、猿と、いや筑前と親交があったからな――と呟いて、一切咎めだてをせず柔らかく頬笑《ほほえ》まれ、敗残の身ゆえ湯漬けを所望と自嘲《じちょう》され、俺は親仁殿の馬があまりに衰耗《すいこう》しているのに哀れを催して替え馬を用意してやった」

俺は顎を引いて利家を凝視した。

「ならば利家よ。北ノ庄城攻めの先陣を務めよ」

もはや利家に殿をつけてはいないが、利家自身がそれに気付いておらず、いわば調略により靡いた利家に、あえて勝家のこもる北ノ庄城攻め先陣を命じたのである。

利家は唇を固く結んで、俺の目を見返したまま大きく頷いた。

賤ヶ岳の戦いの二日後、北ノ庄城に攻め入った。即座に二の丸三の丸を落とし、翌日本丸の総攻撃を開始した。同日、勝家はお市の方を手刃《しゆじん》してから本丸に火を放ち、辰《たつ》下刻に自刃した。

修理の腹の切り様、後学のためにしかと見よ――といかにも大仰なことを吐かし、勝家は左手にて脇差を突き通すと、右手で背骨あたりまで引きつけて切り、返す刀で鳩尾《みぞおち》から臍下《へそした》まで切り裂いて己の腹に見事なる十文字を描き、さらに五臓六腑《ごぞうろっぷ》をどろどろ掻きだしてみせたという。

織田信孝の処置だが、信雄に入れ知恵して攻めさせ、偽りの和議をもちかけて岐阜城を開城させた。哀れ信孝は長良川《ながらがわ》をくだって尾張は野間内海《のまうつみ》の大御堂寺《おおみどうじ》に籠もった。俺は信雄を操って信孝に腹を切らせた。

勝家の腹の切り様を知ってか知らずか、信孝は掻き切った腹にぐいと手を突っ込んで、摑みだした腸を床の間の梅の掛け軸に投げつけてみせたという。俺に対する怨みの深さがにじんだ腹の切り方であった。辞世は――むかしより主をうつみの野間なればむくいを待てや羽柴ちくぜん――とのことで、まさに笑止千万である。

前後して前田利家には能登《のと》一国と府中三万三千石を安堵してやると共に佐久間盛政の旧領加賀のうち二郡を加増してやり、丹羽長秀には勝家の旧領である越前一国と加賀能美《のみ》と江沼《えぬま》の二郡あわせて百二十三万石、さらに羽柴越前守の称号を俺から与えてやった。滝川一益も降伏して、俺は信長後継の地位を着々と固めた。

男共のことはどうでもよい。勝家と一緒になってすぐに終焉《しゅうえん》を迎えたお市は、いったいどのような心持ちであったのだろう。望まぬ婚儀のはてに勝家と肌を合わせて心地好かったのか。それともただただ耐えたあげくに、勝家の刃にて死したのか。男と女のこと、外からは窺い知れぬ機微がある。お市の美貌が頭から離れない。

26

なぜだ。なぜ、丹羽長秀は俺に奉仕するばかりで、自らは天下を狙わないのか。実際のところ長秀は、俺よりはるかに天下に近かったはずではないか。なにしろ明智光秀謀叛のときに長秀は織田信孝と共に大坂にいたのである。

柴田勝家に次ぐ織田家の二番家老であり、京にもっとも近い大坂にあって、しかも織田信孝を補佐する立場、即ち惟任討伐の錦《にしき》の御旗《みはた》と成り得る信長の三男を自身の手の内に抱えていたのである。

信長横死の箝口令を徹底することができずに兵を散逸させてしまったというのだが、あの長秀が、そんな間抜けなことをしでかすのだろうか。いまだに信じ難いのである。信孝殿ここにあり、その旗下に謀叛人惟任を討たん——と、つまり信長の三男ここにありと大音声にて兵を叱咤すればよかっただけのことではないか。

それを中国大返しにて俺が京にもどるのを薄ぼんやりと待っていたのだから、いまだに本音で狐につままれたような気分になることがあるのだ。

たとえばいまから二十年以上前になるか。俺も最末端の雑兵《ぞうひょう》として戦った桶狭間、今川義元《いまがわよしもと》は、まさに天下人にならんとする気概に充ちていた。

煩瑣《はんさ》になるから一々あげぬが、その義元を斃《たお》した信長を頂点に、天下一統を目指す者たちが引きも切らずであったではないか。

それが信長が消えて、勝家を討ち果たしたいま、俺は自分が天下を狙える位置にあることに疑念が湧いてしまっている。俺のような中国大返しなどせずともすむという絶好の場所にあった丹羽長秀は、なぜその好機をみすみす見逃したのか。

長秀だけではない。その他諸々、明智光秀による天下統一が完成してしまう前に、その綻びを突いて代わりに己が天下をものにせんと、なぜ、挙兵しなかったのか。なぜ、手を拱《こまね》いていたのか。中国大返しのような多大な無理無茶を為さねばならなかった俺よりも、有利な立場にあった者がいくらでもいたであろうに。

わからん――。

と、しかつめらしく腕組みなどして、ふと殊勝な気分になった。この先どうなるかわかったものではない。ならば大返しならぬ恩返しだ。

まだ十代半ばだったころだ。小六のところを追いだされて行き場を喪ったとき、吉乃の口利きで今川義元幕下、松下長則《まつしたながのり》に武家奉公することができたのだが、その倅である之綱《ゆきつな》が、近頃なぜか大層懐かしく思い出されてならない。

松下之綱は俺と同い年で、いっしょに槍の修練に励んだだけでなく、ずいぶんよくしてくれた。分け隔てのない物惜しみせぬ男で、他愛ないと笑われるかもしれぬが、いまでも之綱が等分にわけてくれた京の菓子の甘さが忘れられない。

いま松下之綱は徳川家康に仕えているらしい。調べてみたら、家康のもとで掛川《かけがわ》城攻めに参陣し、その功で三十貫文の地を与えられたとのことである。

三十貫文――。

戦功の対価がこれである。じつに啬《しわ》い。しみったれているにもほどがある。巷間《こうかん》、知れわたっている家康そのものである。

その一方で、家康は賤ヶ岳の戦勝祝いに名器として名高い茶入、楊貴妃《ようきひ》の油壺であったとされる初花肩衝《はつはなかたつき》を俺に贈ってくれたのである。

大名物、初花肩衝である。じつに気前がよい。つまり家康という男、遣うべきところにはきっちり遣うのだ。

もともと初花肩衝は信長の所有であった。それが本能寺の変で流出、どのような経緯があったかわからぬが、なぜか家康が持っていて、それが俺の手にわたってきたのだ。つまり家康は初花肩衝を俺に謹呈することによって、信長の後継であることをさりげなく認めたということだ。

おっと松下之綱だ。信長と家康は同盟を結んでいたから、話は早い。家康に之綱をくれと頼むと、即座に諒承してくれた。

俺の前にあらわれた之綱はかちんこちんであったが、それでも目と目を見交わしたとたん、あのころと同じような笑みで双方その口許がくずれた。

「思い出すなあ。槍の鍛錬。飽かずに槍を交えていたなあ」

「筑前殿は、やたらお強うございました」

「蜂須賀正勝が俺の師匠よ」

「然様でございましたか」

「川島宇市《かわしまういち》なる者、いかが致しておる」

「前後の見境なき気性ゆえ、戦にて功を焦るあまり蜂の巣と成り果てました」

「八つ裂きにしてくれようと念じていたが、死んだか――」

俺は吉乃をとおして生駒《いこま》家の紹介によって松下長則に召し抱えられたのだが、新参者にして長則にかわいがられ、倅の之綱と儕《ともがら》のごとき関係となった。

おさまらなかったのが松下家譜代の者たちであった。松下父子を籠絡したと邪推嫉妬《じゃすいしっと》されたばかりか、さんざん嫌がらせを受けたのである。なかでも川島宇市なる若侍は、俺を皆の眼前で打ち据えてくれようと、手合わせを強要してきたのだ。

実際に川島宇市を八つ裂きにする気もなかったが、死んだと聞いて、いきなり腸が煮えくり返った。もう殺せないと思うと、よけいにむかついた。それをぐいと抑えこんで、追憶に耽る柔らかな貌をつくった。

「――長則殿より納戸《なんど》の出納役《すいとう》に抜擢されたときは、小躍りしたものよ」

「いま思えば、それが皆の妬心をより煽ったのでございましょう。父の計らいとはいえ、申し訳なきことをしでかしたと悄然《しょうぜん》と致しております」

「なんの。俺はあのとき、人に認められるということの喜びを知ったのよ。ところで長則殿は亡くなられたと」

之綱は俯いた。父の死には触れずに、絞りだすような声で言った。

「あのとき父は、筑前殿を手許に置いておけば早晩、譜代の者にいびり殺されかねぬと思い詰めまして、涙を呑んで尾張に行けと暇《いとま》を出したのでございます」

「わかっておる」

尾州信長公御家中にはいかようなる具足兜《ぐそくかぶと》が流行っておるか探ってまいれ――と長則は俺に命じ、その具足、兜、買《こ》うてまいれ――と付け加え、購入代金という名目で五両もの黄金を俺に与えて尾張に送りだしてくれたのである。

「父は、折々に筑前殿の御出世を耳にするたび、我がことのように喜んでおりました」

それは真であろう。類いまれなる表裏のない親子だった。短い間ではあったが、俺は長則のもとで精一杯働くことによって自尊の心を充たすことができた。

「丹波国は船井《ふない》、河内《かわち》国讃良《ささら》、この両郡にて二千石。さらに伊勢国で千石の、合わせて三千石でどうだ」

問いかけると、なんのことやらと怪訝そうに首をかしげる之綱であった。

「長則殿は俺に暇を出すときに、なんと五両もの黄金を与えてくれた。信長公御家中の用いている具足兜を買うてまいれ――となと。されど俺はそれらを購わず、黄金を預かったまま、己が生き存えるための糧として用いてしまった。あの五両は、命の五両であった。即ち三千石は、その五両の利分である」

感極まって退出した松下之綱を見送って、じわりと満足が迫りあがる。思うがままに所領宛行《あてがい》ができるようになったからといって図に乗るなと陰口を叩かれるやもしれぬが、之綱も俺も好《よ》い気分になったのだ。他人にとやかくいわれる筋合いはない。

とやかくいう輩は、そもそも己の裡なる羨望、妬みそねみの心からもっともらしいことを吐かしているということに気付いておらぬのだから、じつに目出度いものである。自身が自在に所領を宛がうことができるようになってから、偉そうなことを吐かすがよい。

さらに俺は腕組みして思いに耽る。丹羽長秀でも誰でもよい。なぜ、天下をものにせんと画策し、着実に歩むことをせずに、結局は俺に唯々諾々と従うのか。

俺は年端《としは》も行かぬうちに小紫と知り合って天下云々を吹きこまれた。『天下を狙うたらどうじゃ』と小紫は真顔で俺に迫った。『この日吉丸、必ずや天下を取り、小紫様を迎えにまいりましょう』と応えたわけだが、もちろん内心は、小紫の言うことを真に受けていたわけではない。ただ『誰にでも、なんにでも、始めというものがあるものじゃ。念じなければ、始まらぬ。念じよ。念ずるのじゃ、日吉丸』と囁かれて、以来俺は念じていたかどうかはともかく、胸中に絵を描いていた。

それは金ぴかの部屋で金ぴかな恰好をしている俺の姿であった。まったくもって笑止というべきか、度《ど》し難《がた》い金ぴかではあったが、それは艶かな絵であった。細部までくっきりはっきりした金ぴかであり、紛うことなき金ぴかの姿であった。俺は天下という言葉を聞けば、あるいは思えば、必ず、この、金ぴかが泛ぶ。

おそらく丹羽長秀には、こういった絵が見えていないのだろう。噴飯物の金ぴかであっても、見えているのと見えていないのとは大違いだ。たぶん長秀が見ているのは、御立派な、けれど満足に形をなさない薄ぼんやりとした天下という文字に過ぎないのだ。

そこへいくと俺は『金ぴか』という具体を得ている。誰かに、筑前殿の天下とはいかようなものかと問われれば、その細部にまでわたって詳細に金ぴかの有様を語ることができる。天下と問われて万民のためだのなんだかだとかたちの定まらぬ朧気《おぼろげ》な、具体と無縁な御大層なあれこれを並べあげる必要がない。即ち、俺は金ぴかの全体を具備することができているのである。

長秀には天下に対する漠然とした憧れのようなものがあったとしても、詳細な絵が見えておらぬから、いざ絶好の機会が転げ込んできても、なにから手を付けてよいのかわからなかったのだ。

俺は己の心の中に鮮やかに泛ぶ金ぴかにむけて大きく頷いた。唇の端だけで、笑ってみた。その笑いが、ふと、ぎこちなく強張《こわば》ってしまった。

徳川家康――。

直感としかいいようがないのがもどかしいが、彼奴は、俺とは違ったかたちの、けれど顕《あきら》かな天下の絵を描いているのではないか。絵を描いているだけでも厄介なのに、さらに厄介なのは織田家ではなく、他家――徳川家であることだ。

光秀謀叛のとき、家康は信長の勧めにより堺を遊覧していたのだが、ごく僅かな供回りを連れていただけであったので、伊賀越えという極限の逃避行にてどうにか三河にもどったあげく、光秀討伐の軍を率いて尾張は鳴海《なるみ》まで進軍した時点で、俺が光秀を討ってしまったことを知って引き返したという。

織田家家中の者ではなく、徳川が動いたのである。これ即ち、織田家云々の大義などなくとも手ずから光秀を討ちとれば天下をものにする足掛かりをつくることができると読んだからであろう。

そのくせ、俺が清洲会議から賤ヶ岳の戦いに至るまで諸事万端抜かりなくこなしてみせたとたんに、誰もが喉から手が出るほど慾しい大名物、初花肩衝をあっさり俺に呉れてよこしたのである。

啻いわけでも気前がよいわけでもない。いかに戦功をあげようとも慾の薄い実直な松下之綱には三十貫文ですまし、時代が俺に向かって流れていると悟れば即座に初花肩衝を贈ってくる。

徳川家康という男、道理に従って己を殺して自在に動けるのである。合理の塊《かたまり》のような男だ。思えば信長と同盟していたとはいえ、実際はよいように扱われて家臣以下、なにせ信長の捏《でっ》ちあげといってよい弾劾を平然と受け容れて、荒々しいが上出来と大評判であった嫡男の徳川信康に腹を切らせたほどの男である。

腕組みしたまま、うーむと唸って、初花肩衝を持ってくるよう命じた。自嘲するわけではないが、俺のようなどこの馬の骨ともつかぬ山落の成れの果てであっても、物の美というものがわかるのだ。

もちろん多少の素質は必須であるが、信長に仕えていて常に好いものを目の当たりにしてきたこともあり、まさに見る目が肥えたのである。

天下三肩衝のうちの一つが恭《うやうや》しく眼前に置かれた。三寸弱にして肩が凜と水平に張った姿が健気であり、鳶色《とび》の釉《うわぐすり》が底にまで流れた嫋やかで優美な茶入れである。

「婉麗《えんれい》とは、このことよ」

思わず独白すると、茶坊主共が追従《ついしょう》で頷くのが視野の端を掠めた。俺は信長ではないので、ここで癇癪《かんしゃく》をおこして斬り棄てたりはしない。が、いま、信長の気持ちがすこしはわかった。阿諛《あゆ》追従は醜い。俺はそれを平然と為してきたわけだが、よくぞ斬り棄てられなかったものである。結果、生き存えて、いまに至るのだから、今後を大切に、巧みに生きなければならぬ――と、唇をきつく結ぶ。

一方で物事をうまく遣り繰りするのも大切ではあるが、もうすこし正々堂々と晴れがましく生きてもよいのではないか、と本気で念じた。

27

主君とはなんぞや。領地を与えることができる者である。家臣とは、領地を与えられる者だ。織田家の当主は一応、信雄である。けれど賤ヶ岳の戦いのあと、俺は思いのままに論功行賞を仕切った。

俺に尽くせば、こういう具合になるのだということを示すために、図抜けて頭はよいが天下を描くことのできぬ丹羽長秀に、柴田勝家の旧領である越前と加賀半国を呉れてやった。結果、いままでの若狭を加えて長秀の所領は百二十三万石という途轍もないものとなった。

我が弟、羽柴秀長には但馬および播磨の二国を与えた。これは西への備え、即ち毛利への備えとして重用したということであるが、鋼《はがね》を溶かす炭で顔を真っ黒に染めて包丁をつくり、周囲の年増女から軽んじられ、顎で扱《こ》き使われていた小竹《こちく》と呼ばれていたころを冷やかすと、あそこで舎兄に拾われていなければ、女共に精を抜かれて疾《と》うにくたばっておっただろう——と真顔で呟いた。

さらに丹波には於次秀勝、いや羽柴秀勝を入れ、播磨竜野《たつの》には蜂須賀正勝、淡路《あわじ》には仙石秀久《せんごくひでひさ》をおき、という具合に列挙するときりがないからやめておくが、いままで尽くし抜いてくれてきた俺の古参の家臣たちに大盤振る舞いをした。

すっかり秋も深まってきたころ、石山《いしやま》本願寺跡に大坂城築城を開始した。摂津大坂の池田恒興に美濃を与え、大坂を接収したのである。もちろん信長がここに城を築こうとしていたということが念頭にあり、当然ながら安土城を超越した総石垣と高層天主の聳《そび》える途方もない巨城を築いて天下にはったりをかますことにしたのだ。つまり俺も剽げてばかりおらず、そろそろ天下布武の気概を正々堂々と周囲に顕かにしようと決心したのだ。

縄張《なわばり》は黒田官兵衛、普請総奉行《ふしんそうぶぎょう》は浅野長政という布陣で、天主は虎の装飾を施した黒漆喰《くろしっくい》に五層に重ねた屋根は金箔の瓦を敷き詰めるという豪壮なものだ。もちろん金箔瓦は、俺の胸中に鮮やかに描かれている金ぴかよりきている。抜けるような青空に、金色に輝く俺の城を想うと、ようやくここまできたかと目眩《めまい》を覚えた。

さて、徳川家康――。

家康が本能寺の変でものにしたのは、初花肩衝だけではない。天正壬午《てんしょうじんご》の乱を経て旧武田領を織田家より掠め取るかたちで、いつのまにやら三河の小大名が甲斐《かい》、信濃《しなの》、駿河《するが》、遠江、三河の五箇国、百三十万石を領有する大大名に成り上がっていたのである。

その一方で、織田信雄が俺の遣り口に疑義を呈しはじめた。自身も加担したくせに、織田信孝の切腹が頭から離れなくなったとみえる。信雄が敵対した直接の理由は、年賀の礼に俺が信雄のところに出向くのではなく、信雄のほうが俺のところに顔をだすべしと命じたことで、さらには俺が信雄をはじめとする織田一族を、有無をいわせずに安土城から退去させたことだった。いかに阿房とはいえ上下の逆転と織田家の排除を感じとったわけである。

そんな信雄に抜けめのない家康が目を付けぬはずがない。盟友信長の遺子を輔《たす》けるという御大層な名目、大義名分を掲げて、信雄と同盟を結んだのである。

まいったなあ——と苦笑いである。というのも現実には主従の立場が見事に入れ替わっているにせよ、一応は主である信雄を討つための大義名分など俺には欠片もないからだ。そこで信雄の三人の家老を調略にて懐柔しようとした。この者たちを手先に信雄を丸め込もうと目論んだのだ。実際、この者たちは俺と争うなと懸命に信雄を諫めた。

が、その矢先、家康の入れ智慧であろう、信雄が唐突にこの三家老を処刑し、俺と完全に断交してしまったのである。

大義名分など、ない。

断交しようがしまいが、当面、信雄は間違いなく俺の主である。

ゆえに怒りを抱く理由も、ない。

ないが、怒り心頭に発す——。

大坂の城をはじめ、諸々うまくいっていたのだ。身内と呼べる連中に領土をばらまいて悦に入っていたのだ。その腰を見事に折られた。久々に瞋恚《しんい》の炎に蟀谷が脈打つほど熱をもち、歯軋りした。

さりとて、さしあたり、これといった方策も見当たらぬ。信雄の三人の家老が処刑されてしまったのは痛かった。

だいたい調略というものは巧くいけば笑みがとまらぬが、失敗すれば所詮は欺きであることが身に沁みて、じつにみじめな気分になるものだ。そのみじめさが際限のない腹立ちに姿を変えてしまったのだ。

だが、この怒りは、まずい。

なんとか己を宥《なだ》め賺《すか》した。

そのときに泛んだのが大坂に築城している城の壮大な姿である。致し方ない。大坂城の普請で天下布武の心意気を示すことにしたのだから、姑息な調略云々ではなく、力でねじ伏せてみせよう。

天正十二年の春、桜も散りはじめたころであった。家康が八千の兵を率いて浜松《はままつ》城を出立し、清洲で信雄と会見した。

同日、俺から美濃をもらって張り切っていた池田恒興とその倅、元助《もとすけ》が信雄の属城である尾張犬山《いぬやま》城を占拠した。この時点における勝ったり負けたりの諸々の小競り合いは、後に小牧《こまき》の戦いと呼ばれることとなり、戦線は膠着した。

さらに俺の甥である三好信吉《みよしのぶよし》——後の秀次《ひでつぐ》が、池田恒興および森長可の軍勢を用いて三河勢攪乱を狙う中入《なかい》り、有り体にいえば迂回作戦を献策してきた。

実際のところは、功に逸る池田恒興と森長可が信吉を唆したのかもしれぬ。とにかく信吉自らが総大将を志願した。ならば思う存分暴れてみよとまかせたのが大間違い、大軍に胡坐《あぐら》を掻いてのたのた進軍したものだから、長久手《ながくて》にて家康の軍勢に待ち伏せされて大敗を喫してしまったのである。結果、池田恒興も森長可も討ち死にし、当方の戦死者二千五百余名という惨状と相成ってしまった。

さらに頭の痛いことに、これらの戦は、いわば天下を二分してしまった。俺の軍勢は信雄と家康の兵をすべて合わせても物の数ではないが、俺に反撥する者たちの集合、即ち反秀吉の結束を固めてしまい、紀州の雑賀《さいか》衆、根来《ねごろ》衆、四国の長宗我部元親《ちょうそかべもとちか》、北陸の佐々成政《さっさなりまさ》、関東の北条氏《ほうじょううじ》政《まさ》が家康に呼応してしまったのである。

それにつけても信吉の無様さは、信じ難いほどのものであった。よりによって、あの家康に完膚なきまで叩きのめされるとは。信吉は家臣を見殺しにした大戯《おおたわ》けである。一門の恥である。

そもそも世継である於次秀勝は病弱であるがゆえ先々、信吉に名代を継がせることも思い描いたのであるが、このような様では覚束《おぼつか》ないときつく叱責した。

怒りにまかせているうちに、頭に血が昇った。手討ちにしてくれようと歯噛みしたが、必ずやこの汚名、返上してみせます――と平伏し、ぐいと顔をあげたその目のいろが以前とはまったく別物であったがゆえに、思いとどまった。

洩れるのは嘆息ばかりである。このような長期戦になるとは思ってもいなかった。俺の軍勢は十万、家康と信雄の連合軍はたかだか一万六千である。六倍以上の兵力がありながら、家康を破ることができぬということに対して世評は、俺の兵が虚仮威《こけおど》しと嘲りはじめている。

まったく上っ面だけ眺めていればよい世間様は気楽でよい。なぜ、俺が攻めあぐねているか。それは、単純に家康と信雄を叩き潰せばよいというものではないからだ。

家康が信雄を担いで俺と戦う気になったのは、北条氏との同盟が後ろ盾としてあるからだ。北条氏政、氏直《うじなお》父子の厄介なところは、伊達輝宗《だててるむね》とも同盟を結んでいる点である。徳川、北条、伊達の三国同盟を軽視できるはずもない。

幸いなことに家康の加勢要請は、北条氏政が下野《しもつけ》の戦いのさなかであり、そこに戦力を割かねばならず、家康に援軍を差し向けることができなかった。

だが、はっきりしてしまったことがある。俺の力は、三河以東には一切及ばぬということだ。引き比べて、亡き信長は家康を使い勝手のよい手足のように扱い、甲斐の武田氏を滅ぼしたばかりか、いま家康と同盟して俺と敵対している関東の北条氏政、奥州の伊達輝宗とも誼《よしみ》を通じていたのだ。信長は、東国をきっちり抑えていた。

天下統一、天下布武、天下一統、天下取り――なんでもよい。これらを全うするためには、征《せい》夷大将軍《いたいしょうぐん》の職名が必須なのだ。つまり蝦夷《えみし》征討、東国を平定していることが重要である。

ところが家康は、本能寺の変のどさくさにまぎれて甲斐を手に入れ、その戦ぶりはいつのまにやらどこか武田流であり、侮れぬ強さがある。しかも三河から東の諸氏と着々と結んで、信長の衣鉢を継ぐべき俺のじゃまをしているというわけだ。

さて、どう打開すべきか。紀伊の雑賀、根来に備えて加勢に出向かせていた官兵衛と密談した。歯に衣着せぬ官兵衛との遣り取りこそが、俺のこんがらがった頭を冷やしてくれる。官兵衛は人差し指一本を立て、俺の鼻の頭を指し示すようにして言った。

「まずは征夷大将軍に拘られること、愚かとしか申しようがございませぬな」

「愚か――」

「たとえば信長は天正六年でしたか、右大臣および右近衛《うこのえ》大将を辞任し、あえて散位のまま放置しておりました」

征夷大将軍に拘るのは、愚かなのか。顎の無精鬚を弄びつつ、じっと官兵衛の瞳の奥を見つめる。

「朝廷は常にその存続を目論むもの。また朝廷は貧窮しております。官位は献金という賄賂《まいない》で購うことすらできます。たとえば大内義隆《おおうちよしたか》に至っては多額の献金にて兵部卿《ひょうぶきょう》を手に入れております」

「やれやれ、朝廷は有象無象の箔付けで糊口《ここう》を凌《しの》いでおるというわけか」

「もちろん、金で買えるのは兵部卿あたりまで。銭金では購えぬ官位もございます。その時々において真に力のある者を朝廷は見抜いて、恩着せがましく官位を授けて懐柔をはかるというわけでございます。だからこそ、つい先頃」

「俺を従五位下、左近衛権少将《さこのえごんのしょうしょう》に任じたというわけか」

「然様。もはや筑前守ではございませぬ。とはいえついつい筑前殿とお呼びしてしまいまするが」

筑前守は、朝廷から任じられたわけではない。信長が恩賞として呉れたのである。そもそも信長は上総介《かずさのすけ》を自称していた。僭称《せんしょう》して平然としていた。朝廷、糞喰《くそくら》えを地で行っていたのである。

「それでも筑前守に任じられたときは、浮かれたものだが」

「左近衛権少将に関しては」

「うん。まあ、なんというか他人事だわ」

「朝廷は筑前殿の――」

おっと、といった顔つきで官兵衛は言葉を呑んだ。けれど官兵衛といると本音で官位などどうでもよい。

「官兵衛と俺の仲だ。よい。筑前でよい。なんでも、よい。いや筑前と呼べ」

「では、あえて今回は筑前殿とお呼び致しますが、朝廷は筑前殿がこのたびの家康との戦をどう料理するか、目と耳を欹てるかのようにして様子見しているのでございます。この戦をうまく処置すれば、官位を連発して筑前殿を取り込もうとしてくるでしょう」

そんなものか――と迎合気味に頷くと、官兵衛は控えめな咳払いをし、話を信長にもどした。

「誰もが官位にありつこうと画策するものなのです。つまり皆、己の権威の裏付けとなる仰々しい名称を慾するわけですが、天下統一の目前にまで迫りて、位階にまったく興味を示さぬ信長に朝廷は奇妙な思いを、いや不気味さを覚えたのです」

認めるのは癪《しゃく》だが信長という男、じつに駆け引きに長けていたものである。

「で、信長が死ぬ一月ほど前だったでしょうか、痺れをきらした朝廷より太政大臣《だじょうだいじん》、あるいは関白《かんぱく》、もしくは征夷大将軍、即ち三職推任《さんしきすいにん》を伝えられ、信長は勿体つけて琵琶湖の舟上で勅使に面謁《めんえつ》しております」

「うむ。揺れる舟の上では勅使もさぞや不安で覚束ない心持ちであっただろう。しかも、その場での即答を避け、あえて受諾を不明にして上洛した」

「然様。で、本能寺にて――」

皆まで言わず官兵衛は両手を左右にぱっと拡げ、お仕舞いといった仕種をしてみせた。

「そうか。三職推任。太政大臣、関白、征夷大将軍。どれでもいいのか」

「なにがなんでも筋張って、武家の棟梁《とうりょう》として幕府を主宰なさりたいならば征夷大将軍でしょうが、さて信長が生きていたならば、どれを選んだことでしょうな」

「――さしあたり、征夷は、東のことは、どうでもよくなったわ」

我が意を得たりと官兵衛は柔らかく頰笑んだ。

「朝廷は我が方にあるのです」

気のない声で、うん――と頷くと、官兵衛が諭すように言った。

「だてに従五位下、左近衛権少将に任じられたわけではございませぬ。朝廷は、筑前殿に官位を呉れたくて呉れたくて致し方ないのでございます。天下一統目前の筑前殿を取り込みたくてうずうずしているのでございます」

俺は肩をすくめ、どうとでもとれる貌をつくった。官兵衛はうん、うんと二度頷いた。

「ま、せいぜい、これからも朝廷をつつきましょう」

「つっついて、なんとかなるならなあ」

ぼやき声に官兵衛はからっとした笑みを返してきた。

「いままで、うまくゆきすぎて、ここにきて逆に筑前殿らしからぬ焦りがみられましたからな。家康に、いいように手玉に取られておられる」

「きついなあ」

頭の後ろを掻く俺を悪戯っぽい上目遣いで見やり、諭すように言う。

「ま、一進一退は世の例《ためし》ということで」

「一進一進、また一進でいきたいんだが」

「ならば、征夷大将軍とやらで悩んでおられるのは愚の骨頂。眼前の邪魔を排除することに専念致すべきです」

「そりゃ、そうだ。で、どうする」

「さしあたり家康の大義を消滅させてしまうことですな」

思わず目を見ひらき、ぽんと手を叩いていた。なぜ、そんな簡単なことに思い至らなかったのだろう。

「あの阿房をあれすればよいのだな」

「然様。幸い、伊勢方面における筑前殿の方面軍はとことん優勢にして、調略もうまく進んでおります」

俺は今回、調略に関してあれこれ進んで命じてはいなかった。大坂城築城からはじまって、正々堂々、天下布武に塡《は》まり込んでいたからだ。

おそらくは領地の分配をはじめとして諸々が自在に動きはじめ、思い通りになることに舞いあがり、しかも征夷大将軍とやらが眼前にちらつきはじめ、俺の根っこに蔓延《はびこ》っている劣等の心が上っ面ににじみだし、俺に似合わぬ妙に晴れがましい遣り口を取ってしまっていたようだ。無様なものである。けれど官兵衛は当然といった顔つきで続けた。

「なにしろ信雄は筑前殿の調略を畏れ、いまや家臣から人質を取っておるとのこと」

己の家臣から人質。そこまで信雄は追い詰められていたのか。ちらと官兵衛を窺う。官兵衛は俺の視線など気付かぬふりをしてとぼけている。間違いない。伊勢方面の調略云々は、官兵衛の仕事である。

今回、家康は伊賀《いが》の透波《すっぱ》——忍びを巧みに用い、俺のほうのあれこれが筒抜けという有様、さんざん攪乱され、苦しめられた。無様窮まりない信吉の敗走も、じつはその根底に伊賀の忍びの仕業が絡んでいるのではないかと思い至ったからこそ、信吉を手討ちにすることを控えたのだ。

もともとこういった策謀は俺の得意技だったわけだが、天下云々が頭にあると、どうしても正面きって物事を運ばねばならぬような気になって、家康にいいようにあしらわれてしまった。

やれやれ度し難い。家康が忍びを用いて攪乱してくるならば、俺は天下人間近、斯様な卑劣は避くるべしなどと無意味な対抗心を抱いて息んでいたのである。じつに間抜けであった。己を恥じた。同じ過ちは二度と繰り返さぬと誓った。

俺の苦い思いを知ってか知らずか、官兵衛がさらりと言ってのけた。

「いまや信雄の領する尾張、伊勢、伊賀のうち、伊賀一国、そして伊勢の大半は我が方が奪いとってしまっています。講和という餌をちらつかせてやれば、即座に食いついてきましょう」

信雄と単独講和してしまえば、家康の大義名分などあっさり吹き飛んでしまうのだ。そして官兵衛の言うとおり、信雄は十一月十五日、桑名《くわな》の西矢田川原《にしやたがわら》にて俺と会見をもち、講和が成立した。もちろん講和とは名ばかりで、俺は信雄を屈服させたのである。

あっけないものであった。家康は俺と戦う名分を喪い、俺は信雄に家康との講和の仲介を命じた。

信雄との講和から一月もたたぬうちに家康は二男於義丸《おぎまる》を養子――人質として大坂に送ることを条件に、浜松にて俺との講和を受け容れた。実感は薄いが、俺は家康を従属させたのである。

なにやら疲れた。それというのも、この小牧長久手の戦い、明確な決着がつかぬまま終わってしまったからである。戦そのものは家康が勝ったといっていいだろう。が、勝利は我が手にあるといった奇妙な状態なのだ。結果、なにやら糞を出し切らずに、し残したような違和が残ってしまった。

それでも後始末——糞はしっかり拭きとった。紀州に兵を進め、根来寺を焼き、雑賀一統が籠もる太田《おおた》城を水攻めにした。同じく家康に加担した四国の長宗我部元親を征伐し、十万の兵を率いて越中の佐々成政を降伏させた。これにて一段落、あとは関東と奥羽、そして九州だ。官兵衛と額をつきあわせて密談し、まずは九州を押さえることにした。

さて十月に従五位下、左近衛権少将に任じられたことは記したが、征夷大将軍などもうどうでもよいわ——と開き直ったとたんに十一月に従四位下、参議《さんぎ》。同じく十一月に従三位、権大納言《ごんだいなごん》。明けて天正十三年三月に正二位、内大臣とあれよあれよという間に官位昇進を果たしてしまった。朝廷は我が方にある——と官兵衛が言い含めてくれたが、まさにその通りであった。

この調子だと、今年中に則闕《そっけつ》の官——太政大臣だと周囲は囃《はや》したてた。力さえあれば拠《よ》り所など要らぬというのが本音だが、現実を鑑《かんが》みると、そうもいかぬ。

いよいよ天下人が間近に迫ってくると、胸が厭な高鳴り方をしてきた。落ち着かぬばかりか、胃の腑のあたりがしくしく痛みはじめた。あげく、杞憂にすぎぬとわかっているにもかかわらず、あれこれ取り越し苦労をしはじめる始末であった。

なにしろ源平《げんぺい》が交替で政権を握るということが暗黙の了解となっているのだ。源《みなもと》姓の足利氏のあとは平《たいら》であるというわけで、信長でさえも平姓を名乗っていたのだ。そこで俺も養子にした信長の四男、於次秀勝を盾に、本能寺の変のあとから気恥ずかしさを怺えて平秀吉を名乗っていた。

仰々しくも面倒なことである。その一方で山落の出であるがゆえに、このあたりに過剰に心が動いてしまう。揺れてしまう。はっきりいえば、悩んでしまう。

その悩みとは——源平が交替するというのだから、信長の平姓のままでよいものだろうか。織田氏のあとならば源姓であるべきではないか——というものである。

なんとも陳腐《ちんぷ》な悩みではある。どうでもいいことだ。それなのに、いかに心頭滅却しようと足掻いても、いちど囚われてしまった心は、不安ばかりを弥増《いやま》していく。ならば思い切って源姓に変えるべきか。

だが、世間は俺が下賤の出であることなど百も承知である。於次秀勝がいるからこそ厚顔にも平姓を名乗っていたのだ。

そこに、いきなり、じつは俺は源姓であったと言いだしても誰も納得しないだろうし、世間の笑い物になるだけだ。

けれど、こういったことを思い煩うと抑えがきかなくなる。劣等の心が根にあるだけに不安が際限なく湧きあがる。平のままではまずい。順番からいって源姓が必須だ――。

頭を抱えた。莫迦らしいとわかっているのに、床に就けば身悶えするようになり、眠れなくなった。いつだって口の中が渇いて満足に唾もでなくなった。胃の腑の痛みも相変わらずだ。戦や調略に励んでいるほうがよほど楽だ。憔悴しきって、虚ろになった。

出自――。

いかに偉ぶっていたって、とことん遡《さかのぼ》れば皆どこの馬の骨かわかったものではない。けれど俺のように一代でのしあがってしまった者には、伝説を拵える余地がない。

俺に圧倒的に不足しているものは、過去の積み重ね、時の流れである。そろそろ五十の声を聞くが、俺にとっては自分自身が精一杯生きてきたこの五十年ほどがすべてなのだ。先祖がどうこうと厚顔にも大嘘を捲したてるだけの裏付けが、たかだか五十年では不足しているというわけだ。

天皇家ほどの長さはいらぬ。が、源だの平だのを平然と名乗ることができるくらいの長さの時、すなわち薄ぼんやりとしていて目を凝らしても見通すことのできぬ程度の時間の長さが欲しい。

五十年ほどでは、俺の生まれた瞬間を知っている者が、まだ幾人もいるということなのだ。だからといって、この者たちをいちいち虱《しらみ》潰《つぶ》しに殺していったりすれば、口さがない連中がよけいに囃したてるにきまっている。見え透いたことよ――と大笑いするにきまっている。

俺の下に位置する有象無象は、実力で俺に逆らうことができぬから、だからこそ出自なる曖昧模糊の不明瞭を盾に俺を嘲笑い、嘖むのだ。誰にも証明できぬものを引き合いにだして蹴落とそうとする。

こんな愚劣の渦に巻き込まれたくはない。されど、家康という難敵を押さえ込んで、いよいよ天下が見えてきた瞬間、出自という得体の知れぬ縛《いまし》めが、俺の肉に深く喰い込んできた。

まさに頭を抱えた。呻吟した。こんなことを誰に打ち明ければよいのだ。誰に相談すればよいのだ。

まてよ。源平交替に囚われて平信長の次は源秀吉でなければならぬと思い詰めていること自体が間抜けなのではないか。皆も、この調子でいけば太政大臣だと囃したてているではないか。

太政大臣となれば、平清盛だ――。

保元《ほうげん》、平治《へいじ》の乱に功をあげ、従一位太政大臣にまで昇り詰め、娘徳子《とくこ》を高倉《たかくら》天皇の中宮とし、その子安徳《あんとく》天皇を位につけ、皇室の外戚として勢力を誇った平清盛だ。

つまり、平秀吉でいいのだ。

俺も太政大臣となって、唯一無二の武門として周囲を睥睨すればよいだけのことではないか。

だが――。

平清盛は、じつは白河法皇《しらかわほうおう》の落胤《らくいん》というではないか。

俺は――山落の出だ。

いくら策をめぐらせたところで誰それの落胤というには無理がある。

まてよ。足利義昭はどうしている。信長に将軍の座を追われた義昭は、どこにいる。備後は鞆の浦に流寓《るぐう》しているのか。よし。使いを出してみよう。悪いようにはせぬから、俺を猶子《ゆうし》にしろと迫ってやる。

源姓足利義昭と仮とはいえ親子関係をつくりあげれば、俺も源姓を名乗れる。これで正々堂々、俺の幕府を開くことができる。

喜び勇んで使いを出した。

見事に断られた。

俺を虚仮にしたのである。

山落、下賤の出と、俺を莫迦にしているのだ。よかろう。足利義昭、二度と浮かびあがれぬよう、とことん沈めてやろう。

鼻梁《びりょう》に皺を刻んで呪いかけた瞬間、我に返った。なんという痛々しい錯綜《さくそう》ぶりであろうか。すっと憑き物が落ちた。

あのような落魄《らくはく》しきった男に縋ったのが間違いだったのだ。二百四十年も続いた室町幕府が滅亡し、京から追放されたときに警固を任されて同道したのは、俺だ。あのときの義昭の窶《やつ》れ果てた首筋にあらわれた無常と哀れは、いまだに俺の心に強く刻まれている。

義昭は、まさに生ける屍であり、生ける屍ゆえに過去の栄華がちらつくのであろう、自ら死することができないのだ。人は場合によっては、死さえ奪われる――ということだ。なにかの機会があったならば、せいぜい優しく接してやろう。それこそ頭など撫でてつかわそう。

というわけで内心、右往左往しながらも結局は平姓のまま、なんともあやふやな気分で過ごしているうちに、妙な具合に話が動きだしてきた。

そろそろ梅雨も明けようかといったころであった。昨夜からの雨もあがり、まだしっとり濡れている紫陽花《あじさい》の紫が艶《つや》やかだ。目を閉じても、瞼の裏で青とも赤ともつかぬ色が小刻みに揺れる。末紫《うらむらさき》という言葉が泛ぶ。怨《うら》むらさき――。

細く、長く息が洩れた。本能寺の変から、もう三年たった。あの年の梅雨はしつこかった。ひたすら降り込めていた。異常な天候の年であった。

とりとめのない追憶に耽っているさなか、いきなり呼ばれた。

「殿下《てんが》」

思いを破られ、不機嫌な声でかえす。

「てんが。なんのことだ」

天下と言ったのか。だが、それにしては気配とでもいおうか、微妙に語感がちがう。幽かに響きがちがっているし、込められているものがまったくちがう。四国攻めの先鋒として淡路に出していたはずの官兵衛が、仰々しく膝をついて、あの悪戯っぽい眼差しで見あげている。俺の視線を受けて、ふたたび言った。

「殿下」

「だから、なんのことだ」

「遠からぬうちに、関白に」

「――なるというのか」

「然様でございます」

ふむと思わず下唇など弄び、小首をかしげて目で訊く。官兵衛はよどみなく答えた。

「殿下は並外れた果報な御方にございます。というのも朝廷にて関白職をめぐる内紛がおきまして、さりげなく今出川晴季《いまでがわはるすえ》――菊亭《きくてい》をつつきましたところ、菊亭が万端取り仕切って七月の中旬には」

「関白か」

官兵衛は深く頷き、膝をついたまま躙り寄ってきた。

「もはや筑前殿ではござらぬ。信長は征夷大将軍の尊称である上様を僭称し、勝手に用いておりましたが、関白位の紛《まご》う方なき尊称こそが殿下」

「俺が殿下」

「殿下は天下に通ずるということですな」

如何《いかが》です、といった顔つきで官兵衛が見あげる。率直にいって、感慨無量というほどではない。

「関白とは、天下の万機を関《あずか》り白《もう》すの意にして、天皇に奏上することができる一方、天皇が下す総ては関白に諮らねばなりませぬ」

すると、天皇を操れるのか――。

官兵衛は俺の表情を読み、然様とだけ呟いた。素早く思案した。朝廷に対して、下手に出る必要はない。朝廷が受け容れることのできる無理のぎりぎりを見極めて、そのぎりぎりを押し通す。さすれば、無理が通れば道理が引っ込む。

じっと官兵衛が見つめていた。どうしたことか興味がまったく湧かぬ。余所事《よそごと》だ。それでも、一応は経緯《いきさつ》も訊いておかねばならぬだろうと思いなおす。

官兵衛はつらつらと朝廷における内紛を語った。要約してしまえば、一条内基《いちじょううちもと》が関白の位から退いた。そのあと二条昭実《にじょうあきざね》が関白位についたのだが、近衛前久《このえさきひさ》の子信輔《のぶすけ》が二条昭実に関白位を譲れと迫った。が、二条昭実はそれを突っぱね、双方譲らず関白が決まらぬまま、内大臣となっていた俺に処遇を求めてきた。が、はっきり言ってしまえば俺の与り知らぬうちに官兵衛があっさり断を下した。どちらがなっても相手が傷つくと調子のいいことを吐かして、以前よりつながりのあった右大臣の菊亭をつついた。菊亭は近衛前久に諄々《じゅんじゅん》と説いた。結果、俺を関白とすることに決まった。そのために俺は前久の猶子になるとのことである。

「——すると、俺は、藤原《ふじわら》秀吉か」

「然様。殿下は藤原姓をもって、関白にお就きになるということです」

「源平藤橘《げんぺいとうきつ》、藤原氏か」

源氏、平氏、藤原氏、橘《たちばな》氏の四姓を脳裏に泛べると頬が歪んだ。俺は笑っているのだろうか。それとも唾棄《だき》しかけているのか。

「官兵衛」

「はい」

「なにが四姓かよ」

「はい」

「愚劣だな」

官兵衛は先ほどから俺を見あげたまま、まったく視線をはずさない。俺の瞳の奥を凝視したまま、言った。

「もともと愚劣だったものが、形骸《けいがい》と化してさらなる愚劣をまとったようでございます」

「ならば、思う存分愚劣を弄んでやろう」

「よろしいですな。それでこそ我が秀吉殿。とことん天下を虚仮にしてください」

「官兵衛にだけは言うとくな」

「はい」

「俺は金ぴかを極めてやる」

「金ぴか。ようございますな」

「俺にだって侘寂《わびさび》はわかる。が、俺が天下を取ったら、まわりから最低最悪の好みと言わせてみせよう」

官兵衛は満面の笑みである。が、それをすっと引きしめた。

「ところで、殿下は皇胤《こういん》ということで」

「――なんと言うた」

いちど口にすれば充分といった含みをもたせた目つきで、官兵衛は軽く肩をすくめただけで答えなかった。

「そうか。そこまで愚劣を愚弄してやるか」

俺の呟きに、官兵衛は満足そうに頷き、目を細めて艶やかに濡れた紫陽花に眼差しを移した。

＊

羽柴秀吉が藤原秀吉になり、関白になって半月ほど後のことだ。秀長の十万を超える軍勢の進撃の前に土佐《とさ》の出来人《できびと》こと長宗我部元親がようやく降伏し、四国の統一が成し遂げられた。

残暑厳しき日だった。戦後処理を終えた秀長が大坂にもどった。大坂城は、この春には天主、本丸御殿以下が竣工していたから、戦を終えて帰還して見あげた天主の金ぴかの輝きが目に刺さって大層痛かったと秀長は笑った。あわせて笑ったが、すぐに真顔にもどして問いかける。

「紀伊、そしてこのたびの四国と、おまえはずいぶん秀次の名誉回復に奔走したな」

「俺には兄御前《あにごぜ》がなぜ、秀次にあのようにつらく当たるのか、正直解せぬ」

そう問いかえされると、俺にも正直解せぬが、ひとことで言ってしまえば——。

「相性だろう」

「必死で働いておるのに、相性ですまされては、たまらぬて」

「まあ、そうだな」

「兄御前」

「ん」

「姉御前の子ではないか。もすこし秀次をいとおしめ」

「秀長よ」

「なんだ」

「兄御前だの姉御前だの、ずいぶん勿体つけた物言いをするようになったもんだな」

「これで、兄御前を崇敬《すうけい》しておる」

「崇敬ときたか」

「よかろう。兄御前」

「こそばゆい」

「照れるな」

「照れるわい」

「関白様ではないか」

「関白様——か」

呟いて、投げやりに秀長を指す。

「おまえだって官位についておるではないか」

「うん。兄御前のおかげで山奥で包丁を叩いていたこの俺が大出世だ」

「おまえは屈託《くったく》がないのう」

「目の前にある飯を食うだけのことよ」

しかし——と秀長は息をついて彼方を見やる眼差しで話を変えた。

「極楽橋を渡りながら見上げた天主の高いこと、高いこと。蒼穹《そうきゅう》を突き抜けんばかりであったわ。いやはやいかに関白様とはいえ、これほどまでに凄まじい城をつくりあげるとはなあ」

秀長の茫然も宜なるかなといった途方もない城である。そもそもは石山本願寺があったところである。じつは石山本願寺は尋常でない規模の古墳の上に普請《ふしん》された堅城であり、石山の名は極大墳墓を葺石《ふきいし》と称される無数の巨岩で覆った山のような地形が由来だ。そこに信長がつくろうとして果たせなかった城を拵えたわけだが、穴太衆のなかでも選り抜きを宰領に据えて構築した本丸、内濠《うちぼり》の石垣普請だけでも一日に三万もの夫役が投入されたし、城下建築に投入した人員を合わせれば日に五万人、石船の出入りは淀川《よどがわ》だけで一日千艘を超えた。天主は大工頭中井正吉《なかいまさよし》が丹精込めた地下二階、地上六階、計八階という安土の城をはるかに凌ぐものであった。

が、関白様とその弟は金ぴかの欠片もない、奥御殿の納戸に毛の生えたような手狭な部屋に落ち着いている。関白様はいささか体調を崩されておられたのだが、ようやく恢復《かいふく》なされ、されど残暑耐えがたく床に転がって、木肌に軀の熱を奪わせていた。誰もおらぬから膝を崩せと関白様が欠伸まじりに見あげて言うと、それもそうだといった顔つきで弟は足を投げ出し、もっさり壁に背をあずけた。

相性云々をいうならば、俺と秀長の相性は抜群だ。関白様が病で四国に出張ることができなくなって、ならば俺が行くわ――と弟は隣家に出向くかの気安さで難敵長宗我部を攻略しに海を渡り、苦労しているようなので関白様が気を揉んで、援軍を差し向けると言えば、それは不要と返信してきて、こうしてきっちり結果をだしてくる。

「関白様が気を許せるのは、おまえだけだ」

「大仰な。そもそも関白様はな」

「なんだ」

「気を許すもなにも、誰にも気遣い無用」

「そうはいくか」

「いかぬなぁ、兄御前は」

「小心だからな」

「うん」

「いま、うんと言うたか」

「うん」

「――信長のように太かったらなあ」

「とっくに死んでおるわ」

「だな」

「ああ。天下に片脚かけて転げ落ちたのも必定。そんな気がする」

「俺は転げ落ちぬよう、うまくやる」

「頼む。俺もお零《こぼ》れで楽がしたい」

「扱き使ってやる」

ちらと関白様の顔を覗きこんで、秀長は傍らにごろりと横になり、腕を枕にして、苦笑いと共に問いかけてきた。

「やれやれ。で、なんの内議だ」

「内議というほどでもないが、官兵衛がな」

「うん」

「殿下は皇胤ということにせよと」

「そうか。兄御前は、ついに天皇の血筋と相成ったか」

「他人事《ひとごと》のように言うが、さすればおまえだって天皇の血筋だわい」

戯《おど》け気味の遣り取りだが、どこかうそ寒くて、しかも強張り気味である。

「ま、俺とおまえ、揃って皇胤ということでいくからな」

勢い込んで言うと、秀長はごく抑えた、突き放すかの声で答えた。

「それはどうかな。俺はひょっとしたら兄御前とは胤違《たねちが》いやもしれぬからな」

「そういうことを吐かすすか」

「泣きそうな顔するな」

秀長は目だけ俺に向けて一瞥し、揶揄する口調で言った。

「慥かに皇胤というのは、あんまりだ。さすがの関白様も、一人にしないでくれといったところか」

「うるさいわい。だいたい、おまえだって皇胤は厭とみた」

「厭もなにも嘘が生臭すぎて、つくまえから腐った臭いが充満しとるわ」

「だろう。だろうが」

なあ、兄御前——と秀長は首だけねじ曲げて俺のほうを向いた。俺も秀長を凝視していた。

「嘘はな」

「うん」

「ついた者勝ちだ」

「嘘は、ついた者勝ち」

「そうだ。嘘は言った者勝ちだ。だいたい途方もない嘘ほど、腐った臭いが充満しておるから、ついてしまえば、たわいない嘘よりも心にきつく刻まれるわい」

「きつく刻まれると言うが、悪いほうにであろうが」

「胸に刻まれぬ嘘は、言わぬほうがましよ」

「そうか。岩肌に刻み込むようなものか」

「うまいことを言う。そうだ。岩肌に皇胤と刻み込んでやれ。さすれば百年後には、兄御前は紛うことなき皇胤よ」

「秀長」

「なんだ」

「関白様はすっかり気が楽になった。なにせ皇胤だからな。朝廷、なにするものぞ」

「そんなたいしたものか。そもそも血筋などというもの、常に言った者勝ちでつくりあげられてきたもの。俺と兄御前の親仁が同じなのか、ちがうのか、突き詰めると証しようがないのといっしょで、血筋のあれこれ、嘘か真かを証しようがないではないか。所詮は風聞に毛の生えた程度のものよ」

逆にいえば血筋にこだわり、縋る者がいるあいだは、嘘だろうが真だろうが血筋は強い武器になるということだ。

ちいさな欠伸をして、秀長は仰向けになった。鼻が詰まっているのか、ずーずーと濁った鼻息が聞こえる。洟《はな》をかめと言おうとしたが、中途半端に唇をひらいただけで億劫《おっくう》になった。

頭上の連子窓が茜に染まった。大坂城の小部屋に射しこむ夕陽も、山落として山中を移ろっているときに頬を染めた夕陽も、まったく同じ色をしている。

関白様――。

笑止ではある。だが、いままでは目に見えるかたちで剽げてみせていたが、これからはもっと巧みに、深く、つまり目に見えぬかたちでこの現世《うつしよ》を剽げて渡ってみせなければならぬ。

「なあ、秀長」

「ん」

「夕陽の色は、変わらぬな」

「うん。兄御前の、その皺だらけの顔を染める夕陽は、永久《とわ》に変わらぬわ」

「旨い物を食いすぎて下膨れてきたおまえの顔だって、茜色だわい」

「当たり前だ。夕陽は誰にだって茜色だ」

周囲に誰もいなければ、秀長と昔と変わらぬ遣り取りを続け、心の底にたまった澱《おり》を掻きだす。独断独善を極めた信長に、秀長のような男がいたか。俺は鼾《いびき》をかきはじめた秀長の夕陽に染まった寝顔を見やり、深く静かに息をつく。

29

手水鉢《ちょうずばち》に氷が分厚く張った十二月十日に於次秀勝が丹波亀山城にて病没した。十八歳だった。報せを聞いて、ちいさく頷いた。病弱だった。遅かれ早かれこの日がくることがわかっていた。

実父である信長の葬儀のとき、秀勝は棺桶の後轅《しりながえ》を持たされた。棺桶の中身が木像にすぎぬにしても、閉じた唇にはまったく力みがみられず、眼差しも至って平静だった。

清洲会議の前、官兵衛に織田家後継は三法師と耳打ちされて、その直後、さりげなく秀勝に訊いた。織田家を継ぎたくはないか——と。秀勝は異な事をといった眼差しで俺を見やった。

「——秀勝は羽柴筑前守殿、即ち父上の子であります」

思わず在りし日の秀勝の言葉を声にだして呟いてしまった俺を、使者が凝視していた。不覚にも目頭を押さえてしまった。使者が俯くのが目の隅に映じた。

その早すぎる死を悼みつつ、しみじみ思った。秀勝の死は織田家の衰微を如実に顕している。うまくいくときは呆気にとられるほどにうまくいくが、落ちぶれるときはそれ以上に早く落ちていく。他人事ではない。気を引き締めた。

翌天正十四年の正月早々、島津義久《しまづよしひさ》より返事が届いた。じつは昨年、正親町《おおぎまち》天皇に働きかけて、九州における私闘、大名と大名による私的な領土紛争を禁ず——という勅定《ちょくじょう》をださせたのだ。もちろん実質は関白である俺が命じた天下静謐《せいひつ》の命であり、即ち惣無事令《そうぶじれい》に対する返信である。

島津義久の返事は、源《みなもとの》頼朝《よりとも》以来の名門島津は成上がり者を関白として遇することなどできぬということで、要は、俺の命には従わぬという内容であった。

成上がり者——。

一瞬、息が荒くなった。

ここでも源平藤橘、血筋云々である。されど、滾る怒りをぐっと抑えこんだ。惣無事令はあくまでも天皇の勅命である。理は俺にある。もはや大名といえども私戦は許さぬという俺の、いや天皇の禁令に島津は平然と刃向かったのである。怒りに血の気が引くと同時に、すっと落ち着いた。

気持ちが鎮まるのは当然である。なにせ小牧長久手の戦いの後始末を付けたあと、官兵衛と額をつきあわせて次は九州を押さえることに決めてあったのだ。つまり惣無事令は島津義久に対する挑発であり、受け容れるならばそれでよし、拒絶するならば宣戦布告の格好の材料となるという目論見のもと、発されたものであるからだ。

とはいえ、もはや信長がしてみせたような武力征服の時代ではない。平和令の徹底した展開こそが天下統一の基盤を成す。ついこのあいだまでは、いや、いまのいままで紛争が起きれば、上も下々も各々《おのおの》武威を用いて私戦にてそれを解決する風潮を是とする傾向が強かった。

だが戦国の世ならではの喧嘩による解決、自力救済は、もはや俺の時代の基調にはそぐわない。実際、喧嘩両成敗法は、以前より分国法として伊達、武田、長宗我部らが採用していて目新しいものではなかった。だが、それらは当然ながら分国法であったから領国内だけにしか通用しなかった。そこで俺はあらためて、それを惣無事令として天下の法と定めたのである。

理由は、単純だ。平和がすべて。紛争の解決は公の場の裁定によるべし。その意味するところは、俺がすべての審判《さばき》をつけるということである。

天下を統《す》べるということの本質について、つらつら思い巡らせて辿り着いたのが、惣無事令だ。ちいさな喧嘩も、場合によっては大きな戦と化す。ならばちいさな諍いのうちに鎮火させてしまう。それを裁定するのは、天皇でも他の誰でもない。俺である。それを成しえてこそ、天下を統べるという御題目を現実のものとすることができるのだ。

ひとことで言ってしまえば、誰も俺に逆らうな——ということだ。俺がすべてを決め、それを徹底させる。

肝心なのは、惣無事令を徹底すれば戦をせずにすむことだ。あるころから足利氏の室町幕府が無様をさらけだしてしまったのは、将軍とは名ばかりで、上から下まで皆が好き勝手に戦をすることを押しとどめる力がなく、手を拱いて見守ることしかできなかったからである。停戦が必要になったときなどだけに利用される都合のよい存在にまで成りさがっていたからである。

ならば、俺が圧倒的な力をもって、喧嘩の裁定をしてやろう。いや、喧嘩をさせぬようとことん抑えつけてやろう。

喧嘩——戦に割く力を国富増大に振りむけることこそが、天下統一の本義である。厳《いか》めしい物言いをするならば、戦国争乱の原因をなす領土紛争は、裁判権をもつ成上がり者の関白様が裁定してやろうということだ。俺は惣無事令にて九州の戦国大名に戦の即時停止を求めたのである。

このような崇高な成上がり者である俺の思いを、島津義久は踏みにじったのだ。あるいは俺の底意を見抜いたというのならば、思い知らせてくれよう。九州討伐である。

力の裏付けのない者が喧嘩両成敗を口にしても、当事者はおろか誰も言うことをきかぬは必定、されど島津義久のごとき愚か者があらわれぬよう、圧倒的な力というものを天下に見せつけてやる。

話を整理すれば戦乱の世の九州は、大友《おおとも》、龍造寺《りゅうぞうじ》、島津の三氏鼎立《ていりつ》時代と称されるがごとく、この抽んでた三者による苛烈な領土争奪が続いていたが、薩摩《さつま》の島津が勢いを増して北九州にまで勢力を拡大し、九州平定をほぼ成し遂げつつあった。そこで切羽詰まった豊後《ぶんご》の大友宗麟《そうりん》が大坂城まで助けを求めてきたのだ。

蛇足になるが、このとき宗麟は俺の金ぴかに吃驚《びっくり》仰天、啞然呆然、いやはや――と呟いたきり言葉がでなかった。黄金の茶室に案内してやったのである。

広さは茶室であるから三畳敷き程度であるが、天井や壁すべてが金箔張りであるだけでなく、明かり障子の骨も黄金、茶道具は竹柄杓《たけびしゃく》と茶筅《ちゃせん》以外のすべて、即ち茶碗、四方盆、炭入、火箸、棗《なつめ》に至るまですべて金ぴかの黄金で仕立てあげてあった。だから、腰を抜かした宗麟を見おろして、然もありなん――と悦に入ったのだった。

俺は島津と大友に惣無事令を発し、当然ながら俺と大友のあいだには下拵えができているのだから、大友宗麟はそれをすんなり受け容れた。ところが、島津義久は九州征伐を目論む俺の下心を見抜いて平然と大友攻めを再開した。ならば惣無事令を受諾した大友を助けてやらねばならぬ。

さらに九月も終わるころ、島津義久から、俺の領界決定には従いがたい旨の答えが届いた。占領地の過半を大友に返還しろという俺の国分令は惣無事令の念押しのようなもの、島津が受け容れがたいのは当然であるし、拒絶すれば征伐するぞという脅しであることは百も承知だ。それでも本音では、九州が鎮まることを心密かに希《ねが》っていた。

めでたい話はこの春に聚楽第《じゅらくだい》の築城に着手したことくらいで、次から次に難題が降りかかってくるからたまらない。頭痛の種は九州だけでないのだ。

嗚呼――。

溜息が洩れた。

家康の動きが微妙である。居城を浜松から駿府《すんぷ》に移すべく、俺が関白になったのに合わせるかのように築城を開始したのだ。駿府に移動するということは家康が同盟している北条氏により近くなったということで、しかもその城は、報せによると、戦を強く意識した石垣積みの堅固なものであった。

北条、伊達との同盟の裏付けがあるからこそ腰の低い居丈高といったことを家康は平然と為すのである。小牧長久手の戦いの顛末《てんまつ》を思い返すと、なんともいえない、もやもやした厭な気分になる。こうなったら家康に対する懐柔工作を徹底的に進めるしかない。家康には正室がいなかった。信長に切腹を命じられた嫡男信康と共に正室築山殿《つきやまどの》も殺されたからである。

　俺はなりふり構わず家康に正室を押しつけることにした。妹の旭《あさひ》には夫がいたが離縁を強要し、嫁がせることにしたのである。家康はこれを思いのほかあっさり受け容れたが、旭が輿入《こしい》れしても頑《かたく》なに上洛しようとはしなかった。いま上洛すれば、俺は関白である。ゆえに家康は臣下の礼をとらねばならぬ。ならば正室は正室、上洛は上洛と見事に割り切ってみせたのである。

　旭を押しつけられても屈せぬ家康という男は、まったくもって煮ても焼いても食えぬ。もっとも家康四十五歳、旭四十四歳、どのようにみても今更の感ありだし、正室としてお奉《まつ》りしておいて近づかねばよいだけのことであるくらい、俺にだってわかる。

　が、ならばこれはどうだとばかり俺は生母の大政所《おおまんどころ》を旭の見舞いと称して、つまり人質として家康のところに送りこんでやった。正室を戴いて、生母まで人質に差しだしたというのに、家康という男は挨拶にも出向けぬのか――と世情を煽ってやった。

　その間も、家康と戦をしたくないという一心で北条氏政、氏直に対して調略をしかけ、ひたすら懐柔し続けていた。

　結果、家康と北条氏の同盟が破綻し、いよいよ身動きがとれなくなって肚を決めたのであろう、ついに十月二十七日に家康は大坂城を訪れることになった。俺と会見し、家康が臣従を誓った瞬間、肩から力が抜けた。本音で安堵した。

　この間、家康に旭が正室として迎えられてから十日もたたぬうちに病に伏せっていた蜂須賀正勝が死んだ。梅雨寒《つゆざむ》の日であった。享年六十一歳。俺にとっては筆頭格の老臣の死だった。大恩に報いるため、阿波《あわ》一国十七万三千石を与えたが、慾のない男で嫡男家政《いえまさ》に阿波を譲り、大坂城のすぐ近くの楼岸に居を構え、つまりいつも俺の間近にいることを望み、しかも隠居領として与えられていた五千石を遺言で俺に返還してきた。

小紫に蜂須賀正勝——小六に引き合わされて、岡崎《おかざき》外れの分限者《ぶげんしゃ》の屋敷に家尻切《やじりきり》に忍びこんだときのことが昨日のことのように思い出される。小六は俺を猿と呼ばなかった。日吉丸《ひよしまる》と名を呼んだ。小六と俺のあいだには小紫がいて、いろいろ切ないこともあった。されど小六から俺は、どれだけのことを学んだか。

しかも小六は俺に『日吉丸は、なにやら野望が臭う。歳に似合わぬ相当に厭な臭いだ』と言ってのけた。いわば俺の出世慾とでもいうべきものを見抜かれた瞬間だったが、悪臭漂う俺に、常に附き従って尽力してくれた。かわいがってくれた。

これからではないか——と嗚咽した。俺の天下はこれからではないか、なぜ見届けてくれぬのか——と手放しで泣いた。涙が涸《か》れると、虚脱した。片腕をもがれたような気分だった。

さて、島津義久である。惣無事令や国分令を撥《は》ねのけたのだから、九州征伐の大義名分は立った。ゆえに官兵衛を軍奉行に任じて、征伐の態勢を着々と整えさせておいた。

いよいよ時機到来とみて、天正十四年十二月一日、九州征討令を発した。俺には目論見があった。同月十九日に太政大臣に任じられることになっていたのである。

しかも源平藤橘にはうんざりであるから、近衛前久の猶子として藤原姓を名乗るのにも嫌気がさしていた。

そもそも中臣鎌足が藤原姓を賜ったのは鎌足がそのときの功臣であったからだ。

俺の成したことは藤原鎌足と較べても引けをとらぬ。ならば俺にふさわしい姓を寄越せと朝廷に迫り、藤原改め豊臣《とよとみ》の姓を授けられたのだ。即ち源平藤橘豊の五姓である。源頼朝以来の名門島津とやらは、新たな名門、豊臣の下に位置するのだ。

くどいが、繰り返そう。太政大臣にまで成上がって豊臣姓を戴いたこの俺である。天皇のものよりも大きな豊臣の金印をつくらせた絵に描いたような成上がり者の俺である。必ずや島津義久めを俺という成上がり者の前に平伏させてやる。

翌年の三月に総勢二十万の大軍を率いて大坂を進発した俺は、口許を大きく歪めて笑っていた。みっともないと思いつつも、笑いをおさめることはできなかった。笑いは途中から引《ひ》き攣《つ》れて、なにやら頬が痙攣したごとくなり、結局は歯軋りした。

目に物見せてくれる――と眦決して豊前小倉《ぶぜんこくら》に着到したが、島津は狼狽え気味に豊前、豊後、筑前、筑後から兵を退き、俺の軍勢は北九州をたちまち平定してしまった。さらに九州各地の大名共は次々に俺に降って島津討伐の先陣に加わった。

これには先駆けである官兵衛の見事なる調略が光った。というのも九州の大名共、とりわけ国人衆に対しては単純に寝返らせるのではなく、あえて俺の本隊が進軍してきた時点で服従か敵対かを選ばせ、諸将が俺の威光に平伏したというところを周囲に見せつけるよう配慮したのである。

結果、俺が小倉に着いてから一箇月もたたぬうちに島津義久は成上がり者である俺の威圧に負け、天正十五年五月八日、決戦に及ばずして薙髪《ちはつ》して龍伯《りゅうはく》と号し、薩摩の泰平寺《たいへいじ》に俺を訪ね、恭順の意をあらわした。また同十九日、義久の弟である島津義弘《よしひろ》も降伏した。俺は両人に対して我ながらじつに鷹揚な態度であったと自負しつつ、九州征伐の兵を返した。

なぜ、茶の湯なのか――。

わかる者にはわかることではあるが、御茶湯御政道《おちゃのゆごせいどう》とはよく言ったもので、武張った者は儀式が大好きである。やはり信長は凄い男であった。附き従っていた俺までもが茶の湯に毒されてしまったわけだが、たかが葉っぱの湯を飲むことを武家儀礼として成立させてしまったのである。つまり信長は特定の家臣のみに茶の湯を認許し、しかも、いかに茶会を巧みに執り行うかで家臣の評価までしてしまった。

当初は理解できず、下手をすると武勲《ぶくん》よりも茶会のほうが上にきてしまうことに承服しかねていた家臣共であっても、競争心を擽られれば否応なしに茶会に邁進《まいしん》する。茶の湯を通して、あの者は侘寂がわかっている――と評されれば、単に武勇に優れているとか賢いとか言われるよりも、なにやら幽玄である。実質がよくわからないからこそ、箔がつくのだ。領土など武威をもってすれば簡単に手に入る。されど侘寂なる得体の知れぬものは銭金でも力でも、さらには知慧をもってしても手に入れることができぬ。侘寂を頭にて理解しようとすれば尊ばれるどころか、賢《さか》しらと嘲笑されてしまう。すると信長が茶の湯を解していようがいまいが、茶会を許可してやることそれ自体に大いなる権威が宿る。褒美として恭しく名器を与えられることがなによりの名誉と化す。

むろん、俺は茶の湯を通じて信長にいいように操られている家臣共を横目で見ていたわけだが、天下をものにした時点で、なるほど茶の湯は使えると膝を打った。

儀式とは、それが無意味であればあるほど支配強化に使えるのである。しかも御大層であればあるほど有り難みが増す。朝廷内における儀式など、その最たるものだ。

意味があることには実利がついてまわる。これはある意味当たり前のことであり、ゆえにある瞬間、くるりと反転して有り難みが失せてしまうのだ。つまり銭を払って飯を食うことは、あまりにも明快明確で、結果、当然ながら飯を食わせて銭をもらったほうが頭を下げることと相成る。

ところが人は曖昧模糊の不明瞭に頭を下げるのだ。自ら進んで金を払うのだ。神だの仏だの、得体の知れぬ朧気なものであるからこそ、柏手《かしわで》を打ち、念仏を唱える。御利益《ごりやく》などあてにできぬと薄々わかっていても御布施《おふせ》をしてしまう。銭をもらった坊主は居丈高とまでいわぬにせよ、慇懃無礼なものである。宗教と儀式は似通っているというか、腹黒い兄弟のようなものである。ここに家柄といった出自というものを加えてもよい。

おっと、茶の湯だ。茶の由来その他は知ったことではない。葉っぱによいも悪いもないし、茶自体は旨《うま》いものである。

いまの武家儀礼としての茶の湯というものは、そもそもは人殺しの道具の商いからはじまったのである。堺の商人共はあれこれ手広く扱うが、儲けが多いのは使えば壊れやすい代物——鉄砲その他、武器である。

その商談は大っぴらにやるよりも、額を突き合わせて商人特有の情報網を利して、どこそこで戦が起きそうであるといった各地諸将の動きなど絡めて助言忠告、ときに内密なはずの策謀まで明かされることもあり、物の値段にはそれらかたちの定まらぬ幽霊のような代物まで含まれているこどもあって、商人と武家の利害が絡みあい、狭い茶室こそが密談にはもってこいであった。

そもそも商人というものは物の価値をつくりだすことに長けている。俺も詳しくは知らぬが、足利義満が将軍職を譲って北山《きたやま》は金閣に引っ込んで闘茶のような無粋ではなく、いまに通じる茶会を始めたようである。義満は唐物《からもの》を蒐 集《しゅうしゅう》して、それに価値を見いだした嚆矢《こうし》としてもよいのではないか。そういったいまでは証しようのない過去を御大層に飾りつけ、仰々しく持ちあげておくわけだ。

むろん、唐物と崇《あが》め奉《たてまつ》っても、もともとは単なる油入れであったりするわけで、それを目利きと称する詐欺師が、この釉薬《ゆうやく》の流れが得も言われぬ趣《おもむき》を云々と勿体つけて価値を附与する。大仰に言ってしまえば、あろうことか一国の値に匹敵するような値段を付けてしまうのである。

実際、唐物をはじめとする茶道具に実質がないということ、虚に過ぎぬということを見切った信長は、逆に目の玉が飛び出るような金額で茶道具を買いあさり、値を吊りあげて虚なりの価値を十二分に高めておいて、戦で武勲をあげた家臣にそれを儀式張った遣り口で与えたのである。

米の飯といっしょで、実質は飯を食ったほうがいいし、領地をもらったほうがよいにきまっているのだが、古臭く油臭い唐物茶入れを仰々しく戴いた家臣は、仏像と同様、そこになにやら宿っていると錯覚し、茶会開催を許されれば、それが叶わぬ者たちを茶会に誘い、その唐物茶入れの怪しい来歴など語り、見せびらかすという、まったくどこが侘寂かよ——といった有様であるのだが、そこは茶の湯、あくまでも慇懃に糞五月蠅《くそうるさ》い作法に則って微温湯《ぬるまゆ》でだした葉っぱの汁など啜《すす》って悦に入るわけである。

「ま、こういった事柄、おまえは絶対に認めぬであろうがな」

「そこは阿吽《あうん》の呼吸というものでございますから、あえて申すまでもないと」

阿吽ときた。まったく詰まらぬ答えを返すものである。も少し頓智《とんち》のきいた受け答えができぬものかと皮肉を言ってやる。

「掃き清めた庭に、あえて木を揺すって枯葉を落とすというあざといおまえだ。茶道で飯を食っている以上、認めるはずもないわ」

「が、殿下もその効用をよく御存知でありまするから」

剃《そ》りあげた千利休《せんのりきゅう》の頭に黄金色の輝きが照り映えている。思わず目を細めて見やると、視線を感じた利休は、掌で額をぺろんと撫でた。黄金の茶室ならではである。これのどこが侘寂か。だが、この黄金の茶室の大枠から細部までをも考案したのは誰あろう、この千利休である。俺の目つきに気付いた利休はしれっと言った。

「この茶室を案出したときには、西日に光る魚の鱗《うろこ》の輝きがございました」

「さすが魚問屋の倅」

「然様、この宗易《そうえき》、下賤の出であること、それ自体が侘寂であると」

「うまいことを吐かすわ。さすれば俺も」

「いえいえ、殿下は、魚屋の小倅などとは格が違いまする」

世辞を口にするときもこの巨軀は徹頭徹尾、真顔である。何ごとにも笑っては損とでもいうべき厳格さで対処する。けれど、これで大の遊び好き、笑わずに滑稽なことまでをも含んだあれこれを為す。その落差が面白くてならぬ。利休といて悟ったのだが、真に笑わせようと思うなら、あくまでも生真面目に振る舞うことが肝要である。

利休は信長が堺を直轄地《ちょっかつち》としたとき茶頭として雇われ、本能寺の変以降は俺に仕えている。関白拝命の祝賀として禁中において俺は正親町天皇に対して茶会を催した。これこそが献茶の成立であり、禁中献茶と称するようになったのだが、このとき宗易を名乗っていた利休は、身分が身分だけに参内できず、俺が正親町天皇に諮って利休という居士号《こじごう》を勅賜《ちょくし》してもらって献茶に奉仕させた。

もっとも当人にも意地があるらしく、概《おおむ》ね法名である宗易を名乗っている。身分のことなら俺も利休のことなど言えた柄ではなく、だからこそあえて宗易を名乗る利休をかわいがっている。

「九州征伐の前に大友宗麟が大坂城にやってきたであろう」

「殿下に縋ったおかげで、すんでのとこで島津の横暴から助かったと思うたら、あっさり病にて身罷ってしまいましたなあ」

「安堵したらいかんという見本みたいなものだのう」

話が逸れたので、ちいさく咳払いした。とたんにじっと見つめる利休である。

「あんときな、宗麟が国許の宿老にあてた書状の写しが手に入ってな」

「そんなもんまで入手するとは、殿下は、ほんまに恐ろしい」

「いろいろ知っておかねばならぬからな、それなりに煩わねばならぬ」

また逸れ気味になったので、首を左右に振ると、すいと茶がでてきた。音を立てて啜ってやったが、利休が点《た》てた茶は掛け値なしに旨い。

「その書状だが――内々の儀は宗易。公儀の事は宰相存じ候――とな」

「ほう」

「とにかくに秀長公、宗易へは深重《しんちょう》に隔心《かくしん》なく、御入魂専一《ごじっこんせんいつ》に候――とな」

「ほうほう」

「参与としては小六、いや正勝を重用しておったがな、正勝亡きあと、いつのまにやら秀長は宰相と称されて、公儀の事は――秀長だと」

「ほうほうほう」

「梟《ふくろう》か」

「ま、感心しましたということで」

「ふん。で、公儀が秀長ならば、内々の儀はおまえというわけだ」

「随分と買っていただいたものです」

「書状のなかでは、大坂城内においては、宗易でなければ、関白様に一言も申しあげる者がいない――といった意のことも書かれてあったぞ」

「恐縮至極《きょうしゅくしごく》に存じます」

「ま、おまえは根回しが巧みだからな」

「褒められておるのやら、貶《けな》されておるのやら」

「褒めて、貶しておる」

「やはり。されど所詮は茶頭」

聚楽第の造営の際に掘った土を用いて焼いたという聚楽焼は手捏《てづく》ねにて拵えられているので、無様だが手触りからして温かい。茶はやはり音を立てて啜るのが、旨い。

「戦で天下を統一というのは無粋であろう」

「いかにも。殿下のように取次を巧みに用いなさる遣り方が最上でございます」

話を微妙に逸らすかと思えば、こうして核心を突いてくるのである。

「こないだな、毛利輝元が世にも珍しいものが——とな、大振り極まる桃を献上してきたそうな」

「ほう。桃。よろしいですな」

「ところが三成が取次でな」

「はは、石田三成殿ですか。なにやら話が見えてきましたぞ」

「うん。見えたとおりだ。斯様な見事な桃、たいしたものである。されど殿下が季節外れの桃を食べて腹を下すようなことがあれば、毛利家にとっても汚点となるであろう——とか言ってな、返してしまったらしい」

「うーん、いかにも石田三成殿」

「桃。かぶりつきたかったなあ」

「あの毛利輝元殿がわざわざ贈ってきたものですからなあ、さぞや」

「まったく、さぞや——だ」

さぞやといえば、金ぴかの茶室の居心地はさぞやと思われるであろうが、どうやらあまり目によいものではない。眩しくて落ち着かぬ。いかに金ぴかが好みと大言したにせよ、まさかこのような茶室ができあがるとは思ってもいなかった。が、俺も利休も、意地でこの金ぴかのなかに座している。

まばゆさに目を細めていると、利休がぼそりと呟いた。

「征夷大将軍ではなく、関白に就かれたことは見事なる御判断」

なにが言いたいのか。まったくこの男の話は飛ぶ。それがいつだって意図されたものであるから厄介だ。が、正直なところ唐突だったので真意を摑みかね、目で先を促す。

「関白ならば公家および寺社を支配する権を有するがゆえ」

「征夷大将軍では、それが叶わぬと」

利休は薄く笑った。

「どなたかもさんざん仰有っておりましたでしょうからあれではございますが、単なる武家の棟梁など、いまさらでございましょう」

「まあな」

と、大仰に頷いておいたが、どないどなたかこと官兵衛の采配は真に的を射ておる。公家および寺社を支配する権を有するがゆえの関白なのだ。

公家および寺社――。

信長がいちばん苦労したのは、武家の扱いではない。本願寺をはじめとする寺社であった。信心一直線とでもいおうか、銭金や領地云々といった現世の利ではなく実際にあるかないか不明な極楽浄土を希求し、己の命そのものに道理を見いださぬ者たちの扱いは最大の難事だった。

将軍ならば武家に号することができるであろうと思うのは浅はかだ。実質の欠片もない飾りと堕して、蔑《ないがし》ろにされまくった足利将軍家の末路を見るがよい。

だが関白として寺社に加えて公家を操れるならば、惣無事令ではないが勅旨というかたちを用いてあれこれ武家に命じることができる。それに逆らえば、大義名分を得て九州の島津のごとく討伐することができる。

征夷大将軍も所詮は陸奥《むつ》における蝦夷征討のために朝廷から任命された総指揮官にすぎぬ。いまだに俺は傀儡のごとく踊らされているだけのような気もするが、官兵衛の遣り口はまさに痒いところに手が届くといった有様《ありさま》ではないか。

そんな思いに耽っている俺に、利休が身を寄せて瞬きせずに囁いた。

「官兵衛殿を出世させてはなりませぬぞ」

正直、ぎくりとした。俺の心を読み切っているのではと疑念が湧いた。なにせ九州討伐前の官兵衛の所領は、倅の長政と合わせても微々たるものでしかなかったのである。もちろん討伐後は九州国分にて豊前六郡を与えはしたが、前領主の宇都宮鎮房《うつのみやしげふさ》が国替に烈しく抵抗して、官兵衛はこれを誅殺《ちゅうさつ》せねばならなかった。つまりたいした所領も与えてもらえぬばかりか、面倒ばかりを背負《しょ》い込まされているというわけだ。

「――亡き丹羽長秀には百二十三万石も呉れてやった」

「大盤振る舞いにて大向こうに気風《きっぷ》のよさを見せつけなされ、そして」

「ええい、黙れ」

「ほほ、黙りましょう」

腕組みして俯き加減、奥歯を噛みしめて言葉を呑んでいるつもりだったのに、ぽろりと洩れてしまった。

「が、それにしても官兵衛にはいまだ豊前国中六郡、たったの十二万石」

「それでよいのです。いくらでも入る大きな器になみなみと注いでやるのは愚」

「いくらでも入る大きな器」

思わず繰り返してしまった。利休は目だけあげて肯《うべな》った。つい剽げてしまった。

「長秀は、たいして大きくもない器にたっぷり注いでやったせいで、あっぷあっぷしながら死んでいったといったところか」

「ほっほ。皆まで申しあげることは致しますまい」

丹羽長秀は二年ほど前、俺が雑賀一揆の太田の塁を陥落させたころに、死んだ。積聚《しゃくじゅ》だったとのことだが、苦しみのあまり胃の腑のあたりを掻きむしり、突如、腹を切った。それを知ったときは信じ難かった。あの長秀である。いかに苦しかろうとも、発作的に腹を切るだろうか

――。

もっともそう思ったのは俺だけではなかったようで、織田家を蔑ろにする俺の有様《ありよう》が許せず、俺を諫めるために腹を切ったとまことしやかな風説が流れた。

けれど倅の長重《ながしげ》が生前の長秀の様子を語るに俺を諫める云々の気配など欠片もなく、ただ単に苦痛に耐えかねて腹を切ったのだという。俺はもっともらしく頷きかえしたが、いかに百二十三万石の大身となろうとも、長秀の胸の裡は俺から領地を賜《たまわ》る身分となってしまったことに対する忸怩《じくじ》たるものがあったのではないか。

それは痛みも倍加するものよ――と周囲に気取られぬよう薄笑いを泛べていたところ、長重が膝で躙り寄って耳打ちするように語りかけてきた。長秀の亡骸を焼いたところ、灰の中から拳ほどの大きさの嘴《くちばし》の尖って曲がった石亀に似た生焼けの積聚があらわれたというのである。

利休ではないが、ほうほうと声をあげたところ、胸糞悪いことに長重は自刃の折の刀の痕が残ったそれをわざわざ俺に見せた。袱紗《ふくさ》に包まれた貴重な品扱いである。このときに長重をとことん踏みつけにしてやろうという気持ちが生じたといっていい。

父、長秀より越前、若狭、加賀二郡百二十三万石を相続した長重であるが、佐々成政を攻めた富山の役にて、長重の家臣に成政に内通していた者があると捏《でっ》ちあげてやり、越前と加賀を召し上げ、若狭のみの十五万石に落とし、このたびの九州征伐の際にも家臣に狼藉があったと難癖をつけ、若狭をも没収し、加賀松任《まっとう》にわずか四万石を残すのみと追いつめてやった。二年のうちに百二十三万石から四万石に転落である。もちろん、丹羽氏の勢力を完璧に削《そ》ぎ落としてやったのである。

器――。

もちろん長重は父である長秀ほどの器ではないから入る水も少なく、ゆえに四万石程度が程よい。信長は天下のほとんどを器に入れかけたのだが、そこで器が割れてしまった。おそらく器の大きさには問題がなかったはずだ。だが、どこかに致命的な罅《ひび》が入った器であった。ぎりぎりまで水漏れもなかったが、思いのほかあっさり割れ崩れてしまった。

器といえば、家康のように器自体が見えぬ者もいる。大きすぎて見えぬのか、小さすぎて見えぬのか。まさか透《す》き徹《とお》った器を持っているわけでもあるまい。

家康の器に思いを馳《は》せると、貧乏揺すりをしてしまいそうになった。あわて気味に膝頭を押さえ、気持ちを己にもどす。では、と率直に自問する。

「俺という器は、どれくらい入るんだろう」

間髪を容れず利休が返してきた。

「殿下ほどの器ならば、唐天竺《からてんじく》までをも注いだとて余裕。余裕綽《しゃく》々《しゃく》でございます」

相好を崩してしまった己が疎《うと》ましく、また俺をこうやって操る術を心得ている利休が憎たらしい。黄金の燦《きら》めきのせいで、ますます目眩に似た惑乱が迫りあがり、蜂谷が不規則に脈打った。

「唐天竺。また大きくでたな」

頰を引きしめ、あえて醒めた声でかえしたつもりだが、口から洩れ落ちたのはかろうじて言葉の態をなしているにすぎぬ呟きであった。利休はめずらしく満面に笑みを泛べて応えた。

「足許をお固めなすったら、是非とも唐天竺まで駆け抜けていただければ」

「唐天竺まで駆け抜ければ――」

無様に語尾をあげて問いかけるように繰り返してしまった。利休は即座に笑みを引っ込めて頷いた。

「然様。この宗易も御相伴にあずかり、身の丈に合ったちっぽけな茶碗になみなみと茶を注いでいただけることでしょう」

あっさり自身のことにすり替えて、利休は澄《す》ましたものである。苦笑に唇を歪めると、ふと気付いたかの口調で言った。

「が、官兵衛殿も相当に大きな器。されど御当人が器の大きさに気付いておらぬようでございますし、ま、ちょろっと注いでおいて差し上げれば、それでよしといったところ」

「十二万石でよし、か」

もう、利休は答えない。芝居がかった仕種《しぐさ》で手を顔の前にやり、己の爪を凝視して小首をかしげる。どうしたと目で問うと、なんでもないと首を左右に振る。実際になんでもないのだ。この男は、いつだってこういう具合に己の軀のどこかに視線をやり、すべてをはぐらかす。

なるほど。十二万石でよいのだ。注ぎさえしなければ自身の器の大きさに気付かぬというわけだ。だが、表立ったものでないからといって、その働きにふさわしい地位と褒賞を与えぬということは、俺のほうに負い目が生じるということではないか。官兵衛の心柄からすれば領土云々で俺を怨んだりするはずもないが、たぶん、これからの俺は官兵衛の前で過剰に笑んでみせ、あるいは変に機嫌の悪い顔つきを演じるのではないか。

黄金色の燦めきのなかに、焦点の定まらぬ眼差しの大男と俺、なぜか腕組みして身を縮めたくなった。うそ寒いとはよく言ったものである。そんな俺をちらと見て、利休が口をひらいた。

「信長公は自らが前面に立ちすぎましたからなあ」

なんの謎かけか。目玉を上にむけて思案する。大坂城内においては、宗易でなければ関白様に一言も申しあげる者がいないということ、公儀が秀長ならば、内々の儀は利休――という大友宗麟の書状について語り合っていたことに思い至る。利休を見据えて、皮肉っぽく言う。

「慥かに俺は取次を重用しておる。結果、内々の儀に関しておまえが過剰な力を持ちはじめているということだ」

「過剰な力、即ち莫迦力。が、この宗易、御覧のとおりの背丈だけの痩蛙《やせがえる》。莫迦と呼ばれるほどの力の持ち合わせはございませぬ。たかが茶頭。取次のお歴々と並ぶほどの図々しさの持ち合わせもございませせぬ」

しれっと吐かして、茶を啜る。その背筋は支《つっか》え棒でも仕込んであるかのごとく揺るぎないから小憎らしい。しかも己の力の源泉が俺の権勢にあるということをきっちり自覚していて思い違いをせぬから、じつに重宝している。俺とは趣が大きく違うにせよ、どこかで通底するものがある。俺の陰の部分に強靱《きょうじん》な陶土でも貼り付けて隠蔽《いんぺい》すれば、利休になるのかもしれぬ。

「俺の取次の用い方、誤ってはおらぬか」

「概ねは。大凡《おおよそ》はと申しましょうか」

「大凡というと、誤りもあるのか」

「はい。この宗易に過剰なる力をお与えになってしまったことは、大いなる過ちでございますな」

「武人に過剰なる力を与えるほど愚かではない。取次として、献上された大振り極まる桃を突き返す程度でちょうど、よい」

「なるほど。この宗易が――」

「なんだ」

「この宗易が身震いするほどに殿下に惹かれる由《よし》でございます」

「薄気味悪い。しかもおまえは息がくさい」

「息がくさいのはお互い様でございます」

お互いに顔をそむけて苦笑いである。口許に手をやって息を吐きかけて、息を嗅ぐ。なるほど、くさい。我ながら眉間に縦皺が寄ってしまう。取次にまかせて、この臭気を諸々に直接嗅がせぬだけでも俺はじつに心の広い男である。

「信長は衆道が好きだったなあ」

俺の呟きに、打てば響くといった案配で返す利休だ。

「まあ、菊の御紋を突き抜くのはよろしいと致しましょう。が、口と口を交わすのでございましょうか」

「そりゃあ、交わすだろう」

「だとしたら、やはり口が臭わぬ若衆がよろしゅうございますな」

「だろうなあ」

「殿下は紛うことなき女好き。そのあたりは思案の必要がございませぬなあ」

「褒められた気がせぬわ」

「心底から褒めておるのです。あれは出すところゆえに無理遣りねじ込むのは強引を旨とする武人の嗜《たしな》みとしてはよろしかろうが、道理からは外れております。代用は、所詮は間に合わせかと存じまするが」

若衆に振られでもしたか、衆道に怨みでもあるのか、めずらしく息んで捲したてる利休を嘲笑気味に見やり、ぼやき声で言う。

「女でも口がくさいのがおるぞ」

「いますなあ。上の口も下の口もくさいのがおりますなあ」

「そういう科白《せりふ》を吐くから、おまえは女に好かれぬのだ」

「わかっておりまする。それに、嫌われると嬉しゅうなる性癖でございますがゆえ」

俺は嫌われたくない。誰からも、嫌われたくない。それが俺の気質《かたぎ》であると自ら信じてきた。いま、くらりと揺れた。誰からも嫌われたくないというのは、劣等の心がはぐくんだ単なる処世だったのではないか。近頃、慥かに、心のどこかに嫌われ、畏れられたいという思いがある。

「しかし殿下の話は、あちこちに飛びまするなあ」

なに、と語尾をあげて見据える。俺は利休の話があちこちに飛ぶと内心、やや呆れていたのだ。が、利休も俺の話が飛ぶと思っているらしい。どうやら俺と利休、単刀直入とは無縁らしい。そういえば信長は単刀直入、直情径行の権化《ごんげ》であった。

「僭越《せんえつ》ながら、この宗易が話をもとにもどしますぞ。取次を重用なされ」

「そうあるべきと思う一方で、直接耳を貸したほうが早いではないかとも思う」

「なぜ、殿下に直接ものを言えばよいところに、そのあいだに人をいれるのか。禁裏の御方が御簾《みす》の陰にお隠れになって顔さえ見せぬのとおなじことでございます」

「俺が直接、命令するのはよくないか」

「はい。お褒めの言葉をかけるのでも、お顔の見えぬほうが、直接お声がかからぬほうが有り難みが増しまする。親しみは有り難みを削ぎます。神や仏はまともに姿を見せぬからこそ、有り難い」

うむ、と頷く。親しみや愛嬌《あいきょう》といったものは俺の得意技であった。けれどこれから先はそれを封印せよということだ。そもそも取次を重用しはじめたことそれ自体が、じつは嫌われ、畏れられたいという思いとまさに表裏で、親しみを示したり愛嬌を振りまくことに俺が飽きあきし、嫌悪しはじめていることを如実にあらわしている。

利休は黒く艶のある全体が微妙に歪んだ抹茶茶碗を両手で捧げ持つようにして大仰に身をよじり、俺に顔を近づけて、くさい息を吐きかけて言った。

「お顔が見えなければ、神や仏の境地。無理難題、理不尽を突きつけても、神仏の采配であればそれが定め——と人は諦め、俯きながらも従うもの」

一呼吸おいて、付け加えてきた。

「無理難題、理不尽を突きつけたときに怨まれるのは、取次の者でございます」

ぽん、と手を叩いた。なるほど。とうてい聞き入れることのできぬ命を下すときこそ、取次が必須であるということだ。

「殿下は雲上人でございます。雲上人には直接言葉をかけられぬくらいがちょうどよろしい。信長公は気安すぎましたな」

「利休」

「はい」

「陰険なものだな」

「権勢とは、常に陰険にして笑中に刃を研がねばならぬとお心得なさるよう」

桃を突き返す石田三成などかわいらしいものである。せいぜい取次として重用して、俺に対する怨みを身代わりとして受けてもらおう。しかし、笑中に刃を研ぐ——か。

加茂川《かもがわ》黒石からつくられた鉄釉《てつゆう》をかけて焼いた黒々艶々とした茶碗は、もう空である。置けばよいものを、それを手にしたまま利休がちいさく身震いした。とたんに俺の背筋から頭のうしろにかけて凍えが這い昇っていった。俺は両手で自分を抱きかかえるようにし、呟いた。

「なんだか冷えるな」

然様——と利休が肯い、いつのまにやら夜の気配が忍びいって影が周囲を削ぎはじめた金ぴかのあちこちに視線を投げ、声を潜めて囁いた。

「殿下と宗易、逃げようのない金気のなかに端座しておりまするからな。こんな場所におる者は、そうそうございますまい。この光り輝く、されど冷えびえとしたものこそが、侘寂の極致。即ち、権勢の因果が、ここには充満してございます」

利休を一瞥し、俺はますます自分をきつく抱き締めた。

31

少々遡《さかのぼ》るが九州討伐の直後、伴天連《バテレン》を追放してやった。いままでは寛大に処してきたこともあり、伴天連および吉利支丹《キリシタン》は大騒ぎであった。表向きは我が国にはもともと神も仏もおわすのであるから、異国から渡来した邪宗門はいらぬということだが、本音は俺が吼《ほ》えれば伴天連たちがどのように対応するか、それが見たかった。

伴天連の追放を思いついたのは、九州征伐の兵を返して博多《はかた》に至ったときである。コエリヨの案内にて港外に停泊していたフスタ船に乗り込み、伴天連が用意した糖菓と葡萄《ぶどう》の酒を愉しんでいるさなかに、閃きのようにこの者たちを大目に見ていてはならぬと直覚した。要は慇懃な、けれど神とやらがすべてであり、現世になんら価値を見いださぬ伴天連を強引に俺に従わせてみたかったのだ。ま、ただの征服慾である。

さらに言ってしまえば、伴天連の追放は官兵衛の入信と無関係ではない。相手が官兵衛だけにあまり無粋《ぶすい》かつ強引なこともできず、しめおんなる名を伴天連から戴いて悦に入っている官兵衛を、首を竦《すく》めながら見やるばかりであった。官兵衛には手を出さぬが、官兵衛一人には好きにさせてやるが、その根は断たねばならぬ。

加えて討伐で九州の地に足を踏み入れて内心、驚愕したことがある。この地に多いと聞いてはいたが、吉利支丹大名を眩と目の当たりにしたことだ。奴らは領民共にまで吉利支丹の教えを強いていたのである。俺が給人に所領を与えたことの謂《いわれ》は、地面を支配せよということにすぎぬ。誰がそこに住む者の心まで統べてよいと言ったか。

さらには、熱烈なる吉利支丹の姿を目の当たりにして怖気が立った。一向一揆の門徒共と同じ臭いがしたからである。この臭いだけは排除せねばならぬ。吉利支丹は争いを好まぬというが、現世に一切意味を見いださぬ者たちは不穏である。たとえ一揆を起こさぬにせよ放置してはならぬ。

加えて、利休の入れ智慧もあった。官兵衛は俺が皇胤であると吹聴しろと囁いた。俺も愚劣を愚弄してやる気持ちからそれを受け容れはしたが、釈然としない。源平藤橘と並ぶ豊臣の姓を得たのである。ならば天皇家に連なるものではなく、俺だけの血筋なるものを打ち立てたい。未来永劫まで続く俺の血統である。

子を授けたまえと日吉山王権現《ひえさんのうごんげん》に祈願したところ、ある夜、日輪が懐に這入《はい》り込む夢を見て、その瞬間に俺を懐妊したというおふくろの与太話を利休に語って聞かせたことがある。それを小首を傾げるようにして拝聴していた利休が唐突にぽんと手を打った。

結果、まさしく俺は日輪の子であり、神であるとすべしということになり、あれこれ指図して対外文書などでしきりに太陽の子であると言い広めはじめたのである。

やれやれ皇統以上の目眩《めくるめ》くまでの愚劣であり、その愚弄ではあるが、利休に日輪のことを囁かれているうちに、だんだんその気になってきた。まだ幼きころに母に吹きこまれた日輪の子ということ、俺の心の奥底にきつく刻み込まれて残っていたのである。つまり俺には素地があった。

だからこそ十三箇月も母の腹の中にいて、申年《さる》の一月一日に日吉山王権現の神獣である猿も呆れるほどの猿顔で生まれた――という母から聞かされた戯《ざ》れ言までをも思い出し、それを胸中で念じているうちに、猿顔という滑稽までもが俺が神であるということの補強になってきてしまったのだから、いやはや思い込みというものは、周囲の煽ても手伝ってはいるにせよ、じつに空恐ろしいものだ。しかも空恐ろしいものであると眉を顰《ひそ》め、強く自覚しながらも、すっかりその気になっている俺もいるのだから度し難い。

俺は神である。

紛うことなき神である。

そういえば信長とやらも神になろうとして自らの城に摠見寺《そうけんじ》なる寺を建て、己の化身たる盆山なる貴石を祀り、皆に拝ませようとしていた。信長が石ならば、俺は日輪であり、すべてを照らす唯一の神である。

されど伴天連の神はたった一人しかおらぬという。他の神を一切認めないのである。ゆえに俺が這入り込む余地がない。伴天連の神を認めてしまうと、日輪の子である俺の居場所がないのだ。だからこそ吉利支丹伴天連は排除せねばならぬ。

＊

あたりの木々の緑が微妙に色をくすませ、すっかり秋が居ついたころ、聚楽第が完成した。大坂城から華々しい行列にて聚楽第に移ったが、じつは心は晴れなかった。皆は俺が得意絶頂であると信じ込んでいたが、他人の目のないところでは肩を落とし、物寂しさに口をすぼめるばかりであった。

翌年初夏には後陽成《ごようぜい》天皇を聚楽第へ行幸させた。あえて内野《うちの》の大内裏跡に建てた俺の邸に天皇を迎えてやったのである。天皇がわざわざ俺のところにやってくる——これ即ち、俺の力の為せる業であり、諸大名は俺の足許に平伏すべしという無言の号令だった。

実際に俺の傘下に入っていない大名共もこの行幸に列席するように命じた。このときに上洛しなかった大名こそが九州の次に俺に潰されることとなる。

案の定といっていいだろう、関東制覇の実績に寄りかかって傲慢に構えていた北条の氏政、氏直父子が姿を見せなかった。後陽成天皇行幸を無視したのである。愚かであるとほくそ笑んだ。聚楽第にやってこなかったというだけで北条家は仕舞いだ。

なかなか強引な理窟ではあるが、問答無用だ。天皇が自らやってくる聚楽第は日本の中心である。つまり聚楽第は豪壮華麗な金箔瓦に覆われた金ぴかの極致、太陽神である俺の威光を光輝をもってして天下に示す代物であった。

聚楽第の外郭内には豊臣秀長や秀次、そして前田利家、細川忠興、蒲生氏郷《うじさと》、堀秀政、さらに官兵衛らの大名屋敷が建ち並び、おまけに北御門近くに千利休の邸まで建ててやった。身内や信頼できる者共で俺という神を囲ませたのである。

されど、所詮は家に過ぎないのである。その黄金の燦めきに市中の者共がいかに目を細めようとも、平城のかたちをした巨大な家であり、俺が横になるには一畳ほどの広さがあれば充分なのに、すかすかの寝所で出来うるかぎり軀をちいさく縮めて眠る。なぜか矢矧《やはぎ》川の川原にて野宿していたころのことばかり夢に見る。野臥《のぶせり》の日々は、雨に打たれ、風に嬲《なぶ》られ、虫に食われ、寒さに震え、暑さに身悶えしと、碌なものではないが、このうそ寒い空漠とは無縁であった。

「俺は、なにをやっているんだろう」

夜半にふと目覚め、暗黒の底が頭上に拡がったかのような無駄に高い天井に焦点の定まらぬ視線を投げつつぼそりと呟いて、両腕を交差させて自身を抱き締める。己を必死で護るかのように抱くことが、すっかり癖になってしまった。

金ぴかを極めてやると豪語しはしたが、いざ極めてみれば豪奢《ごうしゃ》とは貧困の別名で、その臭いはまぎれもなく貧乏の悪臭であった。貧乏臭いとは、よく言ったものである。しかもこの貧乏臭さは、貧乏が本来もっているせせこましさとじっとりくる湿り気や垢臭《あかくさ》さがなく、やたらとだだっ広く乾ききって無味無臭、からからなのである。俺は自分が極めてしまった金ぴかの際限のない貧乏臭さに辟易しつつ、その光輝を多少なりとも減じてしまえば息が止まるとの圧迫に似た思いを振り棄てることができず、いまさらながらに程々こそが肝要であったと、じつに情けない感慨に溜息を洩らすのであった。

だが、もはや引きかえせない。

もどれない。

還れない。

突き進むしかない。

諸国百姓　刀　脇差　弓　やり　てつはう　其外武具のたぐひ所持候事　堅《かたく》御《ご》停止《ちょうじ》候――と聚楽第行幸の三箇月ほど後、表向きは方広寺《ほうこうじ》大仏のための釘や鎹《かすがい》に用いるためという名目で刀狩りを行った。武装解除である。ちなみに方広寺だが、もともとは信長の菩提《ぼだい》を弔《とむら》う天正寺《てんしょうじ》の造営からはじまったのだが、なにやら唐突に阿房らしくなり、場所を変えて国家鎮守、王城鎮護のための大仏殿を拵えることにしたのだった。

おっと、話が逸れた。以前からの目論見どおり武器を持てる身分とそうでない身分をくっきりわけてやったということである。清洲会議の直後に試みに行った検地の時点で心密かに策定していたことであり、要は普段は百姓として畑仕事に従事しつつも、戦時には侍――地侍として従軍する土豪を排除するための刀狩りである。

とっとと刀狩りをせねばと若干、焦らされたのは、せっかく助命してやり隈本《くまもと》城主に据えてやった佐々成政が検地に失敗し、国人一揆を惹起《じゃっき》し、うまく肥後を抑えることができなかったということがあった。

ちょうど北野《きたの》大茶会を執り行っていたさなかであったが、十日間開催予定を一日で切りあげてしまったのは、この一揆になんともいえぬ胸騒ぎを覚えたからであり、実際にこの一揆に刀や槍を携えた百姓が多数加わっていたことを知り、猶予ならぬと眦を決したということだ。もちろん佐々成政には腹を切らせることにした。

当然ながら俺ではなく取次が成政に切腹を命じた。それを反芻しながら、香木を弄《いじ》っている利休を手招きした。他の者に聞こえぬよう小声で耳打ちした。

「おまえの言うとおりであった。俺が自ら成政を呼びだして切腹申しつけるのと違って、痞《つか》えが一切ない。無理強いのよろこびもないかわりに、人の生き死にに直接、手を下したときに生じるあのもやもやしたものが欠片もない」

「無理強いのよろこび」

やや見ひらかれた利休の目の奥を覗き込んで頷く。利休以外には話の前後がわからぬであろうから、大声で言う。

「そりゃ、もう、すばらしいものよ。引き攣れるようなよろこびだ」

「それが、ない、と」

「ないなあ。楽でいい」

「とすると、そのよろこびは、どこか苦痛であったと」

頷きながら、声を落として言う。

「うん。いまなら、そう言い切れる。死ねと命じるのは権勢の極致であるが、己でも気付かぬ軋みと歪みをもたらすものでもある。寝覚めが悪いというやつだ」

ちいさく息をつく。安堵の息に似ていた。だからこそさらに声を潜めて続けた。

「これなら、いくらでも殺せるわ。なんら気負いなく殺せるわ。いかに大切な者であっても、楽々殺せる」

「ようございましたな」

「ああ。おまえの助言のおかげだ」

利休は得意げな気配を圧し隠し、澄ました顔をして香木の匂いが沁《し》みた指先を嗅いだ。俺は満面の笑みで一同を見まわし、なにか御言葉でもと身を乗りだした秀次に一瞬視線を止め、けれどすっと逸らして利休に眼差しを据える。湧きあがる笑みの奥で、おまえも楽々殺せるぞ——との念を送る。

とたんに利休の背が弾《はじ》かれるように伸びたので、ついに怺えきれなくなり、大声で笑いはじめてしまった。

皆はしばし沈黙してもっともらしい顔をつくっていたが、俺の呵々大笑に戸惑いがちの追従の笑いをあげはじめ、やがてその笑いは大広間を響動めかせるほどの大笑いの集合となり、さらに腋窩《えきか》や脇腹を擽られ続けているときのような苦しげな高笑いとなった。

俺が疾うに笑い止んで表情を消しているのに、皆は笑い転げている。利休までもが胸や腹を掻きむしるようにして前後に揺れ、目尻に涙をにじませて笑いさんざめいている。

＊

刀狩りがうまくいかぬことなど、端から承知していた。なにせ下賤の出である。山中にて武器等をつくっていた山落だったのだ。百姓から鉄砲を奪ったら、まともに害鳥も落とせないし、我が物顔に田畑を荒らす猪を見逃すことになる。要は武具をかたちだけ供出させればよかったのである。

その謂は、おまえたちはもう戦にでずともよいということを、武具を召し上げるということで直截に知らしめたのだ。兵農分離の象徴なのだ。刀狩りは検地と対になっている。検地と刀狩りによって百姓を軍役から解放してやって農耕に専念することを保障してやったのだ。もう戦で命を落とすこともない。その見返りが年貢であり、合戦の際には兵站の一端を担わせることである。

俺は信長、あるいは信玄や謙信のような戦上手になる気がない。かわりに武士を農地から切り離して戦に専念させる。日頃から鉄砲を撃つ修練をさせる。

鉄砲を撃つのがじつに巧みな猟師もどきの百姓もいるにはいるが、いままでのように普段畑を耕している百姓を兵として徴用していきなり鉄砲をわたしても意味がない。それではせっかくの鉄砲も棍棒と大差ないというわけで、俺はこの国に大量にある鉄砲をまともに撃てる者たちをたくさん拵える。

伴天連が吐かしていたが、じつは我が日本には途方もない数の鉄砲があるという。他国でこれほど大量に鉄砲を持っている国はないとまで言う。国友他が精緻《せいち》な鉄砲を凄い勢いでつくっているのだから当然である。また金銀の産出量もすべての国々の中で一番であると断言していた。武器があり、金がある。ならば、とことん活かすまでである。大量の武器と財力は、兵農分離を可能にする。利休ではないが唐天竺まで攻め上ることさえも夢物語ではない。

話をもどそう。なぜ、攻められた側は籠城するのか。堅固な城に大量の糧食を備蓄しておいて、城下の百姓領民もふくめて籠もってしまえば、無人となった田畑は荒廃し、攻める側は季節の移ろいによって食う物がなくなり、撤退するしかなくなる。いままでの戦には持続性というものが、まったくなかったのだ。それもこれも戦のときに食う物は現地調達という悪しき慣習が、なんの疑問も持たれずに延々続いてきたからである。略奪はいかにも戦をしているかの昂ぶりをもたらす。されど略奪する物がなくなれば、要害堅固な城に籠もった者たちの思う壺、北風が吹き、粉雪が舞うころには軍を引き払わなければならなくなる。

これらは繰り返しになるが、幾度でも言おう。飯を食わずにすますことのできる軍隊は古今、存在したことがない。ならば俺は夏だろうが冬だろうが、常にきっちり飯を食わせる軍隊をつくりあげるのみ。

雨が降ろうが雪が降ろうが、俺の軍隊は衣食が足りている。落ち着き払って城に籠もった敵をきっちり囲んでいればよい。そのまま一年でも二年でも包囲してやるだけだ。補給が途絶え、備蓄が尽きて餓えが蔓延《はびこ》れば、その城は仕舞いで、俺の勝ちだ。渇殺《かつえごろ》しこそが最良最善の戦い方だ。そのための刀狩りと検地による兵農分離である。百姓にはたくさん作物をつくってもらい、それを啖う兵には戦に専念してもらう。

さて、九州に対する惣無事令の続きとして関東、そして陸奥、出羽《でわ》の二国に惣無事令をだした。関東奥両国惣無事令である。なにせ関白である。内覧《ないらん》の宣旨《せんじ》、即ち天皇の政務代行、その叡《えい》慮《りょ》を摂行しているという大義名分のもと、関東や東北の大名に私戦禁令をだしたのである。もはや大名同士の争いは惣無事令によって私闘であるがゆえに禁じられ、もし争えば俺に裁かれることと相成った。俺の許しなくして戦なし。服すればよし、服さねば島津のごとくとことん打ちのめしてやるだけだ。

我ながら嫌らしいものよと思いつつも、関東奥両国惣無事令をだしておいて、北条家の落ち度をさがしていた。もちろん聚楽第行幸に参列しなかったことに対する報復だ。服従しなかったのだから、討伐する。落ち度などいくらでも見つけることができる。真田昌幸《さなだまさゆき》の沼田《ぬまた》城の支城である名胡桃《なぐるみ》城が占領された。昌幸からの訴えが届いた。理非はどうでもよい。理由が見つかったのだから、叩く。寒風吹きすさぶころ北条氏に手切れ状、いや宣戦布告の朱印状を送りつけ、二十万を超える大軍を組織した。

戦の話は、退屈だ。とりわけ俺の戦は頭数はなかなかのものだが、力攻めなど端からする気がないから、誰からみても退屈なものだろう。年明け四月、小田原《おだわら》城の包囲を開始した。信玄や謙信をも寄せ付けなかった天下の名城、小田原城に籠もった北条は、三成と大谷吉継および長束正家《なつかまさいえ》にまかせた俺の軍の兵站の抜かりなきことをいまだに悟っておらぬから、せいぜい一年も籠城していれば俺が包囲を解くと踏んでいる。やがて間諜などから俺の軍隊の余裕あふれる姿が伝えられれば、降伏しか途《みち》がないことに気付くだろう。

幾年でも包囲してやるつもりで、完成のあかつきには石垣山《いしがきやま》一夜城と称されるであろう陣城を拵えている。小田原城の西方三十町弱の距離にある笠懸山《かさがけやま》の山頂に築く城であるが、陣城とはいえ石垣や櫓を備えた本物のじつに見場のよい城である。なにしろ官兵衛に縄張りをまかせ、四万もの人員を注ぎ込む心積もりだ。関東にて最初につくられるであろう総石垣の城である。

構築は北条方に一切気取られぬように進めている。この城でなにをするかといえば、茶会等々だ。天皇の勅使を迎えよう。俺の女たちを呼び寄せもしよう。茶々改め淀《よど》も、棄《すて》を乳母にまかせて俺の寝所に侍らせよう。そんな思いを込めて淀を見やる。

じつは前年五月、側室の茶々が子を産んだのである。棄て子は強く、よく育つという。棄と名付けた所以《ゆえん》である。茶々は信長の妹である市の娘だ。浅井長政に嫁ぎ、そして柴田勝家の妻となった市の三姉妹の長女である。信長の妹の血を引く女に俺の子ができた。なんともいえぬ縁《えにし》を覚えた。

俺の子――。

例のごとく独りの寝所にて己を抱くようにして思い悩むと、よくない目眩がおきる。だから茶々が俺の子というならば、俺の子であると信じることにした。

長浜城にて三歳にて死した秀勝も俺の胤かどうか怪しいものではあったが、俺が抱いてその胎内に精を注ぎ込んだ女が産んだのである。一応は顔くらい見ておくかといった程度だったのに、赤子に実際に接したとたんに、すべてがどうでもよくなった。赤子というやつには、己を守るための不思議な力が備わっているのではないかとさえ思わせるかわいさと健気さがあった。俺は即座に、その力に打たれて赤子に夢中になったのである。

突き詰めれば俺に限らず男というものは、その赤子がほんとうに自分の子であるかどうかを確かめる術などもっていないのだ。女が貴方様の子ですと言えば、それに従うしかない。ならば信じるのみ。

信じたとたんにすべては霧散した。孕んだ茶々には山城の淀城を与えて産所とした。以後、淀君と呼ばれる由縁である。

案の定、秀勝のときと同様、無事産まれた棄を抱いたとたんに、棄は俺の子となった。傍目《はため》にも見苦しかろうと苦笑いが泛ぶほどに溺愛した。

「病弱なのが気懸かりでございますが」

「俺も、幼いうちは、そう軀の強いほうではなかった」

「いまでは膾《なます》に叩いても死にそうにございませぬ」

女の膝枕とはよいものである。それが、あの信長の妹の血を引いた女なのだから、やや硬い太腿の張り詰め具合さえも最上である。

「大仰な。じつは打たれ弱いのだ。膾に叩かれたらえらいことだ。淀だからこそ率直にもの申すが、痩せさらばえた猿のままなのだ、俺は」

「慥かにお痩せなさっておられますが、淀を貫くお軀の偉丈夫ぶりは、尋常ではございませぬ」

世辞であることなど、百も承知だ。それでも己の魔羅《まら》を偉丈夫と囁かれれば満更でもないというか、一息に自尊の心が充たされる。淀は、こういった擽りに長《た》けていて、あまりに巧みな働きかけゆえに、時折疑念に近い不安が心の底の底を流れることがある。上手の手から水が漏れるといった気配である。

が、俺も、もはや五十の坂を越え、人生の先も見えてきて、ようやく手に入れた信長につながる女を寵愛しかけている。お市の方の娘をこうして組み敷いて、啜り泣かせておるのでございますよ――と信長に告げてやりたい。淀に対する過剰なるこだわりは、吉乃を信長に差しだした復讐を地味に遂げているということなのかもしれぬ。

「小田原のお城攻めは、いかがでございまするか」

「墓に見える」

「お墓に見えまするか」

「うむ。ここしばらくで一気に凋《しぼ》んでみえるわ。影が薄いといおうか」

「然様でございますか。さすが」

「ふむ。じつはな」

「はい」

「官兵衛が氏政氏直父子のところに盛んに足を運んでおる。降伏を勧めておる。なんと無刀で酒肴持参らしい。新たな調略の遣り口とでもいうか」

途中から揶揄の気配がにじんでしまった俺の頭を淀は黙って撫でながら、しばし思いに沈んだ。このようなときの淀の目のいろは、亡き信長を想わせる鋭い光を孕んで、俺は喉を鳴らしそうになる。

「――不可解でございます」

「なにが」

「これほどまでのお働きにして官兵衛殿は何故、見返りを求めぬのでございましょう」

「ふむ。吉利支丹の教えに従っておるからではないか」

淀が冷たい眼差しで見おろしてきた。俺が薄笑いを泛べると、その薄さを掠めとるように淀の血の色をした唇の端が歪んだ。淀の笑みの危うさに抗いがたく、年甲斐もなくふたたび俺はのしかかる。淀の香りが俺に目眩を引きおこす。

＊

伊達政宗がやってきた。いくら催促しても小田原征伐に参陣しようとしなかった政宗であったが、いよいよ切羽つまって北条氏との同盟を反故にして、北条氏の勢力下にある関東を避けて大回りの遠回り、ようやく小田原に到着したのである。

到着したはよいが、政宗が従えてきたのはわずか百騎ほどであった。奥州の覇者がなかなか笑わせてくれるものである。即座の謁見を願いでてきたが、箱根底倉《はこねそこくら》に謹慎させておき、小田原到着後の四日目に石垣山に喚《よ》んでやった。

夏の暑さが盛りはじめたころであった。家康をはじめ居並ぶ諸大名が目を瞠った。政宗は髪を禿《かぶろ》――すなわち髪の末を切り揃え、後髪は結わずに垂らし、甲冑の上に白麻の陣羽織《じんばおり》を着用していたのである。白装束は死装束。独眼であるがゆえになんとも異なる恰好が引きたって悪くない。それどころかじつに面白い。俺も信長から叱責を受けるときは、あえて金ぴかぎらぎらの出で立ちで参じたものだ。思わず相好を崩しそうになったが、頬を引き締めて表情を消した。

あれこれ言い訳をしたならば、ひとこと腹を切れと命じてやるつもりだったが、膝をついて叩《こう》頭《とう》すると、それきりなにも言わない。そもそもがこの男、昨年一気に奥州六十六郡中三十余郡を手に入れたあげく、関東進出の気概を隠しもせずに俺と北条氏を秤にかけ、双方の使者に調子のよい返答をなし、攻めるときは一気呵成であるが、様子見はひたすらというなかなか喰えぬ若造で、眼差しを低くしてじっと情勢を窺っていたのだ。

「なんぞ言うことはあるか」

ごく軽い声をかけると、ぐいと顔をあげはしたが、唇は真一文字に結んだままである。釈明が通用するのは、相手がどうでもよいと思っている小事のみだ。大事のときは沈黙が最良だ。喋るから言《げん》質《ち》を取られるのだ。二十四歳だったか、若輩《じゃくはい》にしてはよく物事がわかっている。以前から訊きたいと思っていたこと、この男が十九のときに為したという殺戮《さつりく》について尋ねた。

「大内定綱《おおうちさだつな》討伐の折に小手森《おでもり》城だったか、城中の兵はもちろん、女子供八百余人、さらには牛馬までをも命あるものすべて斬り棄てたあげく、これぞ撫で斬りと大笑いしたというのは、まことか」

「すべて斬り棄てたのは慥かでござるが、笑いは致しませせぬ」

どこか信長に重なる気配を感じたから訊いたのだが、笑いは致しませぬというその口許に妙な愛敬があった。

「様子見はよいが、見過ぎていると高くつくものよ」

政宗は上目遣いで俺を見て、わずかに口を尖らせて頷いた。そのまま政宗は俺と見交わして微動だにしない。俺は傍らにあった杖を手にした。

近う――と短く呼び寄せ、命じた。

「首を曝《さら》せ」

政宗は首をぐいと落とし、首筋を露わにした。日に灼《や》けて赤銅色《しゃくどういろ》だった。若さが横溢《おういつ》していた。その首を杖の先でなぞってやる。

「よう来たな、政宗よ。その方、運のよい若者よ。も少し遅れての参陣であったならば、ここが危ういところであったわ」

首筋を杖先で雑にこすりあげつつ呵々大笑すると、政宗は真顔で恐縮した。笑いをおさめて問う。

「参陣遅参を利家に問い詰められ、千利休より茶を学びたいがゆえにせいぜい気構えを拵えていた――と、しれっとした顔で吐かしたというのは、まことか」

「はっ」

「そこまで筋の通らぬ言い訳も珍しいわな」

揶揄してやると、政宗の唇の端が幽かに持ちあがった。笑んだのである。

その笑みは、御茶湯御政道を軽くうっちゃる底意をあえてにじませて見事であった。だから会津《あいづ》は没収したものの、伊達家本領は安堵してやった。

翌日も、政宗はやってきた。石垣山一夜城をじっくり見たいというのである。俺は少々得意になって案内してやった。

「小田原城は百年近い年月をかけてつくりあげられた東国最大最強の城。そのぐるりは八十町を超える途轍もない規模だわ。力攻めでは如何ともしがたい」

政宗は俺の目の奥を覗きこむように見つめて、黙って耳を傾けている。眼下の小田原城にむけて顎をしゃくる。

「実際、総構《そうがまえ》の一角すら切り崩せておらぬ」

ぼやくでもなく言うと、政宗がちいさく頷いてぼそりと呟く。

「然れど政宗、小田原城よりも、この石垣山一夜城の石垣及び白亜の西国様式の城構えに感じ入ってござる」

「ん。石垣は穴太衆による。この山はうまい具合に小田原城を睥睨する位置にあるだけでなく、石垣に適した石材が豊富にでることに気付いてな、先々も慮《おもんぱか》って本格的に築城することとした」

先々を慮る——と政宗の唇が動いた。侮れぬ。俺は不明瞭に頷き返しておく。ひょいと表情を変えて反っくりかえり、得意がってみせる。

「見事な石垣じゃろ。穴太衆の精鋭三十五名に陣頭指揮させて築かせた。天然石の野面《のづら》積みだが大地震でも崩れぬ。強靱だぞ」

興味津々の政宗に、穴太衆のことを事細かに教えてやる。政宗は実際に触って、石と石の隙間に指を挿しいれ、がっちり組み合って寸分の揺るぎもないことを悟り、感に堪えぬといった面持ちで首を左右に振り、上方を見あげた。

「ここまで見事な石積みをなされたにもかかわらず、何故、あの白壁でございますか」

政宗の眼差しがあまりに真摯なので、剽げることを封印したつもりだったが、額をぺちと叩いてしまった。

「気付いたか」

「なにせ昨日は、あの屋形の壁、まだ白く塗り上げられておりませなんだから。それがたった一晩であそこまで——とはいえ」

そこまで言って、政宗は言葉を呑んだ。ニヤニヤしつつ、かまわぬから言えと目で促すと、ちいさく咳払いをした。

「あれはみな、紙を貼りつけたものでございましょう」

「そのとおり。杉原《すぎはら》を貼りつけた」

「杉原というと楮紙《こうぞがみ》ですか」

「うん。戦地ではなかなか白土は調達しづらいからなあ」

「杉原ならば強度もなかなか。それに、この城の塀櫓を覆いつくすほどの杉原を調達することでさえも驚愕でござる」

「ござるか」

「ござる」

「後々、なにも知らん奴からは一夜城の張りぼてとか言われるんだろうなあ」

愚痴っぽい呟きを洩らすと、政宗が身を寄せて力みがちに言った。

「石垣その他基礎の慥かさ、この政宗が、眦と目の当たりにしてございますがゆえ」

「うん。もちろん紙張りがよいとは思ってはおらぬて。この小田原攻めが落ち着いたら白土で仕上げる。が、いまはとにかく白亜の城をでっちあげる。そして、な」

「はい」

「完成とともに城の周囲の木立を一気に伐採して、その威容を唐突にあきらかにして、小田原城を見おろしてやる」

「ようございますな」

「ああ。小田原城にこもっている奴らを驚愕させてやる」

「さぞや驚嘆することでしょう」

「まあな。唐突に有り得べからざる規模の城を露わにしてやって驚愕させ、その心を折る。俺の本気を本物の城で見せつけてやる。この城にて永久に包囲してやるという志気を明らかにして、戦意を挫《くじ》く」

　堅固な城にこもって安穏としている者共であるからこそ、突発には弱い。必ずやるという意志の発露に恐れをなす。白土が入手できずに紙張りで純白に拵えてあったとしても、遠くから真っ白く浮きでて見えればそれでよし。それ以前にこの石垣の石組みを目の当たりにすれば、生半可なものではないことを誰だって即座に悟る。俺の意志を知る。

「──この政宗、力攻めこそがすべてと信じ込んでおりました」

「うん。俺だって力の裏付けはあるんだけどな。実際、もう北条方の支城はすべて落としてもうたからな」

「はい。裏付けがあり、なおかつ、その裏付けを安易に用いず、後々に睨みをきかせることまで慮られて」

付き従う者共を遠ざけて、政宗に顔を寄せて尋ねる。

「後々に睨みを――と言うたが、誰に睨みをきかせると判じておるか」

「最初に穴太衆のことを仰有ったとき、先々も慮って――とも仰有っておられました。ゆえに大方のところは」

「ん。よう聞き洩らさなんだな。で、誰に対してかな」

「じつにお答えしづらいのではありますが、誰かと問われれば、このたびの包囲戦にて酒匂川河《さかわがわ》畔に陣場を与えられた御方でございましょう」

この若者の読みの鋭さに感じ入った。だから率直に言った。

「うん。俺の身内や譜代が高いところから見おろしているにもかかわらず、いちばん低いところに配置してやったわけだわ。所詮おまえは外様《とざま》じゃということでな」

「位を、実際に位置する場所の高低であらわしているということですか」

「そのとおり。しかも河原に配置してやったにもかかわらず、あえて北条攻めの責任者に据えてやった。まあ、同盟を結んでいたんだから、それくらいせんといかんわな」

政宗は物思うふうでなにも言わぬ。大方、家臣その他の統制において、実力や石高その他の実質ではなく、普段は曖昧模糊としているいわば虚構に類する真の位というものを戦場という極限の場にて、あえて一目瞭然にしてやるのは悪くないと胸中で頷いて、自身もそうしようと思っているのだ。

「もうそろそろ戦の時代も終わるでな、あえて高い低いを嫌らしいくらいに強調してみせたわけだわ」

「戦の時代は終わりまするか」

「終わる。五代百年にわたって関東に覇を唱えた北条氏は消える。そのあとは奥州仕置のみ。これで天下統一の戦は終わる。奥州は政宗が案内せい」

「――謹んで」

すっかり素直になった政宗に笑みを向け、話をもどす。

「けどな、河原に配置といった嫌がらせをしつつも、外様ゆえに厚遇しもするわ。この戦が終わったらな、家康には伊豆《いず》国も含めた北条の所領、関八州をそのまま くれてやるつもりよ」

「すると家康殿の旧領には」

「うん。俺の側近の大名を封じて緩衝《かんしょう》をつくりあげる。安易に畿内に雪崩《なだ》れこめぬようにな。敬して遠ざけるというわけでもないけれどな、まあ、そんな感じだな」

「さすれば関八州に押し込めになられたら、さらに、そこをも厳重にお囲みになられる御所存でございましょうな」

「そういうことだ。なにせ家康の野郎ときたら、畿内平定に忙殺されている俺の隙を突いて信濃や甲斐を盗みやがった。領土だけならともかく、家康は武田の軍団を丸抱えだわ。これは、まずい。家康の兵力は凄まじいものに成りあがってしまったでな」

「然れど家康殿は諸々を唯々諾々と受け容れるでしょうか」

「受け容れるさ。いやと言わせぬ布石をさんざん打ってあるでな。なによりも信長から家康は渦巻きの都が望みと聞いたことがある。さすれば武蔵国の地勢など、螺旋の都にもってこいだ。都云々の野望があるならば、絶対にこれを受け容れる」

政宗が小首を傾げた。いちいち説明はしない。兎にも角にも家康が武蔵国を気に入ったならば、それはいずれ天下を狙うということだ。関八州は家康の心の底の願望を炙《あぶ》りだすための撒《ま》き餌《え》だ。それよりも家康がひたすら悩んできたことを教えてやる。

「信長も一向一揆に悩まされたが、それは家康とて同じ。三河は一向宗門徒がやたらと強いでな」

「しかし関東には――」

「そう。北条領においては昔から一向宗が禁じられておった。しかもな、北条はな、領土を安定させる名人であったから、郷村に対する施策もじつに巧みで安定しきっているという定評がある。ゆえに引き継ぐのはじつに楽なこと」

「なるほど。この政宗が家康殿のお立場であれば、当然ながら殿下に逆らう愚を犯すよりは、損得感情からしても受け容れるのが得策と判じることでしょう」

「ま、そういうことだわな。で、この石垣山一夜城は先々、徳川家康に対して睨みをきかせるための重要な城となる。だからこそ、いわゆる一夜城とちがって手抜きのないほんまもんの城郭をこさえた」

「殿下は恐ろしい御方です」

「いま、気付いたか。様子見を控え、もっと早うに参陣しておればよかったものを」

政宗は初対面のときと同様、唇を真一文字にきつく結んで頷いた。

七月には北条氏直が降伏し、小田原城は無血開城となった。あいだをおかずに政宗の案内で奥州に対する巡察行軍を行って抵抗する大名家を取り潰し、押さえ役として蒲生氏郷に会津をくれてやり、浅野長政を名代として仕置及び検地を執り行わせた。この間に領地を関東に移された徳川家康は江戸城に入っていた。

天正十八年八月、残暑厳しきころ、俺の天下統一が成った。真の天下統一であった。

32

なにか変わったかといえば、なにも変わらない。北条家も奥州もなにもかもが俺の手に下って、目の上の瘤《こぶ》の家康は関八州に封じ込めたわけだが、俺は漠然と息をしている。信長でさえ成しとげられなかったことを成したというのに、喜悦《きえつ》の欠片もなく、聚楽第で薄ぼんやりと周囲の秋を眺める。

欠伸を嚙み殺して無聊を押しやっているうちに、朝鮮使節が国書を携えてやってきた。ちょうど鶴松《つるまつ》が聚楽第にいたおかげで気がまぎれはしたが、応対していても身が入らぬことこの上なかった。

当然ながら国書の中身は俺の日本統一に対する祝賀だったが、一瞥して、さらに大欠伸した。まったく心に響かず、なにをめでたがっておるのかと他人事だった。息をするのも億劫だった。なぜか拉《ひしゃ》げた気分になった。なんでもできるようになると、なにもする気がおきない。両手で自分を抱きかかえるようにしていることに気付いた。己を抱き締めていた。

いよいよ冬の気配が身に沁みて、居たたまれなくなった。秀長の見舞いに行くことにした。大勢引き連れて郡山城《こおりやまじょう》に出向いた。関白秀吉と豊臣秀長としてではなく、藤吉郎と小一郎として言葉を交わしたい。声がとどかぬあたりまで者共を遠ざけた。

「大和大納言《やまとだいなごん》家の城は、なかなか豪奢なものだなあ。広すぎて家来の顔が翳《かす》んでよう見えんわ」

「兄御前の嫌味にしては、いまひとつ冴えんなあ」

起きだしてはきたが、秀長は脇息に大儀そうに肘をあずけて上体を傾がせた。落ちくぼんだ目で俺を見つめる。

「まさか、わざわざ殿下が見舞いにきてくださるとはな」

「することが、ないでな」

「退屈しのぎか。あれこれ付き合えぬのが歯痒くてならぬ」

「俺が天下を取ったとたんに、大和大納言様はこの態《ざま》だ」

「俺だって兄御前と遊びたいわ」

本気で悔しそうな秀長であった。俺も遊びたいが、秀長の体調がこれでは如何ともしがたい。言わずにおこうと決めていたのに、口が勝手に動いた。

「小田原攻め以来な」

「うん」

「官兵衛もとんと姿を見せぬ」

「――それは、寂しいなあ」

「見限られたのかな」

すっかり脂気《あぶらけ》の失せた頬を掻きながら秀長は俺を見据えた。

「三成たちには畿内周辺に領国を与えて己を取り巻かせておいて、一方で官兵衛殿に対してはあえて海を隔てた九州は豊前を与えて遠ざけておいて、いまさらなにを吐かす」

「――利休がな」

「ん」

「さんざん吹きこむわけだ。官兵衛は、まずいと。官兵衛を出世させてはならぬ、いくらでも入る大きな器になみなみと注いでやるのは愚――と」

「兄御前が誰よりも重用しているから、そして俺自身もなにかというと兄御前の権威を笠に着て己の保身をはかる三成たちよりはましとあえてそれなりに重用し、後ろ盾にもなってやっているがゆえに悪口は避けたいが、俺は利休が嫌いだ」

「気持ちは、わかる」

「官兵衛殿ほどの知者だぞ。たかだか十二万石の豊前に遠ざけられたならば、殿下は自分を疎ましく感じておると悟るのは当然であろう。ゆえに豊前に逼塞《ひっそく》されておられる。そういうことだ」

「小六も死んじまったしな」

「兄御前の裡では、いまだに小六か」

矢矧川の河原で槍を習っていたころが懐かしい。追憶に耽って、ふと気付くと、また己を抱き締めていた。溜息を怺えることができず、両掌を上向きに掲げて俯き加減で言う。

「大切なものがな」

「うん」

「どんどんこの手のあいだから洩れ落ちていく」

「かわりに天下を得たではないか」

強烈な皮肉に聞こえた。もちろん秀長にそんなつもりはない。俺は自嘲《じちょう》気味に呟く。

「あまり美味《うま》いもんではなかったなあ」

「天下は、不味《まず》いか」

「いや、味がせんのだわ。匂いもせん」

俺の真顔に、秀長の頬が引き締まった。

「無味無臭というやつか」

「そうだ。しかも乾ききっておる。干涸《ひか》らびておる。天下をひとことで言いあらわせば」

「言いあらわせば――」

「砂」

一呼吸おいて秀長の唇が動いた。

砂。

そう、動いた。

けれど言葉は発せられず、秀長は目を伏せた。

夜毎、聚楽第の寝所にて、まさに砂を嚙むような気分で身悶えしている。誰にも気付かれぬよう配慮し、明かしたことのなかった本心である。

先ほどから洩れて止まらぬ俺の溜息が、秀長にも乗り移ってしまった。こんな憂鬱は病身の秀長によいわけがないと気を取りなおして言う。

「朝鮮使節から、俺の日本統一を祝す国書が届いてな」

「対外的にも兄御前が認められたというわけだ。徒疎《あだ》かにせぬように」

諭す口調には、どこか念押しのくどさがあった。空とぼけて答える。

「返書はいいわな――と投げ遣りに呟いて放置した」

「何故に」

「ようわからん」

しらばくれているようでもあり、実際にわからぬようでもあり、俺は自身の心持ちを摑みかねた。

秀長の目の底が、微妙に光った。広大な広間の彼方に控えている者共にゆっくり顔を向け、妙に陽気な調子で完全に人払いし、居住まいを正すと真っ直ぐ見つめてきた。

「もう、誰もおらぬ。兄御前よ。率直に言ってくれ」

「率直か。だが、返書を誰かに書かせるのさえ億劫でな。おめでとうと言うてくれているのに、何故ここまで気乗りせぬのか、俺にもよくわからんのだわ」

「そうか。だが、俺にはわかるぞ」

「わかるか」

「わかる。蟠《わだかま》っておるのだ」

「なにを」

「兄御前も俺も、もともとは山落、すなわち韓鍛冶部《からかぬちべ》の子孫であった」

もはや誰も触れようとしない、あるいは触れられない事柄である。なにせ俺は日輪の子である。これを口にできるのはいまや秀長だけだ。ぎこちなく顔をそむけた。言い訳めいた口調で呟き返す。

「それは、慥かに俺だって、思い煩ったことがある。倭鍛冶部《やまとかぬちべ》が里で長閑に鍛冶仕事をしている一方で、こんな山奥に追いやられているのは、韓を追われて倭に逃げ込み、その倭でも居場所がなかったせいだ、と」

目頭を揉む。

「韓鍛冶部の末裔《まつえい》である山落として、まともな棲処《すみか》もたずに山中を流離《さすら》うことがいやでいやでならなかった。だから針売りとして里に降り、諸国を巡った」

両手で頬をはさみこむ。息を整える。

「矢矧川の河原で野宿しようとしたときのことだ。弓矢をつくる矢矧と称する古い部民が上流に居を構えていると知って、親近の情を抱いて訪《おと》のうてみた」

「俺たちと同様の出自か」

「うん。ところがな、石礫《いしつぶて》を投げつけられて追われた」

「河原にて生きる俺たちは、山の者とはちがう、か」

「慥かに山中奥深くにて息を潜めるようにしてかろうじて生き抜いてきはしたが――」

俺はやや反りかえり、満面の笑みを拵え、自分に向けて派手に拍手した。

「その韓鍛冶部の子孫が、山から降りて、いつのまにやら日本を我が物にしたのだから、愉快痛快欣快《きんかい》ではないか」

「というその顔が、なにやら鬱いでおるわ」

秀長の指摘に、俺は俯いてしまった。秀長も力なく首を折った。しばし沈黙が続き、遠くから忍びいる心淋しい虫の音ばかりが耳にとどく。

「兄御前よ」

「ん」

「朝鮮使節の国書に返書を与えなかったということ、あの噂の裏書きか」

「なんの噂だ」

「朝鮮出兵」

図星だったので、あわてて否定した。

「ちがうわい。朝鮮など眼中にない。朝鮮などただの通り道。とことん踏みつけにして目指すは唐天竺。すなわち唐入りだ。当然朝鮮もだが、朝鮮を経て明国《みん》をいただく」

「度し難い」

「──いま、なんと言うた」

「度し難いと言ったのだ。朝鮮出兵にて私怨を霽《は》らすは、筋違いにして度し難い」

「度し難いと聞こえたが、空耳ではなかったか」

「まこと、度し難い。兄御前の思いの背後には、己の出自に対する怒り、あるいは苛立ちがある。なによりも劣等の心がある」

返す言葉がなかった。口をすぼめ、上目遣いで迎合した。

「そこまで秀長が言うならば、この件、なかったことにしようか」

「思いとどまるか」

「よかった。領土は必須だが、無限に膨らんでいくことはできぬよ」

「ああ。思いとどまる」

「かもしれぬ」

悄然《しょうぜん》としてしまった俺に対する気遣いか、秀長は口調を変えた。

「それよりも、だ」

「なんだ」

「数日前に前野長康《まえののながやす》殿が見舞いに訪ねてくれてな」

前野長康は俺の最古参の家臣である。墨俣《すのまた》一夜城築城に関わったといえば、いかに長い付き合いかがわかるだろう。じつは美濃攻め以来、秀長の親しき友人でもあった。秀長は曖昧に目をそらし、思い巡らせている。しばらく見守って、辛気《しんき》臭くなった。

「なにか物言いたげだな」

「――若君御生誕以来、殿下は我ら古参の者の存慮《ぞんりょ》を軽んじられ、ただただ昵懇《じっこん》衆の迎合丸出しの意見ばかりを重視されておられる。もはや我らは愚見を述べることも能《あた》わず、憂慮するばかりである」

またもや苦言か。荒けない息をつき、それでも気を鎮めて、あえて訊いた。

「迎合丸出しの昵懇衆――三成以下、奉行衆か」

「鶴松殿が生まれたのは、めでたいこと。然れど、たかだか四箇月で大坂城にお入れになり、後継に指名なされて以来、殿下は古参の者にまったく耳をお貸しにならなくなった。それは、この秀長とて同じ扱い。病に伏したこともあるが、もはや兄御前は俺の言うことにもまともに耳を貸そうとはしない」

息を整え、膝で躙り寄り、俺を睨み据え、莫迦叮嚀な口調をつくって続けた。

「諫言を避け、その昔を知る古参の者を疎んじ、遠ざけるようになった──ということでございます」

俺は顔をそらすしかない。棄──鶴松が生まれて以降、慥かに俺は魂を抜かれてしまった。茶々の言うなりでもある。それを見透かしたかのように秀長が言う。

「淀君にはよくない噂もありますゆえ」

「──よくない噂」

「俺は、これ以上はよう言わん」

秀長は含みをもたせた眼差しをつくりはしたが、口を噤んでしまった。世の者たちは俺にむかって直接口にはせずとも、やはり茶々が俺以外の者と番っていて、鶴松は俺の子かどうかあやしいとひそひそ声で言い交わしているのだ。

言葉が消えた大広間は身を縮めたくなるほどに冷えこむ。秀長がすっと手をのばしてきた。俺の膝頭を押さえた。貧乏揺すりしていたのだ。秀長は膝頭にあてがった手をはずさない。秀長の掌の熱が膝をとおして全身に拡がっていく。俺は虚脱気味に口を半開きで、上目遣いで秀長を見つめた。

「小一郎でなかったら、いまごろ首と胴が生き別れだわい」

「というが、刀をもっておらぬではないか」

「ならば、切腹申し付けておるところよ」

「あとで取次より腹を切れと迫られるのか」

「――まだ、なにか苦言を呈する気か」

「三成をはじめ奉行衆が意識せずとも増長しておるのは、取次として」

秀長の眼前に手を差しだし、顔を歪めて制する。支配の仕組みというものは、秀長があれこれ熟慮しても追いつかぬほどに複雑にして煩瑣《はんさ》、見て見ぬふりせねばまわらぬ事柄も多々あるのだ。

「皆まで言うな」

ぼそっと呟くと、秀長はふっと息をつき、笑んだ。けれど笑みは長続きしなかった。呆けたかのように視線が宙を泳いで定まらぬ。思わず上体をかがめて声をかけた。

「早《はよ》う治せ」

「うん。もう、横になっているのにも飽きあきだ」

土気色の頬が痛々しい。じっと見つめていると、柔らかく見つめかえしてくる。

「小田原征伐に参陣したかった」

「残念なことだが、もう、戦らしい戦は起きぬよ」

「うん。そこはそれ、兄御前にしっかりしていただいてだな、誰もがのんびり暮らせる世をつくってもらえれば、それは、それに」

目の焦点が合わなくなり、言うことがまとまらなくなってきた。早々に退出して休ませねば。腰をあげかけると、ぐっと睨み据えるようにして言ってきた。

「なあ、兄御前よ。秀次をあまり蔑ろにするな」

「ん、あ、まあ――」

「鶴松殿がいとおしいのはようわかる。が、正直、目にあまるわ。よいか兄御前。秀次を蔑ろにするな」

うん、うん、と二度頷いて、立ちあがる。逃げだすわけではないが、返す言葉もないので背を向ける。もう少しだけ顔を見ていたかったが、未練を振り切った。息をして物言う秀長を目の当たりにしたのは、このときが最後であった。

＊

一月下旬、秀長が病没した。大和郡山城に見舞ってすぐだった。これすなわち俺と対等の口をきくことができる者がいなくなったということである。もっとも覚悟ができていたことでもあったので、とりわけ感慨もなかった。そうか、死んだか――と報せの者に控えめに頷き返しただけであった。

ただ、いきなり背筋が冷えた。

居たたまれなくなり、供を連れずに外にでた。桜の蕾《つぼみ》はまだ堅いが、山里丸《やまざとまる》には春の魁《さきがけ》の光があふれんばかりに跳ねていた。眩しさを怺えていると、目が耐えきれなくなって涙がにじんだ。目を細めつつ、無闇に歩きまわった。

せめて、いま、この場に鶴松がいてくれれば——。

そもそもが大坂城は山里丸のこのあたり、茶室のこともあるが、鶴松を遊ばせるために拵えたようなものなのだ。秀長に諫められはしたが、親馬鹿丸出しは承知、鶴松のこととなると如何ともしがたい。

朝鮮使節がやってきたときのことだ。いったん中座して鶴松を連れてきてお披露目してやった。奴らの目の前で鶴松が小便を洩らした。うまい具合に小便を垂れてくれたものである。俺は大笑いしたが、使節共は渋面をつくっていた。彼奴《きやつ》には最良最善のもてなしであった。

病というには大仰だが、鶴松の具合があまりよくないという報せのほうが俺の心を波立たせていた。秀長が死んだというのは、単なる言葉にすぎず、なんら俺の気持ちを乱すことがない。ごく間近まで来たりた春の気配を愛でて鶴松を思う。胸中にあるのは鶴松のことだけであった。

それなのに、秀長の死を知ったとたんになぜ背筋が冷えたのだろう。しかも背筋を這い昇った冷えは頭の後ろあたりで凝固し、抜き難い凍えとなって居座ってしまった。

己を抱きかかえていた。もはやその腕をほどく気もない。誰も抱いてくれぬならば、己で己を抱くしかないではないか。魂が抜け落ちていくがごとく細く長い白い息を目で追っていると、気配がした。それに応じて蔭で警護をしている者たちが即座に俺を囲んで円陣をつくった。

気配の主は俺と視線を合わせることなく、深々と叩頭した。透波《すっぱ》の類《たぐい》であるような、ないような、なんともいえぬ面立ちで、まだ緑にはやや早い季節に合わせたのだろう、全身を柔らかな葡萄茶《えびちゃ》の装束でつつんでいる。

ん——と雑に頷いて促す。三成の使者であるとのごく短い前口上のあと、単刀直入に囁き声で言った。

「宗易、茶器の新旧をわかち、値を定むるに私曲あるよし——とのことでございます」

私腹を肥やすことなど、誰でもやっているではないか。いちいちこのような報告をよこす三成の意図はなにか。使者は俺の疑念に打てば響くといった体で絶妙の間をもって言を重ねた。

「殿下が大徳寺を訪のうた際、山門をくぐり抜けられたわけでございますが」

「寺を訪ねれば、門くらい抜けるわな」

「大徳寺山門、利休の木像が据えられております」

「それがどうかしたか」

「利休め、その股の下を殿下にくぐらせたということでございます」

くだらない。思わず笑いだしてしまった。それなのに、じわりと怒りが爆ぜ、胃の腑のあたりが熱くなった。

「利休は大徳寺山門の修繕にずいぶん尽力しておったわ。木像とやら、利休が飾れと申し入れたわけではなく、坊主共の謝意であろうが」

「然れど、殿下がおくぐりになられることを慮れば、木像据え置きなど辞退なされるが当然のことと」

「ふむ」

「手打ち覚悟にて、差し出がましきを承知で申し上げます。殿下が、いま、この場で口になされる御言葉は」

「なんと言えばよいのだ」

「――尤《もっと》も僭《せん》したり」

僭越なる振る舞いをした、と言えというのである。この者が誰かは知らぬし、知る気もない。だが、この者を差しむけた三成を手打ちにしたくなった。それなのに胃の腑の熱に煽られて、口が勝手に動いた。

「秀長が死んでもうたしな、しばし喪に服するわ」

御意――とだけ返して、その者は消えた。近頃は三成もあのような者を用いるのだ。なかなかに心強いものである。古参の者共は偉くなるに従って上っ面の正々堂々にこだわりだし、なかなかに鬱陶しくなるのに引き比べ、俺の気付かぬ細かなこと――山門の木像といったことをきっちり注進に及ぶのだから、どちらが役立つかは言を俟《ま》たぬ。

「誰でも、他人のきんたまの下をくぐりたくないわなあ。それが宗易ときたならば、なおさらじゃわい。あのような下賤な者の股座《またぐら》。たかが茶頭――」

独語している己に気付き、しかもその独り言の中身に気付いて、目を見ひらいた。俺を護るために円陣を組んでいた者たちはとうに消えていて、だから安堵して千利休を罵倒した。下賤下賤下賤下賤下賤下賤下賤下賤下賤下賤下賤下賤下賤下賤下賤下賤、下賤。

自身に対しては自虐の心ゆえに用いてよいと、己を指し示して剽げた貌で平気で口にしてきたが、他人に対しては実際に用いてはならぬと抑えこんできた言葉だった。なんなのだ。千利休に向けて声を潜めて呟いてみただけなのに、唇だけ動かして誰にも聞き咎められぬようぶつぶつしただけなのに、両肩や首にかかっていた重石《おもし》が取れ、一息に解き放たれたかの、この類い希なる気分の好さは。

にやりとした。ひと月、ふた月はとぼけておこう。けれど秀長の七七日《なななぬか》が過ぎたあたりで、とりあえず追放してやる。そして、それから——。

＊

秀長の四十九日が過ぎてすぐ、千利休を堺に追放することに決めた。いよいよ春も盛りはじめた二月十三日のことだった。二十六日には蟄居《ちっきょ》中の利休に上洛を命じて二十八日には葭屋《よしや》町の屋敷にて切腹させた。

とんとん拍子という言葉は相応しくないかもしれぬ。が、俺が赤い茶碗を好めば、これ見よがしに黒い茶碗こそが侘《わ》び——と吐かした胸糞悪い大男を、この世から消してやると決めてからは、まさにとんとん拍子といった按排《あんばい》だった。一条戻橋《いちじょうもどり》にて、あの木像に踏ませるかたちで晒し首にしてやった。

もちろん切腹申し付けその他、取次にまかせっぱなしであるから気楽なものである。なにやら遠い噂を小耳にはさんだ程度の、いわば完璧なる他人事であった。ただ前田利家をはじめ弟子を気取る者たちが助命嘆願にまとわりついて、じつにうるさかった。利休奪還の噂さえ流れ、上杉《うえすぎ》景勝《かげかつ》に警護にあたらせたほどである。

「どんな様子だ」

「落としてしまえば、首は首――でございます」

「ん。気のきいた返答じゃ」

嘲笑してやると、三成は幽かに頬を赧《あか》らめる。俺の前だと、寺小姓だったときとなんら変わらない。妙に幼い風情をみせる。兎にも角にも、莫迦だ――と言われるのをもっとも嫌うのである。図抜けて頭がよいが、どこか稚気が抜けずに三十路《みそじ》をこえたか。じっと見つめてやると、声を落として言った。

「満つれば虧《か》く」

「なんのことだ」

「月は満月になった後は、徐々に欠けて細くなってゆく――」

「利休が吐かしたのか」

「然様でございます」

「賢しらな」

「史記《しき》は蔡沢伝《さいたく》にございます。日中すれば則《すなわ》ち移り、月満つれば則ち虧く――と。物盛んなれば則ち衰うるは、天地の常数なり。進退盈縮し、時と変化す」

日中、つまり太陽は昇れば落ちてゆき、月は満ちれば欠けていく。当たり前のことではないか。俺という日輪は、昇りきったら落ちてゆくだけと言いたいのか。小癪《こしゃく》な。

唐突に気付き、目を見ひらいてしまった。

日中すれば則ち移り――というならば、まだ昇りきっていない明け方の日輪となればよい。つまり天下統一ごときで昇りきったと虚脱しているようでは、我こそ日輪などと言うはおこがましい。

「利休め、さすがだ」

「――なんと申されましたか」

「利休め、さすが、と、言ったのだ」

三成は一瞬、怪訝そうに俺を見やったが、曖昧に視線をそらした。俺の思いを欠片も悟ることができないからである。

「昇りきった日輪は、あとは沈むのみ。理の当然じゃ。ならば、まだまだ昇り続ければよいだけのこと。そうじゃろ」

「はあ――」

「俺という器は、どれくらい入るのだろうと利休に尋ねたことがある。利休は間髪を容れず、返してきた」

「――なんと」

「殿下ほどの器ならば、唐天竺までをも注いだとて余裕。余裕綽々でございます。足許をお固めなすったら、是非とも唐天竺まで駆け抜けていただければ」

三成は上目遣いで俺を一瞥すると、黙りこんでしまった。図々しいほどの春の気配が聚楽第のこの奥まった部屋にまで這入りこんできている。春たけなわとはよく言ったものである。

「秀長に朝鮮出兵度し難しと諫められた。細かなことは言えぬが、なるほどと思うて朝鮮出兵は封印した」

「封印をお解きになるなら、この三成が」

「うん。やっぱ戦は続けねばいかんのだな。あとで事細かに談合しよう。いまはとりあえず」

「とりあえず」

「うん。とりあえず、この春を愛でようではないか」

やたらと機嫌のよくなった俺を三成は畏れの詰まった眼差しで見つめている。その視線が頰に痒い。殿下をこのように不躾《ぶしつけ》に見つめるなど許されることではないぞ。俺はその場にごろりと転がった。両腕をまわして己をきつく抱き締める。

俺が利休に台子《だいす》の茶をはじめて所望したとき、呆れるくらいに手抜きだった。いや、古来の台子作法をほとんど知らぬ不作法の極致であった。もっとも作法に五月蠅いだけで茶の味を台無しにする者も多いので、無礼者と怒鳴りつける前に味わってみた。茶自体は、じつに旨かった。

――侮ってはいかんぞ。俺も昔、台子を習ったことがあるんだ。おまえの茶湯は格《しきたり》と違いすぎておるわ。どうしてじゃ。

——古流はあれやこれや品《きまり》が多く、その煩瑣は茶道の心に相相応《あいふさわ》しくありませぬ。故に略させていただきました。

しれっと吐かしたその面が小憎らしかったが、辻玄哉《つじげんさい》より古流を習得していることを近習より耳打ちされ、この大男が侘び茶の骨格をつくりあげた武野紹鷗《たけのじょうおう》に連なることを知って、思わず心の中で快哉を叫んだ。知っていて手抜きし、最良の茶を飲ませてくれたのだから。俺はその場で、宗易が台子見習うべしと声高に命じたものである。

転がる俺に生温かく柔らかな春が纏《まと》わりついてきて、その陽気の好さにおもわず吐息が洩れる。それなのに、あろうことか俺は顫えていた。

ふと気付くと三成の姿がない。三成との遣り取りは密談が多いが故に人払いしてしまっているから、宏大な広間に俺独り、己をさらにきつくきつく抱き締めた。

鶴松が死んだ。だいぶ秋めいてきた八月の五日、三歳だった。容態《ようだい》がよくないとのことで東福《とうふく》寺《じ》で祈ったが、届かなかった。実質、二年ほどしか生きてくれなかった。

嗚呼《ああ》——と溜息まじりの声が洩れた。髻《もとどり》を切った。合わせて喪に服するということで、近習のみならず徳川家康や毛利輝元ら諸大名までもが髻を切った。それが続々と届いた。俺の眼前に、毛の束が塚のごとく積みあがった。御叮嚀に盛りあげられた髻の山を目の当たりにしたとたんに深く、きつく眉間に縦皺を刻んでしまった。

なぜか嘲笑されていると感じたのだ。眼前のおおむね黒々、やや茶色がかったもの、そして灰や白——。兎にも角にも髪の山が耐え難かった。許せなかった。けれど取り乱すわけにもいかず、奥歯を嚙み締め、供養として焼いてくれと坊主に掠れ声で命じた。坊主は慇懃に頷き、蘊蓄《うんちく》をひけらかした。

「髻とは、そもそもは烏帽子《えぼし》をかぶるための支えとして必須、烏帽子それ自体は身分をあらわすものとして必須、すなわち髻を切るとは身分をあらわす烏帽子さえもかぶれぬよう己から」

「もうよい。口を噤め」

なぜか、こういうときにあえて智識をひけらかす莫迦がいる。髻を俺のもとに送ってきてくれた者共の気持ちを烏帽子云々で説き明かす愚。あとでゆっくり鼻や耳を削《そ》いで、じっくり嬲《なぶ》り殺してやる。

そもそも真に奴らが鶴松の喪に服しているとでも思うのか。たかが毛の束、俺が奴らの立場だったら、いくらでも切って送り届けてやる。そもそも髻で鶴松が還ってくるというのか。すっかり悄《しょ》げかえってしまい、なによりも京にいるのがつらくなり、妙心寺《みょうしんじ》にて鶴松の葬儀を執り行ったあと、腹心だけを連れて有馬《ありま》の湯に逃げた。

者共を遠ざけて、独りぽつねんと鉄錆《てつさび》めいた湯に浸かって、髻の山を反芻する。人一人に髻がひとつならば、髻ひとつを女一人としよう。さすがにあの髻の数ほどの女を常時侍《はべ》らせてはおらぬが、両手では足りぬ数の側室を侍らせている。加えて伴天連も啞然とし、大仰に顔を顰めたのだが、大坂城に出向けば三百人ほどの女がいるのだ。いままでの御手付きを加えれば、あの髻の数などあっさり超える。

間違いない。あの塚のごとき髻は、神妙なふりをして俺を嘲笑っているのだ。気持ちが拗《ねじ》くれていることは重々承知だ。けれど抑えようがない。俯き加減で歯嚙みすると、蟀谷がぐりぐり厭な蠢《うごめ》き方をする。湯煙漂う濁った黄金色の湯面が揺れて乱れた。耳の奥で囁き声がした。

――殿下、殿下、猿殿下。

「誰が猿殿下じゃ」

――はは、お気になさらず。殿下はあの髻の山のごとく、夜毎《よごと》相手をしていっても半月以上もかかるほどの側室を抱えておりながら、しかも、なかなかに御盛んで、御叮嚀に順繰りに御相手をしておられるにもかかわらず、茶々以外、誰一人として孕まぬのも奇妙な話でございますなあ。

ないようだ。


「たまたま、たまたまじゃ」

——たまたまで、たまふたつ。きんたまのごとし。が、殿下のきんたまはどうも按排がよろしく

「ところがこの歳になっても己の際限なさを持て余すほどじゃわい」

——ならば、あえて申し上げよう。猿殿下は真の意味での男に自信がないからこそ、ひたすら猟色に励むのではないか。いい歳をして毎晩、毎晩、しんどい軀に鞭打って、抱いて抱いて、抱きまくる。なんと余裕のないことよ。なんと痛々しいことよ。まさに御勤めではないか。


「わからぬ奴じゃのう。己の際限なさを持て余しておると言うてるではないか」

——遠回しに言ってやってるのに、わからん猿殿下だな。だいたい針売りのころ、孕ませることのない使い勝手のよい男と吹聴しておったではないか。俺に言わせれば、劣等の心が引っ繰り返って開き直っていたとしか思えぬが、如何か。


「あれは針を売るための算段よ」

——そうでございましたか。けっ、猿殿下もよう吐かすわ。胤がないと自覚しておったくせに。それが便利でもあり、物足りなくもあり、どこか寂しかったくせに。なによりも自尊の心をずたずたにされておったくせに。まあ、いいとしよう。


「まあ、いいもなにも、みみっちい糾弾《きゅうだん》をするな」

——みみっちい。なんと無様なすり替え。そこまで言われるならば、巷間《こうかん》の噂にまでなっていることを、ちょいとお耳に入れようか。すなわち、糅《か》てて加えてとでもいおうか、殿下と肌を合わ

せる前に子を産んでいる女が幾人もおるにもかかわらず、たとえば茶々同様御寵愛御執着にして小田原征伐にも連れていった京極龍子《きょうごくたつこ》などは殿下の側室になる前に三人も産んでいるというのに、好色な殿下といくらまぐわっても毛ほども孕みの気配をみせぬようだが。

「やかましい」

——はは、ははは。都合が悪くなると、黙れというのは間抜けだよ。不細工だよ。そもそも最初の殿下の餓鬼であらせられる石松丸のときも、一国一城の主となって派手に舞いあがり、図に乗り、寧々からその女好きを詰《なじ》られるほどに次から次にあちこちで手をだしていたくせに、具合が好くてよくて幾度も抱いた女だっていたというのに結局はだ〜れも孕まんで、挙げ句、一回こっきりで飽き果てて抛りだした女が百発百中ならぬ一発必中で見事孕んでしもうたという不思議な話もあったよなあ。

「遠い昔過ぎて、よう覚えとらんわ」

——覚えてないとな。苦しまぎれも極まれりじゃなあ。痛々しい猿殿下だ。ならばあえてくどくど指摘してやろう。石松丸のこと、たった一度だけ御手付きして忘れ去っていた女の腹がでかくなったんだから、じつにおかしな話ではないかなあ。

「なにがおかしいんじゃ。おまえの言うことは、とんとわからん」

——わかっておるくせに。いいか猿殿下。女なんてのはな、平然と狙いをつけた男に股をおっぴろげてな、その産みたい男の子供を孕んでから、平気で上塗りとでもいうのか、あえて亭主に股を開いて御叮嚀に精をたっぷり注ぎ込ませるものよ。父親をすり替えるなんてことは、お手の物なんだよ。たとえ好かなくとも金と力をたっぷり持ってるほうの子供に仕立てあげてしまおう、なんてことを平気でやりやがるんだよ。わかったか、猿。

「なんだ、そのぞんざいな口のききかたは」

——いちいち目くじら立てるな。じき殿下は俺を頼りだすことと相成るわ。それよりも、だ。殿下よ。あえて訊こう。

「なにを訊きたい」

——猿殿下は十三箇月も母の腹の中にいたというのは、まことか。

「お袋が言うには、そうだったらしいが」

——指が一本、多くなってしまったのは長く子袋の中にいすぎたせいかなあ。

「拇指《おやゆび》。どうだろう」

——真顔で見やるな、阿房。

「近頃、誰もこの指に視線を投げぬでな」

——六本目の指などないかのごとく振る舞っておってもな、はて相も変わらず異なものよと胸中では嘲っておるて。

「おまえはきついことを平然と吐かす」

——だが、嘲られていることを自分でもわかっておるから、いろいろ居丈高に、ときに残虐に振る舞うんだろうが。

「そうだ。そうだとも」

——それがよい。認めてしまうのがいちばんよい。開き直りこそが、惨めな人生最大の武器だよ。

「開き直りか。最近はそれをする必要がなくなってな」

——だから苛ついてんじゃねえか。開き直りをさせてもらえねえんだもんな。あれこれ忖度《そんたく》されて、先回りされちまっては、陰にこもるしかねえわな。

「そうかもしれぬ」

——それは居直りではなく、じつに素直な肯定だな。ならば、さらに、あえて訊く。猿殿下よ、十三箇月も惰眠を貪《むさぼ》っておったというならば、さぞや子袋の中で育ちすぎた大きな餓鬼であったろうな。

「ふん。それが寸足らずのちいさなちいさな赤子だったそうよ」

——産まれたときもちび、一人前に育ってからもちび、老いたいまもちびか。

「背丈のことは言うな」

——あの大男、利休を見あげるのは、さぞや胸糞悪かっただろうな。

「そんな理由であれしたわけではないわ」

——わかっておるて。でもな、人がなにかやらかすときは、その心根の底の底、当人が意識もしておらぬ奥底の劣等の心がひょいと後押しするものよ。

「そう思いたいならば、それでよい」

——ま、どうでもよいわ。それより知りたいのは病がちであったかということだ。

「餓鬼のころか。風病《ふびょう》ひとつ罹ったことがないわ。飯も満足に喰えなんだが、赤子のころよりすくすく育ったわ」

——ちびのくせに、すくすく。凄いなあ。

「まわりは、ぱたぱた死んでいったぞ。山落だからな。あんな境遇で生き残っていくのは並外れた餓鬼のみよ」

——すると、何故、鶴松も石松丸も、あれほどに病弱だったのかなあ。

「俺に訊かれてもな」

——だが、不可解ではないか。猿殿下の血を引いておるならば、背丈は足りなくとも元気だけが取り柄の糞餓鬼が産まれそうなものだが。茶々は病弱か。

「病弱ではない。鶴松や石松丸が病弱だったのは」

——たまたまか。

「知らぬ。が、背丈は俺のようにちびではなく並の赤子であったぞ」

——たわけめ。なにを威張っておるか。それは、おかしいではないか。ちびな親からはちびな餓鬼が産まれるものよ。それが血というものだわ。親父も小男ならば、お袋はちびの最たるもので、だから産まれたおまえも見窄《みすぼ》らしいちびだったというわけだろうが。逆に利休。お袋は並だったが、親父はまわりから頭ひとつ抜けだすほど大きかったそうな。めでたい猿殿下は、鶴松や石松丸が産まれたとき、猿顔ではないとはしゃいだそうだな。

「鶴松はともかく、石松丸は猿顔だったわ」

――ふん。忘れてもうたか。猿殿下は石松丸と初対面のとき、猿のように赤らんでいると思うただけで、猿顔と判じてはおらぬぞ。

「なにが言いたい」

――べつに。さらば。達者で。また逢おう。

頭のなかの声が消えた。

俺は安堵しつつ不安に似た心細さを覚え、ぎこちなく周囲を見まわした。静まりかえっている。濛々《もうもう》たる湯煙にさえぎられてなにも見透せない。警護の者の気配もない。それでもいまのこの貌を誰にも見られたくない。錆色に濁った湯に勢いよく顔を沈めた。息を止めて、じっとしていた。

すぐに苦しくなって顔をあげた。若いころはずいぶん長いあいだ息を止めていられた。こんなところにも老いが立ちあらわれて遣る瀬ない。湯と汗で厭らしく照り輝いているであろう顔を両手で拭《ぬぐ》った。

「大仏の　くどくもあれや　やりかたな　くぎかすがいは　子たからめぐむ」

これはあの頭のなかの声ではない。俺が意識せずに独白してしまったのだ。呟いてから呆然とした。鶴松が生まれる三箇月ほど前に聚楽第の南外門屯所の白壁に書かれた落首であった。槍刀、釘鎹《くぎかすがい》――は大仏建立にかこつけて行った刀狩りに引っかけてある。

が、当然ながらこれは単に刀狩りを揶揄した落首ではない。この落書きをした者は、あきらかに子宝恵むで俺を嘲笑している。恵むとは、哀れに思って施すという意である。乞食に食い物を恵むといったところか。俺に子胤がないことを熟知したうえで、茶々が孕んだのは刀狩りによる大仏の功徳と莫迦にしているのだ。

もちろん落書きした者は大仏の功徳で孕んだなどとは欠片も思っておらぬ。茶々の密通を大仏の功徳に置き換えているのである。一方で、茶々が孕んだと知って小躍りした俺の姿が巷《ちまた》にまで面白可笑しく伝わってしまっているということでもある。

天下を取って、女も思いのまま。すなわち世の男共の羨望を一身に集める身分である。が、皮肉にもそれが俺の胤なしをよけいに引きたててしまった。

いま思えば、こんな落首は馬耳東風《ばじとうふう》と聞き流して慌てず騒がず知らぬ振りをしておけばよかったのだが、もちろん俺は怒り狂った。即座に警備不行き届きの番衆十七人の鼻と耳を削ぎ、磔にした。

そしてこの落首を書いた主である尾藤次郎右衛門入道道休《びとうじろうえもんにゅうどうどうきゅう》が本願寺に匿われていることを突き止めた。

顫《ふる》えあがった本願寺顕如は尾藤道休の潜伏を助けた願得寺顕悟《がんとくじけんご》共々自害させて、その首を俺に届けてよこした。

だが生首ごときで俺の怒りがおさまるはずもなく、尾藤道休が住んでいた天満《てんま》の町を焼き払って、道休の妻を含む住人六十三名を六条河原《ろくじょうがわら》で磔にしてやった。

こうして同じ町内に住んでいただけという無関係な者まで見せしめに打ち殺して処断を徹底したにもかかわらず、以降も俺を嘲る落首が引きも切らず、俺が熱りたてばそれを囃《はや》したてるというあくどい輪廻《りんね》ができあがってしまった。

それは身分の底で足掻いていた針売りのころの俺に向けられた嘲笑とは微妙に違う苛烈にして救いのないもので、天下を取って我に返れば、俺は皆から嫌われているという信じ難い境遇に突き落とされてしまっていたのだった。

「おい」

小声で呼んだ。

「おい、おい、おい」

けれど俺の頭のなかのあの声は答えない。

「また逢おう、と言うたではないか。また逢おうと言ったはずだ。なあ、おい」

けれど頭のなかはしんと静まりかえって、天井から落ちてくる水滴が湯面に幽かな輪を幾つか描くのみで、俺はたまらず湯のなかできつく己を抱き締めたが、指先が触れた上膊《じょうはく》は密かな凹凸に覆われていた。長湯のせいですっかり逆上《のぼ》せているにもかかわらず、なぜか鳥肌が立っていた。俺は熱めの湯のなかで凍えきっていた。

＊

案の定、鶴松の喪に服していることを俺に示したいがために、諸大名が髻の数を水増ししているという報せが入った。こんなものは百姓女の髪を徴集して幾らでもこさえることができるのだ。

けれど、もはや事細かに詮索する気もおきぬ。奴らは御機嫌とりをしているだけで、俺に人望がないということだけがあからさまになった。それだけだ。

故に俺が殿下と呼ばれ続けるためには、あの下衆《げす》共にひたすら褒賞を与え続けねばならない。心ではなく、物で釣るしかない。俺も利休に言いくるめられて勘違いしていたが、御茶湯御政道にて一瞬の臣従を誓わせることができたとしても所詮は侘びを解さぬ下衆共だ。茶器という実質が無形のものではなく、領土という実を、餌をくれてやらねば、下衆共は俺に従わぬということである。

こんなことは下衆だった俺が恩賞目当てに信長に尽くしたことを鑑みれば、自明の理であったにもかかわらず、周囲から立てられているうちに自身を日輪の子などと神様扱いしはじめて、すべての民は神に平伏すなどという幻を抱いてしまった。だが下衆共は現世利益がなければ、俺のあとをついてくるはずもない。

だが、小田原攻め、そして奥州仕置を経て日本を制してしまったのである。もはやこの国には家臣共に分け与える新たな領地など欠片もない。恩賞を捻《ひね》りだすためには、朝鮮を物にし、それを足掛かりに明国をいただく。それしかない。実際、信長もそれを思い描いていたのだから。

そもそもが天下統一とは、戦にて手に入れた領土を家臣らに分配することで成り立っていた。征服した領地を国分《くにわけ》によって下衆共に与えてやり、さらに国替を押しつけて雑草として境界を越えてあちこち勝手に蔓延ろうとしている下衆共を鉢植にする。

鉢植大名にしてしまいさえすれば、その丈はおのずと植木鉢の大きさによって決まってしまうし、ときどき水をやるだけですむ。それで実を結べば、適当にもいで食い散らしてやればよい。が、もはや与える植木鉢——領土それ自体が尽きてしまったのであるから、俺は朝鮮に攻め込むのを端緒にひたすら領土を拡げていくしかないのである。

そこで鶴松が死んで十八日後、肥後の加藤清正と相良長毎《さがらながつね》に肥前名護屋《なごや》に唐入りの前線となる城を築くことを命じた。じつは、それ以前にも着々と手を打っていた。秀長の容態が思わしくなく、そろそろ死ぬであろうという報せが入った一月の下旬に、いきなり重石が取れたような気分になり、征討のための船舶準備の号令を発していたのだ。

朝鮮という国はよくわからぬ。が、島津に従属している琉球《りゅうきゅう》のごとく、たかが対馬《つしま》ごときに従属している小国にすぎぬくせに、なかなか使節をよこさず、ようやくやってきた使節はなにやら居丈高であった。鶴松が小便を洩らしたことを由とした所以である。

そもそも対馬の宗義智《そうよしとし》とその舅《しゅうと》である小西行長が、朝鮮からの使節は俺に対する服属を証すものと明言したにもかかわらず、朝鮮の使節のあの態度はどうにも合点がいかず、行長と義智が朝鮮の実像を告げずに虚言を弄しておるのかも——という疑義をもたらしはしたが、俺は明国をものにするという対外的な宣言のその奥底で、どうしても朝鮮という国を蹂躙《じゅうりん》したいといういささか後ろ暗い慾望を棄てきれぬ。おまえたちに国を追われて日本に流れ着いた俺の先祖、韓鍛冶部の子孫であるこの俺の力というものを、遣り過ぎなくらいに示してやりたい。

ただし対外のことでもあるが故に一応の手順として、義智以下を朝鮮に使いとして渡らせて明への出兵の手引をするように説得させたが、朝鮮側はそれをにべもなく拒絶した。不首尾を報告する義智の狼狽えぶりその他から、あきらかに小西行長と口裏を合わせて俺に朝鮮の実態を過少に申告し、謀《たばか》っていたと察しはした。

が、その報せが届いたとたんに、俺は朝鮮を火の海、血の海にしてやると決心した。もともとそうしたかったので、朝鮮側の拒絶は渡りに船、なにをしてもよいという墨付きを俺に与えたがごとくである。

もちろん建前である明国征服を前面に押し出して朝鮮は通り道にすぎぬと言い張ってはいるけれど、俺の胸中においては明国よりも朝鮮のほうがずっしり重い。

その一方で俺は知っていた。ほとんどの大名や武将が朝鮮出兵に対して陰で反対していることを。危難を冒して朝鮮に攻め込んで死ぬくらいならば、日本で自害するほうがよほどましである――とさえ吐かした武将がいると伴天連が耳打ちしてきたこともあった。

殿下ほどの器ならば唐天竺までをも注いだとて余裕とさんざん俺を持ちあげ、焚きつけておきながら、俺が本気になったとたんに商人ならではの計算ずくでそれを制しはじめた利休のごときは、腹を切らせて始末した。

けれど面従腹背を絵に描いたような輩《やから》をすべて処分するわけにはいかぬ。利休は戦にだしても役に立たぬが、奴らは俺の駒であり、槍であり弓であり刀であり、鉄砲だからである。

そこで一月下旬の船舶準備云々に続いて、三月九日には五大老、三中老、五奉行を集めて最後の評議を執り行った。案の定、明国平定を切りだすと、皆、目を逸らし、誰も口をひらかぬ。そこで返答を促すと、酸っぱいものでも啖ったかの顔で、結局はどうとでも取れることを口のなかでぶつぶつ呟くばかりで埒があかない。

なるほど、夢として語るには明国征討もよい。だが現実にそれを行うというのは愚かであるというわけだ。煮え切らぬ奴らをぐるりと見まわし、俺は信長のごとくとことん理不尽に己の命令を押しとおすことができる性格ではないということを、いまさらながらに思い知らされて苦笑を泛べた。

苦々しいことだが、もうひとつの現実もある。俺が自在に命じることができる子飼いの大名が少ないということである。

眼前で空とぼけている家康をはじめ、俺に仕えている重臣たちは、もともと俺と同格かそれ以上の立場であった大名であり、それぞれが領土と家臣を抱えているのだ。

奴らは安直に家臣団を俺に差しだして危難に曝すわけにもいかず、戦となれば、それも海を渡るのであるから経済的にも相当の負担となるわけで、いわば領土を削るようなことは当然ながら避けたいのだ。

そもそも、その心根には成り上がりの最たる俺を軽んじる心が巣くっているに決まっている。なにせ俺が傅《かしず》いていた奴ばかりが、一応はという注釈がいるにしても、立場が逆転して俺の顔色を窺っているのである。

あれこれ命令しているようにみえて、じつは関白という地位の俺がしていることの実態は、ほとんどの場合、要請だ。船をだせ兵糧をだせ兵員をだせと命じているのではなく、要請しているのだ。

これらを要請から命令に変えるためには、じつはここに雁首《がんくび》揃えている者共の同意、そしてそこから派生する正当なる名目が必須である。つまり俺はこの逃げ腰な奴らから逆に動員の要請を受けて、はじめて朝鮮征伐の軍隊を組織して、それを指揮することができるのだ。

場は澱《よど》んでいた。緊張が支配しているのに沈んでいた。誰も口をひらかぬ。時折、痰が絡まったような咳払いをし、さりげなく目玉が左右に動いて他の者の様子を窺っている。絵に描いたような日和見《ひよりみ》である。

大演説でもぶって明国征討の念押しをしたいところだが、奴らのあまりの覇気のなさと優柔不断にいささか呆れ、そのひりひりした間を持て余し、舌先でだいぶぼろぼろになってきた奥歯をさぐりつつ、力なく息をつく。なにやらすべてが億劫になってきた。

――うふ、うふふ。よくわかっただろう。神妙な顔をしてはいるけれど、奴らは猿殿下の言うことなど一切、聞く気がないのだよ。だいたいな、おまえみたいな胤なしが海の彼方《かなた》にまで版図を拡げたって、意味がないぞ。そりゃあ子々孫々まで豊臣の家が続くならば、朝鮮でも明国でも手に入れればいいさ。天皇のように豊臣家が延々と続くならば、ここで気合いを入れて頑張って唐天竺までものにしておけばよい。だがな、万が一、うまく唐天竺まで手に入れたとしても、おまえが死んじまえば、それでお仕舞い。なにせ継がせるべき餓鬼がおらぬのだからな。ま、ここに雁首揃えてる小狡い輩の子孫共に食い荒らされるのがおちだ。

「やかましい。斯様な場にしゃしゃりでてよいと思っておるのか」

思わず怒鳴りつけてしまい、我に返る。皆の視線が集中している。何事か――と皆の腰が引けているることがありありと伝わった。咳払いすると、皆が顔をそむけた。

あまりにも唐突な声をあげてしまった。これで殿下は少々おかしくなっているという噂が駆け巡るに決まっている。なぜ、抑えることができなかったのか。だが、でてしまった声をもとにもどすわけにもいかぬ。

挫《くじ》けることを知らぬはずの俺であるが、鶴松の死がよぎり、なるほど声の吐かしたとおり、子々孫々まで豊臣家が続かぬならば、朝鮮も明国も無駄だと実感した。すべてを投げだしたくなった。

加えて秀長の言ったとおり、明国征服に名を借りて朝鮮に対する私怨を霽《は》らすという思いが根底にあるだけに、もはやなにがなんでもという強要を躊躇う気持ちが湧き、とたんにすべてがどうでもよくなってしまった。投げ遣りになったというよりも、諦念《ていねん》と寂寥《せきりょう》の入り交じった静かな心持ちになった。

さて――と両手を合わせて、無理遣り笑んで、ふっと短く息をつく。もはや一同の顔を見る気もしない。視線を落とし、じっと手の甲を眺めやる。

余分な、けれどそれなりに役立つ拇指。だが、老いた。これが俺の手か。脂気が失せ、血の管ばかりが浮きあがってあちこちに巨大な黒子《ほくろ》のごとき肝斑《しみ》が目立ち、皺々ではないか。やけに爪が黄色い。節榑立った指は、どう見ても貴種のものではない。感慨に沈んでいると、声がした。

「まことに結構なる仰せでございますな」

そのやや甲高い声に、しばし反応できなかった。

ゆっくり顔をあげる。

誰が、発したのか。

声の主はわかってはいたが、信じ難く、あえてぐるりを見まわした。

家康が満面の笑みで、頷いた。

疑念ばかりが膨らんで、思わず問うた。

「なんぞ、言うたか」

「明国平定、まことに結構なる仰せでございます」

俺が前屈みになって睨み据えるように見つめると、家康は閉じた扇子で己の膝をとんと叩き、ふたたび大きく頷いた。

「賛意をあらわしたのでございます。明国平定、その出兵に対する賛意でございます。まことに結構なる仰せ。まずは朝鮮を踏み潰してくれましょうぞ」

目を見ひらいてしまった。あまりにも家康の科白に実がなかったからである。なぜ賛同するのか一切説き明かすこともなく、思い入れの欠片もあらわさず、ただ単に結構なる仰せと吐かしているだけなのだ。これでは出来の悪い茶坊主の迎合以下である。

家康以外は、唖然呆然の態《てい》である。ぎこちなく顔を見合わせている。狼狽えて中腰になっている者まである。まさか——と泣き笑いの顔付きである。

けれど、こんどは俺が顔を逸らす番であった。信長のごとくとことん理不尽に命令を押しとおすことができる性格でもない——と早々に明国征討を引っ込める気分に傾いていたのは、やはりその心の底に私怨が、それも条理から外れた怨みの感情が燻《くすぶ》っていることを俺自身が承知していたからだ。

それどころか皆が顔を逸らして返答を渋ってくれたおかげで、この壮大なる、けれど曖昧模糊とした不明瞭な怨恨をふたたび心の奥底に仕舞いこんで、朝鮮征討はひとときの惑いであったと割り切って余生を送ることができるではないかと心の奥底では安堵していたのである。

だが真に返答を躊躇い、渋っていた者たちの中で、家康は当初より賛意をあらわすつもりだったのだ。

ただし家康は皆が反対することを知悉しており、恩をたっぷり着せるためにも自身はなにも口にせずに皆の様子を見やって、俺をとことん追い込んでから唐入りを肯うつもりでいたのだ。つまり、あえて返答を遅らせていた。

間抜けなことに、実際に俺が頭のなかの声に応じてしまって胡乱《うろん》な姿をさらし、大声をあげた直後の間をはかり、いまこそ刃を喉笛に刺すときとばかり、虚を突くかたちで『結構なる仰せ』と家康は大仰に頷いてみせたのである。

理由は、俺が唐入りにうつつを抜かせば、内政が疎《おろそ》かになるからである。

俺の私怨を見抜いていた秀長は、暗に朝鮮などに拘《こだわ》って徒《いたずら》に人馬兵糧を費やすのは愚の骨頂と俺を諫めた。あげく死の直前の病床から届いた書状には、これまでの将兵らの戦功に対して与える禄《ろく》が足りぬというならば、俺の領地を削って与えよ——という意味のことが記されていた。

俺は依怙地《いこじ》になった。

小一郎よ。おまえに与えた領地を削るくらいならば、俺の手足を削ってやる。だいたい俺をおいてあっさり身罷ったくせに、偉そうに。俺を独りにしやがったくせに――。

首を左右に振った。弟の死を振り払った。小一郎に対する思いに沈んでいると、また頭のなかであの声がなにやら差し出がましいことを捲したてはじめる気配がしたからだ。誰もおらぬならばともかく、皆の眼前にてあの声と遣り取りしては、まずい。

家康は頬笑んで、俺を柔らかく見つめている。その小太りな手は揉み手しかねぬばかりであり、ぎょろ目を細めて無理遣り笑みをつくりあげると、狸というものはこれほどまでに悪相になるのか――と怖気が立った。その笑いをまともに受けることができず、視線を逸らす。なにやら眩暈がおきた。くらくらしはじめて、俯き加減になった。

皆があれこれ口をひらきはじめた。絵に描いたような烏合の衆の意見は、家康殿が言うのならば――と、出兵に傾きはじめていた。それどころか膝を突きだして海外出兵宜なるかなと熱く語り、その展望を開陳する者まであらわれた。

俺は背骨が軋むかの疲労を覚え、まったく顔をあげられなくなってしまい、息が危ういほどに浅くなっていることを意識した。これで思いどおりになったというのに、なぜ、ここまで意気消沈してしまっているのかと途方に暮れつつ、俯いたままふと目だけあげて、生唾《なまつば》を呑んだ。

家康と前田利家が見交わしていた。

双方唇の端を歪めて一瞬、笑みを泛べたのを盗み見てしまったのである。

そもそも俺としては、家康と利家が真っ先に唐入りに強硬に反対するものとばかり思い込んでいた。海の彼方の無限の大地といった安直な夢など絶対に見ずに足許を固めることに専念している家康と、天下統一が成ったのだからしばらく休ませていただくと口にして憚らぬ利家である。この二人が明国征討に反対すれば、朝鮮征討は実現せぬとわかっていた。

それなのに俺は家康と利家に対してなんら工作を行わずに、今日の評議に至ったのである。朝鮮征討を実現させたければ、家康と利家に出兵その他を大幅に譲歩してやるから、俺に賛同せよと裏工作をせねばならなかったのだ。それをしなかったのは、なぜかということを突き詰めれば、やはり俺はこの無謀なる唐入りを心のどこかで諫めてほしかったということであろう。

胃の腑のあたりが縮こまって苦しいが、俺はどうにか嘆息を怺えた。ぐいと面を上げなおし、周囲を睥睨した。

先ほどの笑みからすれば、家康に加えて利家も唐入りに賛同するに決まっている。最有力といっていいこの二人が肯えば、唐入りは決定してしまう。

いまさらながらに思いを馳せれば、奴らにとって唯々諾々と朝鮮に兵や兵糧をださずにすます方策は、二つあった。まずは、皆が強く反対して朝鮮征討それ自体が立ち消えになってしまうこと。これは誰も兵も兵糧もださずにすむ。

もう一つは、己だけが朝鮮に行かずにすむ方策である。つまり皆が反対していることを逆用し、あえて頃合いを見て賛意を示して談合をひっくり返して朝鮮征討を決定してしまい、俺に恩を売ることだ。それが思いのほか力をもつのは、俺が命令ではなく要請しかできぬという立場上の本質を知了していることが肝要だ。家康と利家は、有象無象とちがって位というものを嫌らしいくらいに解き明かしていたとみえる。

当然ながらこれで家康と利家は絶対に朝鮮に兵もださぬし、兵糧も供出せぬ。だしたとしてもほんのかたちだけで、賛同してやったのだからと恩を着せてくるに決まっている。奴らは俺の意を汲んで、俺の思いどおりになるように計らってやった恩人という立場を得て、俺の行く末を高みの見物だ。

まさに生き馬の目を抜く所業である。唐入りがうまくいけば領土が拡がってそのお零れを戴けるし、失敗すれば俺の足許がぐらつきかねぬ。どちらに転んでも家康と利家は損をしないのだ。

それにしても家康はともかく犬千代《いぬちよ》のころの利家はどこへ行ってしまったのか。俺が偉くなりすぎてしまったということなのか。切ない。

だが、もう、後に退けぬ。

──おいおいおい、猿殿下よ。両の拳など握りしめ、瞬きを忘れて眦決してる場合かよ。胤なしは胤なしらしく、余生を無難に過ごせばよいではないか。気が変わったと呟けば、それでこの件はなかったことになるさ。家康の見え透いた下心に乗っかるほど間抜けじゃなかったはずだぞ。

「俺にはな、治兵衛《じへえ》がおるわ」

──治兵衛とな。いまさら治兵衛とな。笑止千万、秀次など器でないと吐き棄てておったではないか。なーにを、いまさら。いまさら秀次に縋るなど、よい結果を生まぬぞ、猿殿下よ。

「黙れ。公の場である」

耐えきれず、またもや、頭のなかの声を叱責してしまった。

皆が凝視していた。いったい誰と話しておるのか、と怪訝さを隠さない。

なにかあったか、と俺は咄嗟に笑みを拵えて小首を傾げてやる。我ながらずいぶん無理がある。この場から逃げだしたい。けれど貌にこびりついた仮面のごとく笑みを崩さず、皆を見まわしてやる。

とたんに迎合の笑いが俺に集中する。とにかく無難に場を繕うために笑っておけということにすぎず、つまりそれは笑いではなくただの処世である。俺の笑いも嘘。奴らの笑いも嘘――。

なんとも言いようのない厭気が這い昇ってきた。なんなのだ、この愚劣は。猿殿下には嘘笑いの猿芝居が相応しいか。

気持ちが千々《ちぢ》に乱れたまま笑んでいる。思いは錯綜し、鋭角に尖り、俺の全身を刺し貫き、肉と心を爆ぜさせていく。抑制のきかぬ想念が入り交じって、なにがなにやら判然としなくなって、ひどい眩暈に襲われた。

それでも笑みは崩さない。

残った思いは、ただ一つ。

――ならば成否などどうでもよい。どのみち俺もおまえたちも、死んでいくのだ。ならばひりつく日々を押しつけてやろう。朝鮮征討に邁進してやる。

よいか。この日をよく覚えておけ。おまえたちが嘘の笑いで俺をあしらった結果がなにをもたらすか。目に物見せてやる。

＊

もう二十年ほど前になるか。あれは姉川の戦いのあとだった。信長から落城した横山城の城代に任じられて浅井家家臣の懐柔工作、北近江調略に邁進していたころである。

まだ竹中半兵衛が健在で、蜂須賀小六もぴたりと俺に付き従ってくれていた。城代に任じられたからといって浮かれている余裕もなく、京都奉行としても上洛を重ねなければならないので、半兵衛と小六に助けられつつもまさに目のまわる忙しさであった。そんなさなかの出来事である。

浅井家重臣、宮部継潤の懐柔に取りかかったとき、理に明るく気位の高い継潤を口説き落とすためにも人質を差しだせと半兵衛が俺に助言してきた。

人質というくらいだから、俺の係累を差しださねばならぬだろう。だが俺は胤なしである。子などおらぬ。途方に暮れて半兵衛を見やると、甥の治兵衛を差しだせという。

治兵衛は姉、智の長子でまだ四つだった。治兵衛は百姓名なので、通称を次兵衛尉《じへえのじょう》、諱《いみな》を吉継とされ、用意された輿に乗せられて宮部家に人質に出された。まだ乳離れしたばかりで、俺は姉が悲嘆に暮れる姿を目の当たりにしてしまい、きつい罪悪感に嘖《さいな》まれたものである。

浅井家が滅亡し、宮部継潤が俺の与力となった時点で治兵衛は人質を解かれ、即座に俺は自分のものとなった小谷城に治兵衛を呼び寄せた。しばらく見ぬあいだに背丈も伸びた治兵衛は、幼いなりに苦労したのだろう、凜々しささえ垣間見せた。智は治兵衛をきつく抱き締めて嬉し涙を流したものだ。

けれど一度人質にだしてしまうと、弾みがつくというのもおかしいが、阿波《あわ》の三好康長《みよしやすなが》が俺との連携を深めたいとの思惑から治兵衛を養子にくれと申し入れてきたとき、俺は即座にそれを受け容れ、治兵衛は三好信吉《のぶよし》と相成った。

さらに池田恒興の娘を治兵衛の正室に迎えさせ、清洲会議のときはこの縁組みを利して恒興を懐柔して、柴田勝家をへこましたものである。まったく俺の甥は、じつに役立つ持ち駒であった。

もちろん治兵衛に対する負いめなどない。そういった甘い心は疾うに追いだしてしまっている。けれど根は気のちいさい俺である。だからこそ折々に秀長に諭されたように、俺は治兵衛、いや秀次にきつく当たってしまっているようだ。

いまのいままでは、ただ単に相性が悪いから秀次の面を見ると苛立ってしまうのだと信じ込んでいた。いや、そう己に言い聞かせてきた。

然れど来《こ》し方をつらつら顧みれば、甥を持ち駒のように扱ったことに対する罪の意識がなかったとはいえない。はっきりいって実子であったならば、このような疚《やま》しい気持ち、後ろめたい思いを抱かずにすんだだろう。自分の子ならば、幾らでも冷徹になれる。自分の胤ならば——。

やはり四つの治兵衛を宮部継潤の人質にだしたときの姉の悲嘆に暮れる姿が脳裏にこびりついてしまっているのだ。

――女々しいなあ、猿殿下は。

「うん。じつは、こういったことをくよくよ悔やんで、悩むんだな。そういう質《たち》なんだ。で、それが引っ繰り返ると、秀長に叱られたように過剰につらく当たってしまう」

――ま、そうだろうが、なんで猿殿下は天下を取ったとたんに、斯様に弱気になってしまわれたのか。まったくもって、よーわからんよ。居丈高は居丈高だが、居丈高の方向がいつもずれておるぞ。

「戸惑っておるのかなあ」

――ま、天下を取ったのは猿殿下がはじめてだからな。戸惑いはわからんでもない。けれどな。

「なんだ」

――たとえばな、家康が天下を取ったとしよう。家康だったら、猿殿下のような迷走はせんじゃろな。

「家康の名を口にするな」

――すまんな。口にするなと言われても、俺にはその口がない。はは、ははは、嬉しいことに随分一人前の扱いになってきたわ。

「とにかくな、俺はいままでさんざん食い物にしてきた秀次を大切にしようと思う」

――罪滅ぼしでなにかしてやろうというのはな、大概よい結果をもたらさぬぞ。秀次は猿殿下が思っているほど間抜けではないが、猿殿下が買っているほどに優れてもおらぬわ。ま、天下人なんてのは、なってしまえば誰にでもなれるともいえるがの。

「そうか。誰にでもなれるか。その程度のものだったのか」

――その天下人にもなりきれないのが、猿殿下、おまえだよ。

34

天下人にもなりきれぬ猿殿下である。

ならば秀次を関白にしてやろう。心の中に響く声に逆らって、そう決めた。

罪滅ぼしでもなんでもない。理詰めの結論だ。針売りのころは孕ませることのない使い勝手のよい男と吹聴して生きてきたのだ。それが偉くなるに従って、自尊の心を棄てて、即ち自身を殺して営々と築きあげてきた諸々が一代で途絶えることに身悶えするような居たたまれなさと恐怖を覚え、なにがなんでも自分の血統を残さねばと眦決し、稀に、まさにごく稀に孕んだ女が俺の子であると自己申告してくれれば、疑念その他を打ち遣って、闇雲にそれを信じ込み、なんと愛くるしい稚児よ——と相好を崩した。

「そもそも赤子がかわいらしいのは、当たり前だわい」

吐き棄てたとたんに、いままで子が産まれたというとき、いかに俺が愚かに振る舞ってきたかが、あたかも他人事を見おろすかのように眼前に浮かびあがってきた。

赤子とは、歩けもせず、喋れもせず、食えもせず、乳を飲ませてもらえなければ死するしかない生き物だ。それが醜いはずがあろうか。赤子というもの、おしなべて、それに対した者に可愛らしいという思いを抱かせるものである。愛おしげであるがゆえに、無下にできぬのだ。

あちこちを見やるつぶらな瞳と、表裏のない笑み。歯のない口の、真っ赤な唇。泡だった唾の匂い。柔らかく瑞々《みずみず》しい肌。まだ茶色い細く頼りなげな髪。乳を求めて泣く声の切なさ。それは赤子が生き延びるために仕込まれているものだ。誰が案配したというものでもない。自然天然がそうつくりあげたものなのだ。

俺は胸中に湧きあがる大いなる懐疑を打ち棄て、あえてこの罠に引っかかり、女が言うがままに我が子として猫可愛がりしてきた。疑いをもっているからこそ、それを悟られ、あるいは囚われぬために必死に可愛がってきたのだ。

けれど、こんな無理がいつまでも通用するはずもない。そもそも俺には秀次がいるではないか。ここらできっちり腹を据えて、子が望めぬのならば、一族の者を重用すると決心すべきだ。だからこその秀次、関白登用である。脳裏で秀次の来し方を列挙してみた。

俺の姉である智の長子として生まれる。幼名は治兵衛。つまり俺は秀次の叔父にあたるのだ。俺が宮部継潤を調略した折、当時四歳の秀次を人質として継潤のところに送りこんだ。天正元年の暮れに養子縁組——人質から解放されて母の元にもどる。諸々は煩瑣になるので省くが、本能寺の変によりふたたび三好康長に養子にだされる。天王山の戦いの直前に、池田恒興の娘と娶《めあわ》せる。もちろんこの戦のあとのことを慮ってであり、清洲会議にてこれが生きる。天正十二年には羽柴姓にもどしてやり、ところが自らしゃしゃりでて別動隊の総大将を志願し、小牧長久手の戦いにて背後を突かれて壊滅的大敗という大失態を演じる。これにより、以来、いよいよ家康に気遣いせねばならなくなってしまったわけである。このときは一門の恥、手討ちにしてやろうかと熱りたったものである。されど性根を入れ替えた秀次は紀伊雑賀・根来征伐、千石堀《せんごくぼり》城の戦いにおいて首をひとつも取らずに打ち棄て、即ちつまらぬ拘りを棄て、一揆勢を皆殺しにして落城させた。四国征伐では総大将の秀長を副将としてよく支えた。いままで便宜上秀次とあらわしてきたが、俺が関白就任のときに偏諱《へんき》を与えてやり、このときはじめて羽柴秀次と名乗るようになり、天正十四年には豊臣の本姓を下賜してやって豊臣秀次、翌天正十五年には従三位権中納言《じゅさんみごんちゅうなごん》、近江中納言と称せられるようになって、小田原攻めでは織田信雄が論功行賞による東海道五箇国移封を拒絶したので改易、信雄領を秀次に与え、旧領である近江を合わせて百万石の大大名となる。

家康の増長を許してしまったのはいまだに胸糞悪い。だが、それ以外は申し分ないではないか。四歳のときから俺のために役立ってくれてきたのである。そんな秀次が俺の跡を継ぐ。養嗣子にしてやれば世襲できる。関白に据えることができる。幸いというべきか、俺の血縁としてはめずらしく秀次は十人余の子を産ませている。即ち豊臣の血筋は保たれる。

――ははは、ははは。お笑いだな。

「もどってきたか」

――もどるもなにも御用命あらば、いつだって相手をしてやるよ。

「そうか」

――秀次の餓鬼の数が気になるようだな。

「側室合わせて三十人ほどの女で十三人だったたか、とにかく十人以上の子だ」

――多いか、少ないか。女が三十人以上いるならば、その気になれば、いくらでも孕ませられるて。ま、少ないんじゃないかなあ。猿殿下が秀次に関白を継がせたら、淡白殿下といったところか。

「淡白殿下か」

——繰り返すな。恥ずかしゅうなるわ。愛想でも笑うところだろう、諧謔《かいぎゃく》を解さぬ猿め。

「笑う気になれるか。あえて問おう。ならば三百人で一人は」

——だから初《しょ》っ端《ぱな》にお笑いと言っただろう。

「だよなあ」

——まったく、だよなあ。三百もの的があってだぞ、夜毎矢をつがえ弦《つる》をきりきり引き絞り、派手に放っているにもかかわらず命中せんのだからなあ。こんなへっぽこ、男の値打ちがないわ。

「きついことを吐かす」

——生真面目に教え諭しても、まったく言うことを聞かぬではないか。

「言うことを聞かぬといえば、やはり秀次に関白を継がせるのは、よい結果をもたらさぬか」

——猿殿下がな。

「うん」

——秀次に惚れ込んでおってな、なにがなんでも継がせたいとの熱意があるならばな、俺もあれこれ干渉せんわ。殿下の選択は、消極のあげくだからな。こういうのは猿殿下と秀次、双方によい結果をもたらさぬ。

「が、秀次しかおらぬのだ」

——関白位を叔父から秀次へ。天皇のように実権がなければ世襲もまたよし。されど、この国を統べるばかりか朝鮮から明国にまで版図を拡げようという度し難い蛮行を為そうとしておるのだぞ。

「蛮行」

——なにを驚き狼狽えるか。踏みにじられるほうの身になれ。奴らからすれば蛮行以外の何物でもないだろうが。蛮行を為してやると肚を括《くく》れ、莫迦猿。

「もう、引き返せぬよ」

——そうだな。しおらしい声の猿殿下、哀れなり。が、それとこれは話が別。よいか。いまのままで、つまり現状を維持しようとするならば秀次でよい。されど海を渡って唐天竺までともなれば、一日二日で成し遂げられるはずもない。延々続くぞ。地獄のはじまりだぞ。それにふさわしい器量の者を据えねば破綻《はたん》するよ。

「地獄のはじまり——」

——猿殿下にだって、わかっておったであろうが。言葉のちがう国を侵《おか》すのだぞ。猿殿下得意の調略も、言葉が通じればこそだ。風俗風習もまったくちがう国だぞ。誰が味方で誰が敵かとっさにわからぬ場所だぞ。海を隔てておるのだぞ。兵糧の補給は現地調達か。

「いや、兵站は命。全うする」

——全うときたか。ふん。慥かに海を隔てておらねばなんとかなるがな。戦が長引けば否応なしに現地調達せざるを得なくなるわい。されど略奪は効率が悪く確実でないとそれをせずに常に徹底して自前で補ったからこそ、猿殿下は好きなときに好きなように戦ができて天下をものにできたのではないか。そもそも子々孫々まで豊臣家が続かぬならば朝鮮も明国も無駄と申したはず。

「くらくらしてきた」

――俯いていないで、なあ、聞かせてくれ。

「なにを」

――なにゆえ、あれほどまでに自分の子を望んだのか。望むのか。

「吉乃」

――ん、吉乃がどうかしたか。

「俺がさんざん抱いた愛しき吉乃がまったく孕まずにな、信長に呉れてやったとたんに懐妊し、長子を産んだ。奇妙丸――信忠だ。いまでもくっきり思い出されて苦しくてならぬわ。その懐妊を知ったときは、まさに血の気が引いた。出産を祝ったときは胸が潰れて厭な唾が口中に充ち、臓物が口から飛びだしそうだった。間抜けにもな、俺はな、信長がいくら頑張っても帰蝶が孕まぬことを憐れんでいたのだぞ。即ち俺は心窃《こころひそ》かに信長と己を男として同格に見ていたわけだ。それが一瞬にしてひっくり返された。帰蝶が孕まなかったのは帰蝶に問題があって、信長には立派な胤があったということだ。翻って」

――猿殿下が孕ますことができぬのは、猿殿下の問題であるということだ。

「吉乃が産んだ二人の男児のうち、信雄は転封を拒否したから流罪に処してやった。あれあのとおりだからな、端からどうでもよいと思っておったわ。されど信忠は出来がよかった。信長のような大悪とは無縁だったが、あきらかに吉乃のよいところが凝縮されておった。だから本能寺の変で自刃したときは胸中で快哉を叫んだものよ。もっとも直後に打ちひしがれたが。それでもな、もう信忠はおらぬ。吉乃と信長の子は死んだと己に言い聞かせてな、必死で踏ん張ってきたんだわ」

――まあ、つらい思いをしてきたことは、わかった。が、くだらぬ。胤がないことが動因であるということはようわかったがな、それが致命傷をもたらすということも、よ～くわかったわ。

「吉乃だけではないぞ。寧々を虐《いじ》めていたことがある」

――知ってるよ。孕まぬことをすまながる寧々に対して、自分の胤なしを棚にあげてとことん追い詰めておった。

「寧々との子がほしかったのだ」

――責めて、追い詰めて子ができるなら、世話がないわな。

「寧々と小一郎だけがな、寧々と小一郎だけが心底から己をさらけだせる相手だった」

――猿殿下は、二人にずいぶんつらく当たっていたな。甘えてもいた。その一方で、凄くよくしてやってもいた。

「つらく当たる。凄くよくしてやる。そのどちらも俺の甘えだよ」

――小一郎は死んじまったんだから、壮健な北政所《きたのまんどころ》を大切にせんとなあ。北政所が死んじまったら、猿殿下は仕舞いだよ。

「わかっている。が、寧々は踏みつけにしても死なぬわ。俺には過ぎた健やかさがある。心も軀も健やかだ。ただな」

――うん。

「茶々が棄を産んだときに、寧々が我がことのようによろこんだのを思い返すと、胸が引き千切られそうに痛む」

――ま、誰の子かわからぬしなあ。そりゃあ胸も痛むわな。

「そういうことではないわ」

――怒るな。ちょいと茶々を入れたまで。北政所の気持ちはわかるさ。猿には過ぎた好い女だなあ。

「ああ。最上にして最高だ」

――それはそうと万が一、北政所が孕んでいたら、猿殿下は気が狂うていたはずだわ。

「怖いことを吐かすな」

――だが、あるころから北政所懐妊の妄想に囚われ、独りで身悶え、心を磨り減らしておったではないか。猿ではない誰かが北政所に重みをかけ、喘がせ、呻かせ、その奥底に精を注ぎ込むことを想ってな。

「たかが子、されど子。孕ませることのない使い勝手のよい男と吹聴していたころは、まさかこのことで悩み悶え苦しむとは思ってもおらなんだ」

――哀れな猿よ。執着するものが増えすぎたのだよ。孕ませることのない使い勝手のよい男と吹聴していたころはな、な〜んの執着もなかった。天下を唆されても、それは真昼に見る夢。だから妄執と無縁でいられた。それが徐々に手繰り寄せることができはじめて、ふと気付いたときには真昼の夢が正夢になってしまった。不幸というもの、夢が現になることやもしれぬなあ。

「大成して悩む。成就《じょうじゅ》して苦しむ。筋が通らぬわ」

――誰もが羨む唯一無比の身分になれたというのに、なんちゅうしけた面をしてやがる。ああ鬱陶しい。さらば。

「行くな、行かないでくれ」

俺の眼前には漠とした闇が拡がっていた。寝台の上できつく己を抱き締めていた。目尻には涙がにじんでいた。唐突に咳き込んだ。烈しく咽《む》せた。奥女中が駆け寄った。俺を抱きかかえて起こし、背をさすってくれる。どうにか咳もおさまり、喘ぎを抑えこんで小声で迫る。

「おまえ、俺の子を産むか」

＊

十一月に秀次を俺の養嗣子とした。世襲させるためにも秀次の官位を急遽《きゅうきょ》引きあげてやって暮れも押し詰まったころ、秀次に関白を譲った。二十四歳の若さで関白である。臥雲日件録に

――父已為関白、其子又必関白、父尚存則称大閤――とあるとおり俺は太閤として新たな年を迎えることとなった。

秀次には五箇条の訓戒状を与えた。その最終条は『茶の湯、鷹野の鷹、女狂いに好き候事、秀

吉まねこれあるまじき事』で始まり『使い女の事は屋敷の内に置き、五人なりとも十人なりともくるしからず候、外にて猥れかましく女狂い、鷹野の鷹、茶の湯にて秀吉ごとくにいたらぬもののかたへ一切まかり出候儀、無用たるべき事』と、まあ、俺のように振る舞うなと誓わせて締めてやった。

もちろん二代関白である秀次が聚楽第にて政務を執るという体裁を整えてはいたが、すべては俺が掌握していた。秀次の膝許の京の支配すらも俺と直結している京都奉行前田玄以《まえだげんい》にすべてを差配させることとしていた。太閤様こそが悉《ことごと》くを支配するのである。とはいえ本音をいえば朝鮮征伐に忙しい俺である。些事《さじ》にかまってはおられぬということで、国内の治世は秀次にまかせ、またあれこれ指図して朝鮮出兵の後方支援を行わせた。

太閤になった直後の天正二十年の正月五日に出陣令を出し、京にて東国勢の到着を待ったが、案の定、家康は雀の涙ほどの軍勢しか寄こさなかった。歯嚙みする思いではあったが、まさに奥歯を嚙みしめて堪《こら》えた。吉日である三月一日に出陣の儀を執り行うつもりであったが、腹立たしいことに手勢の集まりはいまひとつ、俺も眼病を患って出陣は先延ばしとなってしまった。

俺の遣り口は、戦をするからには念には念を入れて対処するというものだ。だから焦りをぐっと抑えこんで着実に準備を重ねた。結果、名護屋に集結した軍兵その他三十万五千三百。四月十二日には兵船七百余隻にて一番隊の小西行長、松浦鎮信《まつらしげのぶ》、有馬晴信《ありまはるのぶ》、宗義智らの軍勢一万八千七百余が対馬大浦《おおうら》を発して朝鮮に向かい、翌十三日には朝鮮は釜山浦《ふざんほ》に上陸して朝鮮征伐の火蓋が切られた。加藤清正率いる二番隊二万二千八百も前後して海を渡った。

朝鮮の軍は、とにかく弱かった。啞然とさせられるほどに弱かった。あとで知ったのだが、朝鮮王朝は建国以来二百年ほども泰平であったという。官僚支配により武人は軽んじられ、まともな軍隊もないような体制が続いていた。そこに戦国の世で揉まれ、鍛えあげられた俺の軍が雪崩れ込んだのである。

しかも長きにわたる泰平に惚《ほう》けていただけでなく、呆れたことに我が国の鉄砲の威力をほとんど知らなかったというのだから、いやはやなんとも哀れなものである。

なにせ三年ほど前か、対馬の宗義智が朝鮮朝廷に我が国の鉄砲を献上してやったとのことだが、これこそが朝鮮の者共がはじめて目にした鉄砲であるというのだから、笑いが止まらない。

このころ俺の軍は総数にして数万の鉄砲を持っていた。

結果、釜山に上陸したその日に釜山城を攻略してしまい、あげた首級は千二百を超え、また尻尾を巻いて逃亡する者も多数で、はっきりいって戦の態を為していないという有様で撫で斬りの皆殺し、一番隊は悠々北上を開始したのである。

兎にも角にも次々に首を幾千取ったという報告が入るものだから、もはや首級の数など判然とせぬほどで、五月の三日には早くも首都である漢城《かんじょう》に入城し、小西行長と加藤清正の軍が相次いで占領した。朝鮮国王は都落ちしたという。開戦からわずか二十一日目であった。

一番隊の小西行長、二番隊の加藤清正に次いで三番隊の黒田長政、四番隊の毛利吉成《よしなり》、五番隊の福島正則、六番隊の小早川隆景、七番隊の毛利輝元、八番隊の宇喜多秀家、九番隊の豊臣秀勝、水軍の船手衆は九鬼嘉隆《くきよしたか》、藤堂高虎《とうどうたかとら》――と怒濤《どとう》の侵攻、その軍勢十五万八千八百人、船舶四万隻を投入した朝鮮征伐は思いもしなかった上首尾ぶりで、加藤清正など朝鮮国境を越えてしまう勢いで、彼の地で馬を喰い兵を襲う虎に業を煮やして自ら虎退治に出向き、槍にて大立ち回り、倒した虎の皮を俺のもとに送ってくるという粋なことをしてくれた。

もちろん俺は名護屋城に詰めていた。いよいよというときには自ら朝鮮に乗りこんでやると意気込んでいた。だが、こんな展開ならば、そもそもあれこれ思い悩むことなどなかったではないか。しかも朝鮮征伐を地獄のはじまり――と吐かした俺の裡の声はぴたりと止んでいた。

押されているとか、難儀しているといった報せでもあればやきもきもするが、ひたすら戦勝報告ばかりである。いいかげん退屈しはじめ、大坂城から黄金の茶室を名護屋城に移し、五月二十八日には茶会を催した。結構なる仰せ――と俺の背中を無理遣り押した家康も、そしてそれに同調した利家も目を細めて茶など啜っている。

「本陣を名護屋から高麗《こうらい》に移そうと思っておるのだが」

さりげなく呟くと、皆、もっともらしく頷いた。なにせ破竹の勢いである。この流れにさらなる拍車をかけて、一息に明に雪崩れ込みたい。肥前は名護屋城にこもって茶など振る舞っているよりも、自ら海を渡って朝鮮にて直接、指揮を執りたい。

とはいえ関白に据えた秀次が俺のいないこの国をうまくまわすことができるか。秀次の力が問題なのではない。ここに雁首揃えている家康という狸、その他諸々が、俺という重しが海を渡ってしまった時点でどのように動くかが不安なのだ。

――飛翔したい気持ちはよ～くわかるよ。猿殿下は天下をものにして、戦のひりひりから解放されて、退屈しきっておったのだわ。されど、いまは黙っておけ。

久々に声を聞いた。黙っておけというならば、黙っておこう。俺は黙って頷きかえしておいた。茶会は和気藹々《あいあい》を絵に描いたような嘘臭さであった。

＊

心地好い潮風だ。海鳥が蒼穹を滑るように抜けていく。ほぼ凪《な》いでいた。皆が、とりわけ家康と利家が口を半開きにしている。唖然としている。

俺はにこやかに船に乗りこもうとした。六月二日のことである。ついに我慢できなくなってしまったのだ。背を向けかけた俺の視野の端に、利家の脇腹あたりを肘でつつく家康の姿が映った。弾かれたように利家が俺にすがりついてきた。

「太閤殿下御自ら海を渡るなど、あまりに無謀でございまするぞ」

「ええい、離せ」

「離しませぬ。この利家、海に叩き落とされようとも、絶対に離しませぬ」

これまた嘘臭い遣り取りではあるが、利家の腋《わき》の臭いが懐かしい。昔は巫山戯《ふざけ》てよく絡みあったものだ。思わず目を細めてしまったが、家康と利家は俺のことを思って止めているのではない。

俺が直接、指揮を執ることによってあっさり明国を平定してしまうことを畏れているのだ。俺の力が一気に超越した強さになってしまうことを避けたいのだ。いまよりもさらに俺に平伏《ひれふ》すことになるにせよ、すこしでも自領のあれこれを整える猶予がほしいのだ。

――それは買い被りだよ、猿殿下。

「やかましい」

利家は自分に向けられた叱責と勘違いして腕の力を弱めた。俺は利家を無視して、裡なる声に耳を澄ます。

――同盟という名のもと、信長に這い蹲《つくば》っていた家康の姿を思いだせよ。いま、家康は信長にかわって猿殿下の臣下のごとく振る舞って存えようとしているのではないか。これこそが家康の処世ではないか。

俺は口をすぼめ、軀から力を抜いた。俺がゆるんだことを見逃さず、家康が数歩前にでて、ひとこと言った。

「兵站が命」

俺は首の後ろをぼりぼり掻いた。久々に己の癖を自覚した。いろいろなときに首の後ろを掻くが、たとえば己の気負いを制止されたあげく、それもそうだ――と納得したときにも、掻く。ぼりぼり掻く。

「兵站が命――か」

「然様。太閤殿下の意気込みに水を差すなど度し難いことではありますが、それでもあえて諫止《かんし》致しましょう」

俺はちいさく息をついた。まったくなにを息んでいたのか。もはや太閤である。自ら先陣きって出張ってよいという立場ではない。

「差し出がましいのを承知でこの家康、あくまでも御渡海、お止め致します。あえて申すまでもありませぬが、単なる他国での戦ではございませぬ。海を渡った地における戦でございます。鉄砲は玉がなければ重たいだけの始末におえぬ杖のごときもの。兵は飯を充分に喰ってこそ存分な働きをするものでございます」

「――だな。そうだ。そのとおりだ」

「太閤殿下には、ここ名護屋にて兵站をはじめとする根幹を睨と見守っていただくことこそが肝要でございます」

「だな。まったくそのとおりだわ」

「ここは新たに奉行や軍監を渡海させて明国征討の筋道をつけてやるべきでございます」

「だな。そうするわ。そうする」

あっさり言いくるめられた俺だった。家康の言うことには、けちのつけようがない。見事なる正論であった。けれど心のどこかに釈然としないものが残った。それを振り棄て、家康に言われたとおり石田三成、大谷吉継ら奉行、前野長康、長谷川秀一《はせがわひでかず》、加藤光泰《みつやす》ら軍監を朝鮮に送りこんだ。

ところが――。

やはり俺にとって家康は疫病神であった。三成らが海を渡った六月あたりから微妙に状況が変わりはじめた。

じつは五月の初旬に唐島《からしま》——巨済島《きょさいとう》の玉浦《ぎょくほ》に停泊していた藤堂高虎の兵站のための船団が、朝鮮水軍の急襲にあって沈められていたのだ。これがこの戦における初めての我がほうの負けであったが、負け戦が伝わってくるのはなぜか遅い。これが即座に伝わっていたならば、俺も兜の緒を締めただろう。が、そうでなかったからこそ破竹の勢いに昂《たか》ぶって自ら渡海しようとさえした。実際は、陸の上ではすべてを薙ぎ倒す勢いであったが、じつは海の上では李舜臣《りしゅんしん》率いる朝鮮水軍にやられっぱなしでまさに這々の体、制海権を喪い、漢城および平壌《へいじょう》に船舶にて兵糧を送ることができなくなってきた。

兵站こそ命と諫止した家康であったが、実際に北上進撃し補給路が延びきった時点で俺の目論見が崩れはじめた。朝鮮国王が都落ちしたというのに、なぜか戦闘が終わらないのである。制海権どころか陸路の物資の輸送までもが危うくなってきたのだ。

日本国における戦は領主が降伏すればそれで仕舞いだ。その国の民百姓は勝者に服従する。ところが朝鮮では国王の居城である漢城を落としたにもかかわらず、民百姓が服《まつろ》わぬのである。それどころか義民と称してあちこちで決起しはじめ、従順な顔つきで我が軍を迎え、ところが隙を見ていきなり攻めに転じて補給路を寸断し、ある程度戦果をあげると即座に山中などに逃げ隠れてしまう。

民百姓がすべて敵となる。なんとも空恐ろしいことである。そもそもが安国寺恵瓊に命じて朝鮮の民百姓を日本人にしてやろうと風俗をはじめ、ありとあらゆる事柄を教えこんでやっていたのである。子供を集めて『いろは』を教え、髪型を日本風に改めさせ、さらには捕虜には日本の名前に改名させもした。まったくここまで親切に対してやっているというのに、朝鮮の民百姓は忘恩の輩ではないか。こうなれば撫で斬りか——。

それでも明にまで攻めのぼるためには、かたちだけでも降伏してくる者を雑に扱うのは得策ではないと判じ、略奪等をきつく戒めていた。もちろん俺の心は揺れに揺れた。

——民草根絶やし、皆殺し、だろう。

「それはしたくない」

——地獄のはじまりと言うたではないか。

「おまえは俺を諫めているのか、唆しているのか」

——さあな。とにかく、やれ。つべこべ言わずにやれ。民草根絶やし、皆殺しにしろ。実際、越前の一向一揆討伐の折には府中の女子供委細かまわず四万ほど首を落としたではないか。

「あれは一揆絡み、即ち信心絡みだからな。現世に価値を見いださぬ者は根絶やしにするしかない。絶対に服わぬことがわかりきっておるでな」

——すると朝鮮の民草は、猿殿下に靡《なび》くとお思いか。

「皮肉っぽい物言いじゃのう。よいか。民百姓がおらねば、誰が地面を耕すのか。俺がなにも喰わずに生きてゆけるならば、根絶やし皆殺し宜なるかな、だが」

——やれやれ、こんなところで経済、経国済民の根源を聞かされるとは思うてもおらなんだわ。人は飯を喰って糞をする、か。

「そうだ。飯を喰って糞をするのが人よ。それから逃れられる者はおらぬわ」

――ならば、てめえの尻の穴はてめえで拭きやがれ。

声が消えても、俺はきつく握りしめた両手から力を抜かなかった。出自が韓鍛冶部の末裔であるという得体の知れぬ私怨のようなものから朝鮮征伐がはじまってしまったのだからこそ、民草の根絶やし、皆殺しはしたくない。この一線を越えてしまうと、俺には義の欠片もなくなってしまう。


こんなところで俺の奥底に隠れていた徳というか道というべきか、あやふやな倫道がにじみだしてきて苦笑いを泛べる。ならばそもそも朝鮮征伐などせねばよかったのだ。たとえ家康に背を押されようとも気が変わったと突《つ》っ撥《ぱ》ねればよかったのだ。だが、もう引き返せない。

そう眦決してたいしてたたぬうちに、おふくろ――大政所の病がいよいよ思わしくないという報せが入った。七月二十二日のことであった。狼狽え慌てた俺は、名護屋を家康らにまかせて門《も》司《じ》から船に乗って大坂に向かった。

二日後に大坂城に着いた。おふくろは、死んでいた。なんと俺が名護屋を発った二十二日に聚楽第で死んでいた。

一瞬、息が詰まった。がくりと腰が砕け、ああ、俺は転がってしまうのだな――と眼前に迫る廊下の木目を睨み据えた直後、気を喪《うしな》った。

頭の後ろが痺れるように痛む。吐き気もする。秀次の阿房が、朝鮮征伐に精をだす俺を心配させまいと報告を遅らせたという。が、いよいよ重篤《じゅうとく》であると悟り、ようやく俺に報せを入れたときには、おふくろは死んでいたというわけである。独りにしろと命じ、脇息に突っ伏した。

「朝鮮征伐などせねばよかった」

──せねば、死に目に会えただろうになあ。御愁傷様ってやつだ。

「なんかな、天下云々が成就したとたんに、すべてが裏目にでるようになった」

──気のもちようだろう。しかしおふくろの死に、これほどまでに取り乱すとはなあ。

「俺に取り柄があるとすればな、それは幼いときにおふくろが俺を特別扱いしてくれたからだ。日吉山王権現に祈願して、夢を見た。日輪が懐に這入り込む夢だ。その瞬間におふくろは俺を孕んだ」

──よくもまあ、莫迦な猿にすぎぬ我が子にそんな与太話《よたばなし》を聞かせたものよ。

「まったくだ。けどな、それで俺は自尊の心を保つことができたわけだ。生き抜くことができたわけだ」

──嘘も方便。ちがうか。

「もう、いい。どこかに行け。消えろ」

──も少し、いてやるよ。おふくろを人質にだしたときのことを喋ろうと思っていただろう。言いたいことをためとくのは、よういないからな。ちゃんと吐いてしまえ。

「妹の旭には夫がいた。離縁を強要し、家康に嫁がせた。上洛して関白になった俺に臣下の礼をとれと促すためだった」

──家康は強いよなあ。地味に強い。いちばん始末に負えんよ。

「まったくだ。でな、業を煮やしてな、旭の見舞いと称して、つまり人質として家康のところにおふくろを送りこんだ。で、ついに家康も世情その他を鑑みて俺のところに拝謁しに上洛したわけだ。ところがな、あとで知ったのだが、岡崎では本多重次《ほんだしげつぐ》の野郎がおふくろが逗留している館のまわりを積みあげた柴で囲っていやがった」

——京にて事あらば、即座におふくろを焼き殺したというわけだな。

「許せぬ野郎だが、家康の信任が篤《あつ》いから様子を見ていた。小田原征伐のあと、上総古井戸《かずさこいと》に蟄居《ちっきょ》を命じてやった。これで野郎も仕舞いだ」

——母猿殿も、最後に一目、子猿の貌を見たかっただろうなあ。

涙のにじんだ目頭を揉む。俺の裡の声はいつだって剽げている。どうやら道化ずに生きていけるようになって行き場をなくした心が俺に語りかけているようだ。苦い笑いに唇が歪んだ。母が、死んだ。

＊

おふくろの葬式を終え、伏見指月《ふしみしげつ》に隠居用の城の築城を命じ、十月一日に大坂を出発して肥前名護屋に舞いもどった。者共の気合いを入れなおすつもりだ。戦線が膠着しはじめて、異国の戦いに厭戦《えんせん》気分が蔓延して、朝鮮や明の広大な領土など戴いても迷惑と吐かす輩さえ出はじめていたからである。

十月四日には細川忠興の軍勢二万が晋州《しんしゅう》城を囲んだ。が、籠城する朝鮮軍が死にものぐるいの力をみせ、全羅道《ぜんらどう》義兵に背後を突かれて攻略に失敗、這々《ほうほう》の体《てい》で撤退したという報せが入った。

当初の勢いからすれば、とっくに明に攻め入り、北京《ペキン》など陥落させているはずなのに、逆に明の援軍を得た朝鮮軍に押されはじめる始末。明けて一月、明国が援軍四万余りを送りこんできた。明の軍隊は鉄砲を持っていなかった。それを報告されたときはほくそ笑んだが、なんのことはない。鉄砲は持っていないが大砲を持っているというのである。この大砲という代物は城をめぐる攻防戦において凄まじい威力を発揮する。小西行長が率いる一万五千の兵は、大砲で平壌城外壁を破壊され、二進《にっち》も三進《さっち》もいかなくなり漢城へ退却してしまった。

朝鮮は尋常でなく寒いらしい。明との国境に近づけば近づくほど凍《い》てつく寒さが襲い、進軍は困難となった。清正が虎を送り、それを俺が大層よろこんだという噂が諸将を駆け巡り、近頃は塩漬けの虎の皮や肉ばかりが届く。同時に虎狩りで無駄な命を落とす兵も少なくないという報告までもが届く。

もはや怒りも湧かぬ。相手は陸路だが、こっちは海を渡らねばならぬ。が、制海権はとうに喪っている。二月中旬には幸州《こうしゅう》山城の攻略に失敗してしまい、いよいよ兵站がうまくいかないことの弊害が露《あら》わになってきた。そろそろ講和の途をさぐらねばならなくなってきた。

「破竹の快進撃——。なんだか夢を見ていたような気がするわ」

呟いたが、それに呼応する声は聞こえず、妙に寂しげな潮騒《しおさい》ばかりが充ち、それに重なるのは俺の溜息ばかりだ。

五月二十三日に明の講和の使者、謝用梓《しゃようし》と徐一貫《じょいっかん》が訪れたので引見してやった。明帝の女を迎えて日本の后妃に備えさせるといったことをはじめとした和議の条件七箇条を示しはしたが、なんとも不本意であった。交渉は小西行長にまかせたが、なかなか北京に入ることができぬという報告ばかりで、曖昧模糊の不明瞭、じつに薄ぼんやりとした感じで自然休戦と相成ってしまった。

大仏殿建立《こんりゅう》を中止してまで朝鮮渡海のための軍船建造をはじめ途轍もない労力と財と軍勢を投入しての朝鮮征伐、いったい何だったのか。あの熱狂は幻だったのか。もはや溜息もでない。

むしゃくしゃするので六月初旬にあえて殺生禁断の比叡山《ひえいざん》に登り、根本中堂《こんぽんちゅうどう》に馬を繋いで鹿狩をした。してはならぬとされていることを為すのは心地好い。坊主共を踏みにじるのは、なお愉しい。

倒した牡鹿に近づいた。胸郭が鞴のように動いて喘いでいる。とどめを刺してやろうと腰をかがめると、その真っ黒な瞳に薄笑いを泛べている俺の貌が映っていた。じつに醜かった。ふと、思った。朝鮮の民草もこのような目をして事切れていったのだろう。俺は脇差《わきざし》でことさらごりごり鋸を押し引きするかのごとく首を切開した。返り血を浴びながら顔をあげると、勢子《せこ》が怯えて顔をそむけた。

35

またもや、茶々の腹が大きくなってきた。夏が盛りはじめたころだった。海鳴り轟《とどろ》く名護屋にて講和後の処理と、再度の朝鮮征伐を練っていたときである。淀殿御懐妊との報せを聞いて、どうしたものかと困惑気味に思案した。いや狼狽えた。またもや茶々である。よほど相性がよいのか。それとも――。思いを巡らせはじめると、居ても立ってもいられなくなった。

そうこうしているうちに八月三日、茶々が男児を出産した。貧乏揺すりが止まらなくなった。が、まだ講和後の雑事に忙殺されていた。十五日、ようやく拾《ひろい》丸《まる》に会うため名護屋を出発することができた。気を許すと小刻みに揺れてしまう膝頭をぐいと押さえて、大坂に向かった。

対面の儀とやらであれこれあって、ようやく拾丸と対面したのは二十五日であった。いきなり首と頭の付け根のあたりから、あの声がした。

――わはは、こりゃまいったな。なんともでけえ餓鬼だぜ。なあ、猿殿下。

「うん。重たいな。生まれたばかりでこの目方」

思わず惑い気味に呟きかえしてしまうと、半身をおこした茶々がじろりと上目遣いで見やってきた。俺が首をすくめ、口をすぼめると、太閤殿下は拾丸とじっくり御対面なさりたいとのこと――とやや甲高い声の早口で、人払いしてしまった。

「どうです、この背丈と目方ならば、さぞやしっかりした跡継ぎに育つことでございましょう」

「うむ。でかした」

――でかした、だと。阿房か、猿殿下。こんな女にそこまできんたまを握られてしもうたか。とほほ。

「おお、笑った。笑ったぞ」

「いま抱きあげてくれている御方が父上にして太閤殿下であらせられることを、拾丸も幼気《いたいけ》なりにわかっておるのでしょう」

――おいおい、猿、おまえ、父上にされてしまうぞ。

「まあ、なんだな、いいなあ、赤子というものは。いい。じつに、いい」

――いい、いい、いい、なんだそれは。閨《ねや》で腰をつかう女か。

「やかましい」

「なんぞ申されましたか」

「いや、弥堅《やがた》しぃとな。固太《かたぶと》りでじつにしっかりしておるでな」

探る眼差しの茶々に背をむけて、胡坐《あぐら》をかき、その窪みに拾丸を安置する。茶々の視線が背に刺さる。空惚《そらとぼ》け、俯き加減で笑みを消して拾丸の顔を凝視する。似ている。似ている。似ている。

――はは、こりゃあ、間違いないわ。拾丸は猿殿下の胤じゃない。大野治長《おおのはるなが》の子だわ。

いよいよ茶々の視線がきつく刺さり、それでも俺はせいぜいさりげなさを装ってすっと立ち、立ちあがってから神経痛がひどくて難儀しているのに、こういうときには立ちあがれるものだと苦笑気味に感心した。

拾丸をあやしながら、あくまでも茶々には背をむけたままで広間の端の端にむかった。ここまでくれば遣り取りを聞かれまい。拾丸を覗きこみ、左右に揺らす仕種をしながら問う。

「似すぎている。やはり大野治長か」

——誰が見ても治長だろう。このやたらとでかい体軀。このずしりとくる目方。なによりも、面立ち。治長も色白、この餓鬼も色白。これほど猿っぽくない赤子も稀だわい。

「とはいえ、治長の子であると、どのように証すればよい」

——猿殿下の背丈は四尺半といったところ、ちびっちゃいのう。見窄らしいのう。茶々も別段大女ではないしなあ。一方で治長は六尺超の長身、見事に整うたおなご受けする面立ち。茶々が並の背丈でも、相手の男がでかければ子もでかいというのは、利休の背丈のことでようわかっとるじゃろが。

拾丸を凝視する。やはり見事に治長に重なる。茶々と治長の密通、噂にすぎぬとあえて聴き流してきたが、この赤子を見れば一目瞭然ではないか。

——治長のおふくろが茶々の乳母《めのと》だったから馬廻衆として取り立ててやったんだろうが。

「茶々がな、大蔵卿局《おおくらきょうのつぼね》の倅がなかなかの逸物《いつぶつ》だと推挙してきたんだわ」

——逸物じゃねえだろう、なかなかなのは逸物《いちもつ》だ。

「嗚呼。まいったな」

——おまえはまた人の好いことに和泉《いずみ》国は佐野《さの》と丹後国大野《おおの》の計一万石なりを呉れてやって、治長は大野城の御城主様だわ。

「それも茶々が、な」

――そこまで骨抜きか。度し難し。

「俺の子を産んでくれる女だぞ。唯一、俺の子を産んでくれる」

――まだ斯様な世迷い言を吐かすか。阿房。

「まったくだ。俺は阿房だよ」

――さすがに哀れになってきたなあ。

「誰を、なにを信ずればよいのだろう」

――なにを信じるかは、これから慮るとしてだ。とりあえず治長の奴だ。まさに恩を仇《あだ》で返してきたわけだが、そして男と女のこと、恩も仇もへったくれもなく引っついて如何ともしがたいというわけだが、どうするんだ。

「どうもこうも、茶々が俺の子だと言い張るならば」

――ありゃま。そうきたか。

「これは俺の子だよ。まちがいない。俺の子だ」

くるりと振りかえる。その勢いに茶々がちいさく仰《の》け反《ぞ》った。その視線が泳いだ。口許がわななきさえしていた。俺は茶々を真っ直ぐ見据え、じわりと満面の笑みを拵えた。拾丸を抱きなおしてつつと茶々の前に進みいでて、深く頷き、大声をあげる。

「でかした。でかしたぞ、茶々」

＊

海を渡った異国に兵をだして蹂躙し、睥睨したくせに、ごく身近なところでは卑屈に俯き、己を欺瞞《ぎまん》でいっぱいにする。これも痩せ我慢というのか。最高の権勢を得ているというのに、なんとも痛々しい。

誰が見ても俺の子ではないのに、なぜ茶々の不義密通を問い糾《ただ》せぬのか。茶々、大野治長、そのどちらでもよい。拷問すればあっさり吐くだろうに。

面目。自尊の心。

矜恃《きょうじ》などという恰好のよいものではない。まったく自尊の心というものは悍《おぞま》しい。面目にこだわる己が疎ましい。それもこれも天下をものにしたからで、針売りのころならば自尊など小便をぶっかけて打ち遣って、どうということもなかっただろう。いかなる無理難題 辱《はずかし》めを受けても、にこり笑って跪《ひざまず》いて信長の草履の裏にこびりついた馬の糞を指先で刮げ落とすことができたのだ。それこそが本物の自尊の心である。

いまの俺は、周囲に、諸々に、それこそ民草に虚仮にされぬよう必死だ。ただ単に胤がないということ、そのことだけで必死に体面を保つ算段をする。密通され、それで拵えた赤子を押しつけられた男と嗤われるくらいならば、責めにかけて真実を白日の下にさらしたあげくに面目を喪うくらいならば、自ら率先してこのやたら大きな餓鬼を自分の子であると認めてしまい、平然とした貌をつくって居直る。風聞を抑えこむのは無理であっても少なくとも周囲には有無を言わせぬ。

そもそも茶々には悪い噂が絶えなかった。周辺や巷では、拾君の胤は石田三成や傾奇者《かぶきもの》として知られる名古屋山三郎《なごやさんざぶろう》ではないかと勘繰る者も多かった。さすがに三成はないだろうと苦笑した。されど疑念を抱きだしたらきりがない。強引に抑えこんだ。山三郎は美男として知られているので拾丸とじかに対面する前はもしやと思いもしたが、拾丸の大きな軀と面差しを目の当たりにして大野治長の顔貌と体軀がくっきり重なった。げに血というものは恐ろしきものである。

諸々に思いを致し、その居たたまれなさに己をきつく抱き締めて呻き悶える。

すべてを得たいま、なぜ、俺は独り、なのか——。

信長にあれこれ難癖をつけられ、猿としてあしらわれ、無理難題をふっかけられていたときなどとは比較にならぬほどに心に過重がかかってしまっている。もう、爆ぜそうだ。破裂しそうだ。

四国統一からもどった亡き弟、秀長と大坂城の奥御殿の納戸に毛の生えたような手狭な部屋に落ち着いて気の置けぬ遣り取りをしたときのことを思い返して俺は必死だ。秀長は言った。——嘘は言った者勝ちだ。だいたい途方もない嘘ほど、腐った臭いが充満しておるから、ついてしまえば、たわいない嘘よりも心にきつく刻まれるわい。

拾丸は途方もない嘘か。思い巡らせると憂鬱になる。残念ながら矮小な、まこと蹙《しじか》まるようなみじめな嘘だ。

だが秀長は、こうも言った。――そもそも血筋などというもの、常に言った者勝ちでつくりあげられてきたもの。俺と兄御前の親仁が同じなのか、ちがうのか、突き詰めると証しようがないのといっしょで、血筋のあれこれ、嘘か真かを証しようがないではないか。所詮は風聞に毛の生えた程度のものよ。

「これだ。俺はこれに賭ける」

こんなことで眦決しているのも間抜けではあるが、いま、この瞬間、そして明日から先々までの自尊の心を保つには、これで勝負するしかない。

大野治長は不問に付す。というか歯牙にもかけぬという態度をとらねば破綻する。大野治長が眼前におっても、余裕たっぷりの柔らかな笑みなど泛べて、その姿が見えぬかのように振る舞うということだ。茶々には今まで以上に情愛を注ぐ。疑念を抱いていることなど欠片もみせてはならぬ。気取られてはならぬ。もし周囲が微妙な気配や眼差しを注ぐならば、俺の子なのだから大きくて当然と嘯《うそぶ》いてやろう。

これ即ち――拾丸は、紛うことなき俺の子である。

ならばと念押しするかのように、拾丸の誕生から二箇月ほど後、風が冷たくなって枯葉が舞うようになってきた十月、前田利家を仲人《なこうど》に立て、拾丸と秀次の娘である槿《むくげ》姫との婚約を画策してやった。

二代関白に据えてやったのも束の間、八つ当たりの極端なものであろうか、なぜか秀次に対しては冷酷なる心が湧きあがるのを抑えられぬ。ともあれ見事なる頭越し、秀次が喘息《ぜんそく》治癒のため熱海に湯治に出向いているあいだの婚約画策であった。

それを知ったとき秀次は瞬時呆けたような顔つきになり、虚ろな眼差しで、仙千代丸《せんちよまる》は——とだけ呟いたという。先々拾丸がこの世の支配者になることが決定したこと、そして長子が関白を継げなくなったことを悟ったのである。哀れ秀次、腰こそ砕けなかったらしいが、がくりと肩を落として首を折り、朦々たる湯煙のなかで悲嘆を怺えていたそうである。

これ以降、秀次は常道から外れていく。鉄砲の稽古と称して北野あたりに出向き、作付けなどしている百姓を撃ち殺し、弓の稽古の名目で往還の者を召し捕って射貫き、辻斬りに夢中になり、さらには専用の刑場を設け、試し斬りに精をだし、罪人の四肢を断ち割っているうちはまだしも、孕み子を目の当たりにしたいがゆえに妊婦の腹を裂く等々、常軌を逸した乱行暴虐を重ねるようになった。結果、摂政関白にかけて殺生関白との異名を奉られてしまった。

哀れ秀次。実際に笑いだしたわけではないが、俺は胸中の笑いを止めることができず、茶々から妙に機嫌がよいと上目遣いで見つめられ、新たな思い人でもできたかとよけいな疑心を抱かれる始末、顔つきを引き締めはしたが、秀次に対する加虐の心は抑えがたい。餓鬼のころに人質にだしたことに対する罪の意識を無意識のうちにもひっくり返し、消そうとしているのか、ただ単に虐め抜くのが愉しいのか、この心のうつろいは自分でも理由がよくわからない。

ただ、好悪や相性だけでは片付けられぬ問題も生じていた。勝ち進んでいたときはよかったのだが、苦戦敗戦しはじめたころに後陽成天皇が俺の朝鮮征伐にけちをつけた。反意を示したのである。あわせて烏合の衆が、俺が無意味で無謀な戦を仕掛けたと揶揄しはじめ、俺自身も明の征服はおろか朝鮮征伐は無理であると悟りはじめ、人心を立て直すには内政に専念したほうがよいと気持ちを切り替えた矢先に秀次が立ちふさがってきた。

世間の見方は朝鮮征伐の冒頭が華々しかったこともあり、太閤が外征の指揮を執るものであり、関白は内政に専念すると判じて、それが秀次の後押しをし、天皇も秀次の補佐を受け容れてしまっていたのだ。俺は外。秀次は内。つまり権威が俺と秀次のあいだで二分化してしまっていたのだ。

もっとも、間違っても秀次が謀叛など企てぬよう、その麾下《きか》に抱えさせていた兵員は陪臣を併せても一万数千のみであり、俺は秀次に実質的な武威を与えていなかった。力はあくまでも俺にあり、だ。だが世情というものは異国での戦に腐心している俺よりも、身近で政を執り行う秀次に靡《なび》きはじめていたのである。殺生関白のはずの秀次の評判がじわじわと上がっていったのだ。

後陽成天皇も俺を快く思っていないのは明白で、そもそも関白の職掌は天皇の補佐役にすぎぬという建前を強く前面に押しだしてきた。そんなこともあろうかと俺は天皇の頭越しにあれこれ物事を運ぶため、関白を秀次に譲って、太閤――かたちの上だけでも隠居身分となったわけだが、天皇を差し措いて外征を企て、しかもそれは単なる消耗を惹起しただけであるとの厳しい評価であった。

兎にも角にも俺は関白位を子に譲ったことをあらわす太閤という身分であり、内政は秀次に一任――と朝鮮征伐にさいして公言していたこともあり、しかも秀次は愚直に内治に邁進専念して、民草にまで日本国は俺から秀次に譲り渡されたという暗黙の了解が出来あがってしまっていたのである。これはゆるがせにできぬ。秀次の権力が朝廷と京周辺を掌握している程度であるうちに、秀次の政権、いや秀次自身をなんとかせねばならぬ。

思案に暮れたこのころの出来事で印象に残っているのは、大盗賊石川五右衛門《いしかわごえもん》とその一党を三《さん》条大橋《じょうおおはし》下で釜茹《かまゆ》での刑に処してやったことだ。五右衛門は秀次付の家老である木村常陸介《きむらひたちのすけ》の命により伏見城に潜入し、俺を密殺しようとしていたとまことしやかな噂が流れていた。噂であってもこれは棄ておけぬということで、あえて衆人環視のもとに大仰な釜茹でという遣り方で成敗してやった。見せしめとして子供と一緒に茹でてやったのだが、五右衛門は子供を即座に沈め、その上に乗ったという。世人は子供を苦しめぬために一思いに沈めてやったという者、己が少しでも苦痛から逃れ存《なが》らえようと子供を下敷きにしただけであると判ずる者とに分かれたという。俺はもちろん下敷きに与する。俺だってそうするからだ。

おなじく文禄《ぶんろく》三年九月には三成に薩摩《さつま》、大隅《おおすみ》、日向《ひゅうが》を検地させた。これより俺の検地、太閤検地が本格化していく。もちろんこれは当然実利もあったが、俺の内政関与を補強強化し、なおかつ印象づけるための方策でもあった。その間も、秀次になにか目立った動きはないか、難癖をつけることができる事柄はないか、常に目を凝らしていた。

忌々しいことに関白という権力を受け継いで形式的には天皇に頭を下げても、実質的には俺以外の誰もが己に平伏す立場を得た秀次は自身の権威に酔い、執着し、それを手放すことなどありえぬという態度である。癪《しゃく》に障るのは、俺に対しては借りてきた猫のように振る舞うことである。あの媚を含んだ上目遣いが許せない。

文禄四年七月三日、唐突に秀次が朝廷に金五千枚の献金を行った。粗探しをしていた俺は即座にこれに乗っかった。三成と増田長盛をはじめとする奉行衆を聚楽第に遣わした。なにゆえ、いま金五千枚なのか。巷間、鷹狩りと号して山中にて謀叛の談合ありとの噂が流れているが、これは真かと詰問させ、金五千枚は天皇を味方につけるためのものかと迫らせたのである。

当初、秀次は三成がなにを責めているのかわからず、きょとんとして小首を傾げたそうである。それは、そうだろう。なにしろ絵に描いたような言いがかりなのだから。あげく呟いたという。——これは思いも寄らざる疑いを蒙《こうむ》るものかな。我、太閤の大恩を受け、なんの足らざるところありてか野心を企てるべき、露ばかりの異心もなし。

まったく関白気取りの大仰さである。秀次が即座に弁明のため伏見城に向かったとの報せが入った。あえて武具を携えず、供の者三十人ほどを従えているという。

「登城に及ばず」

使いの者にそう言い放ち、付け加える。

「高野山《こうやさん》に上るように。謹慎させよ」

「はっ」

「三十人は多い。供の者は十人まで」

さらに付け加える。

「七日後あたりでよいか」

「と、申されますと」

「腹を切らせろ」

「高野山にての切腹は難しいかと」

「腹を切らせろ」

「寺法によりて無縁が定められておりますがゆえ、高野山にて切腹は――」

「腹を切らせろ」

「はあ――」

「腹を切らせろ」

「はい」

「高野山、七百余年にわたってこの山に上り給いて命を喪われた例を聞かず――とやらじゃろ。秀次の奴も高野山に上れば安堵しているはずじゃ。だからな」

「はっ」

「腹を、切らせろ」

*

石川五右衛門のときと同じく三条大橋下である。南側にちいさな塚を拵え、これから処刑される女房たちに拝ませるように秀次の首を西向きに据えた。残暑厳しき日で、秀次の首のまわりを無数の金蠅《きんばえ》が雑な円を描いて飛びまわっていたという。

三条川原には二十間四方の柵が設けられ、そこに一条二条の大路を引きまわされた妻や妾《めかけ》、子女三十余人が連れてこられ、敷皮に臀《しり》を落ち着けた検使の石田三成や増田長盛の前に引きたてられた。

午より暮れ六つ近くまでかけて、女子供一人一人目録にあわせて引きだし、首を刎ねていった。幼児もいた。鴨川《かもがわ》の水が朱に染まった。首の切断面を小袖で覆われた首なしの屍体は斬首の場のごく間近に掘られた大穴に投げ込まれ、その上に落とした首が蹴り入れられた。この大穴に秀次の首級もいっしょに抛《ほう》り込まれ、埋められた。こんもり盛りあがった塚の上に秀次悪逆塚と刻んだ碑を建ててやった。京の街の者共は、秀次が母と娘をまとめて寵愛していたことから、これを畜生塚と呼んだという。

「悪逆塚を掘りかえした者がございます」

「ん。また物好きな」

「何ごとと塚を調べなおさせたところ、秀次殿の首級が消えたとのこと」

「ふむ。なんのために」

「智殿の嵯峨野《さがの》の庵《いおり》に、窃《ひそ》かに秀次殿の首級が安置されていたとのことで――」

「子の首が母の許に帰ったということか」

「積もった雪の上に叮嚀に置かれていたとのことでございますが、いかが致しましょう」

「抛っておけ」

実の姉、智には甘えっぱなしというべきか、軽んじっぱなしというべきか。智は幼い倅を調略の補強として人質にだされ、長じてからはいいように扱われ、あげく斬首された。秀次だけではない。次男の秀勝に三男の秀保《ひでやす》。皆、俺の持ち駒として養子に出されている。秀勝は朝鮮にて病没し、秀保は変死した。智の子ら三人、とことん利用し、使い棄てにしたのだ。加えて秀次の実父、つまり智の夫の三好吉房《よしふさ》は秀次の謀叛に連座したとして讃岐に流罪に処した。すべては俺の為したことである。

伏見の城下にもしずしず雪が舞っていた。失意の智がたった独り引きこもってしまった嵯峨野はさぞや積もって、真っ白く凍えた世界が拡がっていることだろう。冷える。老いさらばえた両手を擦り合わせた。息が洩れた。白く長くか細い溜息だった。

＊

——徹底せねばならぬだろ。なあ、猿殿下。徹底だ。ここで中途半端で終わらせると、示しがつかぬぞ。

「誰と誰を処罰するか」

——前野長康、景定《かげさだ》父子。木村重茲《きむらしげこれ》。一柳《ひとつやなぎ》可遊《かゆう》。明石則実《あかしのりざね》。服部一忠《はっとりかずただ》。瀬田正忠《せたまさただ》。こいつらには必ず腹を切らせろ。

「秀次付き家臣全員が謀叛に加担したというのか。それは無茶だろう。長康は尾張のころから仕えてきた最古参ではないか。重茲は父の代から俺に仕えてきた譜代だ。可遊も則実も長浜のころから俺に仕えてくれてきた。一忠は信長の時代、今川義元に一番槍を」

――やかましい。もう、よい。とにかく腹を切らせろ。謀叛だぞ。秀次につながる者を連座させずして、しでかしてしまったことを、どう補強できようか。

「補強」

――補強だろうが。補強。罪なき秀次に腹を切らせたのだ。中途半端な終熄は、猿殿下自らそれを認めたことになっちまうだろ。

「そうだ。そうだな」

肯いはしたが、秀次を殺してしまったことを後悔しはじめていた。あくまでも拾丸が俺の子であるとして、それを支える豊臣の一門はどこにいる。いちばん大切だった秀長はもういない。もはや猶子の宇喜多秀家くらいしか思い泛ばぬではないか。このような調子で秀次の家老以下に腹を切らせていけば、誰が俺に従うというのか。

――気持ちの定まらぬ猿だなあ。

「まったくだ」

力なく頷いて、処罰の断を下した。人殺しというものは、はじめてしまうと勢いがついてしまうものだが、どうしたことか敵を殺すよりも身内や味方を殺しはじめると歯止めがきかぬ。己の為したことは間違っていないと昂然と顔をあげているためには、周囲が俯いて顔をあげられなくなるまで殺し尽くさねばならぬということである。

36

明との和議だが、朝鮮の南半分を寄こすこと、勘合貿易の復活、明の皇女を天皇の后とすること等々七箇条を要求していた。撤退してやったとはいえとことん攻めあがったのである。明も、この程度のことは呑んで当然であろう。

文禄五年の九月一日、大坂城にて明朝の勅使を引見した。この日は奏上の品々が並べられ、俺は慇懃な勅使どもに満面の笑みで満足をあらわしてやった。

翌日は勅使を饗応してやり、宴のあと相国寺の西笑《さいしょう》承兌《しょうたい》に明の万暦《ばんれき》帝から届いた誥勅《こうちょく》を読ませることにした。が、なぜか承兌はなかなか読みあげようとしない。焦れた俺が顎をしゃくって促すと、痰の絡んだ咳払いをし、妙にか細い声で読みあげた。

「――特に爾《なんじ》を封じて日本国王と為す」

腕組みし、首を傾げた。

「それだけか」

承兌は首をすくめて頷いた。

「七箇条の要求に対する返答は」

小首を傾げたまま訊くと、承兌は顔を白くして俯いてしまった。当然のような薄笑いを泛べている冊封《さくほう》正使と副使を睨めまわす。

「そうか。滅ぼされたいのか」

通詞《つうじ》が耳打ちするように訳すとそれを聞いた明の勅使どもは笑みを消した。こんどは俺が笑う番だ。睨めまわしたまま笑んでやる。

「この者どもを追い返せ」

勅使は罪人のごとく引っ立てられ、俺の前から消えた。

すっかり春めいた翌慶長《けいちょう》二年二月下旬、朝鮮再出兵の陣立を定めた。小西行長の第一軍から、毛利秀元《ひでもと》、宇喜多秀家の第八軍まで総勢十四万一千五百の兵が海を渡った。意固地になっていることに不安を覚えないでもなかったが、文禄の役で我が水軍を悩ませた李舜臣が失脚していたこともあり、七月の漆川梁《しっせんりょう》の海戦にて藤堂高虎らの率いる水軍は朝鮮水軍に壊滅的な打撃を与え、制海権を握ることができた。

もはや明の征服など念頭にない。確実に得られるものを、ものにする。やらなくてもよい戦いを始めてしまったのだから、それに対して懐疑的な者どもに見せつけるためにも最低限の実利が必要だ。即ち朝鮮の南半分、慶尚道《けいしょうどう》、全羅道《ぜんら》、忠清道《ちゅうせい》、江原道《こうげん》を征服してやるのが狙いである。前回は朝鮮の民草を日本人にしてやろうとあれこれ意を砕いたが、民百姓は俺に靡かず、あろうことか義兵と称して奇襲をかけてくる始末。ならば女子供とて容赦せず皆殺しにしてくれよう。もはや義もへったくれもない。

さて論功行賞目当ての諸将は、その証しとして当初は律儀に討ちとった敵兵の首を俺の許に送ってきていた。が、なにせ海を渡って送られてくるのである。首は嵩《かさ》ばる。そこで切りとった鼻が届くようになった。鼻は塩して、あるいは石灰に詰め、あるいは酢漬けにして送られてくる。それに耳が混ざるようになってきた。

首は首実検と相場が決まっている。が、鼻や耳ではなにがなにやらといったところで、兎にも角にも働いているところをみせて俺をよろこばせ、恩賞にあずかろうと呆気にとられるほど膨大な鼻と耳が届くようになった。取りやすいところから取るとでもいえばよいか。苦笑せざるをえないのだが、どうみても生子——生後間もない赤ん坊の鼻や耳が目立つようにさえなってきた。

あたりが秋に覆われ、風も冷涼な気配を帯びるようになった八月中旬、全羅道南原《なんげん》城を攻め落としたが、じつは七月下旬に失脚していた李舜臣が復活して朝鮮水軍の立てなおしをはかっていた。その報せに渋面を隠せなかった。文禄の役では李舜臣に兵站を断たれ、さんざんな目に遭っているからだ。李舜臣率いる朝鮮水軍にどれだけの船が沈められたことか。

思案のしどころだ。季節の移ろいだけは止めることができぬ。否応なしに冬がくる。途轍もなく厳しい朝鮮の冬だ。北に進軍しているさなか李舜臣に制海権を奪われ、兵站を断たれたりしてしまったら目も当てられない。慶長の役開戦二箇月ほどで慶尚道、全羅道、忠清道の南部三道をほぼ制圧しているのだ。明国征伐と意気込んでいたころに較べるとずいぶん地味ではあるが、上出来だ。年内の漢城攻略を諦めた。

秋風に冬の気配が忍びいってきたころ、豊国《とよくに》神社門前に鼻塚を築き、五輪塔を建て、五山禅衆による供養の大施餓鬼《だいせがき》を営んだ。なにせ耳鼻の数は十万を超え、その干涸らび黒ずんだ耳鼻の途方もない量に呆れ果てただけでなく、どことなく寝覚めの悪い思いをしていたからである。

寝覚めが悪いといえば『つかひ女』という現地妻が朝鮮に出向いた諸将のあいだで流行り、美キ女ヲ連テコヨ――コブンカクセイトボラヲラ――という具合に高麗詞之事という女を求め侍らせるための会話をまとめた会話集までつくられているという。奴らはいったいなにをしに朝鮮に出かけているのか。もっとも単に蹂躙したいという俺の思いを汲んだ行いであるといえなくもないが。

ともあれ前回の文禄の役とはずいぶん様子のちがう慶長の役だ。朝鮮を経て明国征服という目標もちいさく現実的なものとなり、撫で斬りにした見るからに幼子の鼻や耳が大量に届く。此方へ御座レというのは――イラヲビシシャというらしい。朝鮮の女を侍らし、気分でやさしく柔らかく接し、別段理由もなく唐突に癇癪を起こして怒り狂い、蹴り飛ばす己の姿が泛んだ。

戦はどうなっているのかといえば、この年の暮れには五万七千もの明と朝鮮の連合軍が清正の守る蔚山《いさん》城に殺到した。この倭城は未完で守勢の兵は三千ほどにすぎず、未明、麻貴《まき》の軍に仮営を急襲されて退却を余儀なくされた。あげく兵糧も水も断たれて、年末になると飢渇により蔚山城の落城は時間の問題となったが、毛利秀元らが率いる援軍が間に合い、どうにか敵連合軍を敗退させることができた。しかし派手に大砲をぶっ放されて、その侮りがたい軍事力を思い知らされたせいで厭戦気分が流行病のごとく拡がっていった。

「やれやれ、どうしたものかのう」

――抑えるべきところで抑えることができずに、引くべきところで引けなかった猿殿下が悪い。ゆえに滅びるまで戦え。

「最近のおまえは以前とちがって悪いほうにばかり話を進め、唆すなあ」

――ふん。腹を立てておるのだよ。腰の定まらぬ、腑甲斐《ふがい》ない猿に苛立っておるのだよ。よせばいいのに二度目の朝鮮出兵。さすがに二度目はないわな。鼻や耳を削いで女を犯して憂さ晴らし。もはや戦の大義の欠片もないわ。だいたい武将だけではないぞ。兵糧を徴用される百姓下々も怒り心頭。巷では猿殿下の楊梅瘡《ようばいそう》が、ついに髄脳にまでまわったと囁かれておるわい。

「楊梅瘡、脳梅毒か」

――深刻になって眉間に縦皺を刻み、得体の知れぬ悲しみにうち沈み、幽霊に怯えるがごとくの不安に侵され、青筋立てて怒りを破裂させたかと思うと、やたら愉快爽快痛快欣快軽快ふとした拍子《ひょうし》に豪快という有様。これでは誰でも頭の具合を疑うわい。

「やれやれ、まいったな」

――薄笑いを泛べてる場合か。

「いくら番っても子はできぬが、貰うべきものはしっかり貰ってくるという」

――自虐かよ。

「鬱いでいてもしょうがない。ぱっとしたことがしたいのう」

――やめとけ。この御時世だ。下々は貧窮しはじめておるわ。派手派手しいことは民草の反感を買うだけだぞ。

「そうだ、花見をしよう」

――あえて忠言しておく。花見などすれば、愚劣の渦《うず》を目の当たりにするであろう。

「花見じゃ、花見じゃ」

――度し難し。

「花見じゃ、花見じゃ、花見じゃ」

＊

時は三月十五日、場所は醍醐《だいご》寺塔頭《たっちゅう》三宝院《さんぼういん》裏の山麓。奉行の前田玄以らに仕切らせる。そう決めたとたんに気持ちが浮きたった。花見が生き甲斐というのも痛々しい気がするが、俺は下見に醍醐寺に幾度も通った。玄以に仕切らせるつもりだったが、現場で思い巡らせはじめたらもう止まらない。八番の茶屋を設け、湯殿《ゆどの》のある茶屋も造ろう。殿舎の造営は当然のこととして庭も造りなおすし、伽藍《がらん》から醍醐山の山腹まで桜でとことん埋め尽くしてやる。どれくらいの桜の木が必要か勘案したところ、七百本ほども植樹すれば、いままである桜とあわせてそれなりに見物となるであろうということになった。

うだつがあがらなかったころと同じようには付き合えぬにせよ、秀長がおらぬいま、遊びといえば前田利家である。さっそく呼び寄せ、額をつき合わせて談合した。

「妬《ねた》みそねみを浴びせられるやもしれぬが、男を招きたくないのう」

小声で呟くと、妙に真面目腐った顔で利家は頷いた。

「然様でございますな、太閤殿下。男はこの利家と秀頼《ひでより》君のみでよろしいかと」

顔を見合わせて、かかか――と同時に呵々大笑する。ざっと勘定させたところ、諸大名からその配下の女共を召すと、千三百人ほどになるという。男は排除する。女だらけのなかに俺と悪友利家、そして秀頼。昔日の夢をいま果たす。じつに愉快である。

ちなみに拾丸は慶長元年に改名し、秀頼と称するようになっていた。すくすくというよりも呆れるほどに大きく育ち、俺によく懐《なつ》いている。懐かれているから無下にもできぬが、抱きつかれたりすると微妙というか複雑な心持ちではある。もちろんそれはおくびにも出さぬが。

この春は、長雨が続いていた。花見の日はだいじょうぶかとやきもきしていた。が、その日は長雨が嘘のようにあがった。ほぼ無風であった。北野の大茶会以来の規模の催しであるが、絶好の花見日和《びより》だった。

ただし、あの誰でも参加できた大茶会とちがって伏見から醍醐に至るまで道の左右に柵を繞《めぐ》らせて誰も立ち入れぬようにし、院外五十町四方、三町に一箇所ずつの番所を置き、小姓や馬廻の者どもに厳重な警備を敷かせて弓鉄砲の者を多数配置した。

女ならば氏素性を問わず花見に呼びたかったが、利家が慇懃に首を左右に振って押しとどめてきた。太閤殿下が派遣された将兵が朝鮮の地で苦戦している折、斯様な盛大な花見遊興を執り行い、そこに有象無象を招じ入れることはしてはならぬという。たかが花見。されど花見。常軌を逸した規模のそれを苦々しく思っている者も必ずいるはずだ――とのことであった。それに備えての番所であり、警備の者の配置である。

女だらけのなかに自分が一人。まさに昔日の夢を果たそうとしているわけだが、夢を護るのは弓鉄砲に柵という現実があった。なんのしがらみもなかったころは不自由であるようでいて、無限の自由があった。鬱屈は鬱屈として、それをぐいと呑みこんではしゃぐことができた。いまは、鬱屈は鬱屈のまま内向してなにやら凍りついてしまっている。致し方ない、と精一杯の笑みを拵えた。

醍醐寺に出向くと、視界すべてに桜色が拡がった。淡い色彩であるが、ここまで覆いつくされていると壮観だ。噎せかえるような桜花の香りにつつみこまれてしばし立ち尽くした。風はないが、はらはらと散る花あり、その儚く舞い踊る姿を息を詰めて見守る。散りゆくもの——。柄にもない感慨に耽った。

柵に囲まれた道をくるときはいささか憂鬱だったが、そんな俺にも桜は精一杯咲き誇って、もののあわれとしか言いようのない風情で俺の目を癒し、皺だらけの乾いた肌を慰撫し、咳気《がいけ》で掠れ気味な息をなだめてくれる。

安らいで静かに佇んでいるさなか、女どもが諍《いさか》う甲高い声が聞こえた。とたんに神経痛の痛みが肋間《ろっかん》を稲妻じみた素早さでちりちり疾っていった。思わず心の臓の上あたりを掌で押さえて堪えて聞き耳をたてた。

「西の丸殿の御出身は浅井氏でございましょう。私は浅井氏旧主京極の出にございます。しかも私は西の丸殿よりも先に太閤殿下の許にまいり、お仕えしてまいりました。にもかかわらず道中、輿の順をお譲り致したのは、その気負う様に哀れを催したからでございます。が、宴席にて北政所様の次に盃を受けるのはこの私がふさわしゅうございますがゆえに、これればかりはお譲り申すこと、できかねます」

北政所の次に盃を受けるのは私としゃしゃりでた西の丸——茶々に向けて京極龍子が声だけは嫋やかに北政所の次に、二番目に盃を受ける資格があるのは自分であると棘々しく迫る。茶々が蜂谷のあたりを大仰に押さえて嘘臭い笑みを泛べて龍子に遣り返す。

「なにかと申されれば、このような好き日に斯様な無粋なお申し出。なにやらくらくら致すのは、桜花の香りのせいだけではございませぬ」

遣り合う女たちを秀頼がきょとんとして見つめている。その秀頼をねっとり一瞥して茶々がさらに切り返す。

「太閤殿下の御子を産んだのは、誰あろう、この西の丸でございます」

なんとも直截な物言いだった。それを言っては仕舞いであろうと顔を顰める。下唇を咬んでいることに気付いて、あわてて顔から、全身から力を抜く。

睨みあう女の醜さに、肋間がますます烈しく痛む。咳き込みそうになるのをどうにか抑えこむ。寧々——北政所がいちばん最初に盃を受けるのは動かしようがないが、次は私であるという争いである。その寧々は自身が子を孕むこともなく、また由緒ある出ではないことを心のどこかに隠していることもあり、俯き加減で黙っている。いつもの快活な寧々の姿は消え失せ、この愚劣に辟易しているふうでもある。俺は目を見開いた。あの声が耳の奥で谺《こだま》した。

——あえて忠言しておく。花見などすれば、愚劣の渦を目の当たりにするであろう。

四方八方から俺に裁定を望む眼差しが刺さる。いきなり桜花から色が消えた。目の当たりにしているのは女が白黒つけろと迫る色味のない、まさに白と黒しかない世界だった。きつく目頭を揉んだ。

「はてさて客をさておいてなにを揉めておられることやら。歳の順からいっても、北政所様とはいわば家族ぐるみの長い付き合いのまつこそが二番目の盃をいただくにふさわしいと存じますが、いかがでございましょう」

前田利家の正室、まつであった。まつの機転でこの場はなんとなくおさまったが、もはや桜花は完全に色褪せてしまい、その香りも感じられず、生暖かい、いや生臭い微風に曝されながら俺はひたすら無言で愚劣な花見を耐える。

＊

ひどく魘《うな》され、自身の叫びで目が覚めた。ひどく蒸しているようだが、それに倍する寝汗で寝台が濡れているところをみると外が暑いのではなく、己の内側が熱いのかもしれない。口中がからからだ。どうやら口から異な臭いが漂っているらしく、女が微妙に俺の息を避けている。が、それを叱責する気力もない。しばし瞬きを忘れ、頭上の薄闇を眺め、苦く笑ったつもりだったが、なにやら頬が幽かに歪んだだけだった。

「脳梅――か」

寝たきりだ。まったく物が覚えられぬ。どうやら尋常でない言動をするらしい。うまく小便が

だ。
の裏で亀甲紋様の光輝が爆ぜて仰天させられる。我が腕を一瞥すれば枯木ではなく枯れ枝の細さ
りもする。たくさん夢を見る。極彩色の夢を見る。常に悪夢である。眠っていなくても時折、瞼
できぬし歩くのも覚束《おぼつか》ない。声をかけられても触れられてもそれを感じとることができなかった

鳴呼——と声にならぬ声をあげ、めずらしく頭がすっきりしていることに逆に不安と畏れを抱く。石田三成、長束正家、増田長盛、浅野長政、前田玄以を五奉行に定めたという記憶がよみがえる。俺が死んだあとの体制について思い巡らせて選んだ五人だ。

徳川家康、前田利家、毛利輝元、小早川隆景、宇喜多秀家の五大老に遺言を書き、俺の亡きあとの秀頼のことを聢と頼むと書きこんだこともあった。あれは、いつだ。わからんな。わからんが、文言は覚えている。

「秀頼事、成りたち候やうに、此の書付の衆として、たのみ申し候、なに事も、此のほかにはおもひのこす事なく候、かしく——」

あくまでも我が子であると意地になって秀頼の行く末を頼み込んでいるのだから世話がない。もはや俺自身よくわからぬが、自尊の心が壊れるくらいならば秀頼が我が子であるということを貫徹して死にたいのだろう。

秀頼は六歳になったか。もはや我が子であるとかないとかはどうでもよい。天下人たる俺が決めた者に俺のすべてを移譲することこそが総てである。

「ん——秋の虫が鳴いている。秋の虫だ。秋の虫」

水が飲みたい。それを口にするのが億劫で薄く目を閉じ、虫の音に耳を澄ましてじっとしている。なんともしみじみ沁みいる虫の声である。が、虫は虫。猿殿下――と語りかけてくるあの声は、脳梅がもたらしたものだろう。それでもよいから、声が欲しい。

なぜ俺はこんなに孤独なのか。孤独とは、孤児と老いて子なき者をあらわすという。まさに俺のことではないか。寂しい。寂しい。切ない。寂しい。

――柄ではないぞ、日吉丸。

「ん」

――切ないのは妾《わらわ》じゃ。寂しいのは妾じゃ。妾のこと、忘れたか。日吉丸は実がないからのう。

「小紫様、小紫様でございますか」

――久しゅう、とでもいえばよいかな。

「お久しゅうございます。嗚呼」

――なにを泣いておる。相変わらず涙もろい日吉丸じゃ。

「これが泣かずにおられますか。小紫様にお逢いできたのですから」

――口だけは達者じゃのう。妾もそれにだまされた。

「だましてなど、おりませぬ」

――怒るな。日吉丸。

「はい」

――詫びに膝枕してやろう。

「嬉しゅう、嬉しゅうございます」

――だから泣くことはないであろうと申しておるではないか。

「俺は、小紫様を」

――言うな。咎める気はさらさらない。それに、ほれ、このとおり。ちゃんと首と胴はつながっておる。さ、おいで。妾の膝に。

「心地好い。たまらない。小紫様の香りがいたします」

――なにせ妾の障りを味わいたいと吐かす日吉丸であるからな。

「小紫様のすべてを味わいとうございます」

――まったく心蕩かす言葉に長けた日吉丸じゃ。いろいろあったが、結局は小六もそれにやられたわ。

「あの世で小六殿はいかがいたしておられますか。じつは小紫様のこと、お互いに口にすることができずといった有様で、それがいまとなっては心残りなのでございます」

――さあな。妾は日吉丸のことしか念頭にないから、よう知らぬ。が、まあ息災ではないか。いや、あの世におって息災もないか。

「小六殿には大層よくしていただきました」

――当たり前じゃ。妾が小六に取り憑いて操っておったのじゃから。

「真でございますか」

――驚くことはあるまい。なにせ天下を狙うたらどうじゃと唆したのは妾じゃからな。

「道理で小六殿は誠心誠意尽くしてくださいました」

――真に受けるでない。

「笑っておられる。ということは」

――小六はな、心底から日吉丸に惚れ込んだのよ。それだけのこと。

「よき時代でございました。俺の生のなかでも最善最良の時代でございました」

――活きいきしておったものな。妾も日吉丸の活躍を眺めてわくわくし、どきどきし、はらはらしたあげく、安堵の息をついたものよ。

「小紫様に唆されて取った天下、案外たわいないと申しましょうか、空疎《くうそ》なものでございました」

――妾はな。

「はい」

――日吉丸に生きるよすがを与えたかったのじゃ。生きる張りを与えたかったのじゃ。目的を与えたかったのじゃ。

「そこに至る途こそがすべてと」

――賢《さと》いのう、日吉丸。まさにそのとおりじゃ。物事など成就してしまえば、たいがい空疎でたわいないものよ。それは天下とていっしょ。

「ようわかりました。日吉丸が曲がりなりにも生き抜けたのは、小紫様に途を指し示していただけたからでございます」

——うん。なにせ妾は途から外れているばかりか、途それ自体が見えぬ境遇にあったからな。妾は日吉丸に夢を託したのじゃ。

「夢」

——夢じゃ。生きるうえでな。

「はい」

——いちばん切なく苦しいのは、夢をもてぬことじゃ。

「いまなら小紫様の御言葉、ようわかりまする。身に沁みております。天下を取って、夢を喪うたこの身が嘆かわしい」

——不憫《ふびん》な。が、よう頑張った。

「小紫様」

——様付けなど不要。天下人なのだから、妾を呼び棄てにしてよい。

「小紫」

——おそるおそるじゃな。いとおしい。

「小紫」

——日吉丸。

「小紫」

——あの日、日吉丸は決然と、天下をものにして妾を迎えにきてくれると言うた。

「言った。この日吉丸、必ずや天下を取り、小紫様を迎えにまいりましょう——と約束した。されど天下をものにしたとき、小紫はもうおらなかったではないか。自ら俺に首を差しだして、いなくなってしまっていたではないか」

――はじめて怨み言が洩れたな、日吉丸。ならばあえて言おう。死ぬことで救われることもある。

「死ぬことで救われることもある」

――日吉丸に首を断ち落とされて妾ははじめて息をつくことができたのじゃ。いや、息をすることはできなくなっておったけれどな。

「ふふ」

――笑うたか。笑うたな。日吉丸には笑みがよく似合う。

「とはいえ迎えにまいるという約束を違えてしまった。天下を取ったのに」

――致し方ないことよ。迎えにまいるべき妾がおらぬのじゃから。だからな。

「だから」

――だからな、妾が迎えにきてやった。日吉丸を迎えにきた。

「小紫」

――日吉丸。

「小紫。早う連れていってくれ」

――わかった。日吉丸。妾の手を握れ。きつく握れ。よいか、離すでないぞ。

「握った。もう離さない。なにがあっても離さない。小紫を離さない」

――よし。ならば、行こう。日吉丸。逆になってしもうたが、こうして約定《やくじょう》は成就した。さ、まいろう。

あらためて、六本の指で小紫の手をきつく握る。老いさらばえた醜い天下人の軀を離れる。闊達自在な日吉丸は小紫といっしょに昇っていく。天下人から天上人となる。

『正・續 太閤私記』参考文献

『繪本太閤記』武内確斎／文、岡田玉山／絵
『新編・絵本太閤記』歴史絵本研究会、主婦と生活社
『河原ノ者・非人・秀吉』服部英雄、山川出版社
『豊臣秀吉』鈴木良一、岩波書店
『豊臣秀吉』小和田哲男、中央公論新社
『秀吉の朝鮮侵略と民衆』北島万次、岩波書店
『刀狩り　武器を封印した民衆』藤木久志、岩波書店
『信長と秀吉　日本史の謎と発見9』内藤昌ほか、毎日新聞社
『消された秀吉の真実　徳川史観を越えて』山本博文ほか編、柏書房
『豊臣女系図』櫻井成廣、桃山堂
『秀吉家臣団の内幕』滝沢弘康、SBクリエイティブ
『つくられた「秀吉神話」』石井慎二編、洋泉社
『雑兵物語』作者不詳、吉田豊訳、ニュートンプレス
『信長公記　上下』太田牛一、榊山潤訳、ニュートンプレス
『天下統一　秀吉から家康へ』黒嶋敏、講談社
『鉄砲と日本人』鈴木眞哉、洋泉社
『戦国の村を行く』藤木久志、朝日新聞社
『弓矢と刀剣』近藤好和、吉川弘文館
『戦国合戦　本当はこうだった』藤本正行、洋泉社
『家系図で読みとく戦国名将物語』竹内正浩、講談社
『時代考証　日本合戦図典』笹間良彦、雄山閣
『戦国史の怪しい人たち』鈴木眞哉、平凡社

『刀と首取り』鈴木眞哉、平凡社
『謎とき日本合戦史』鈴木眞哉、講談社
『信長軍の司令官』谷口克広、中央公論新社
『戦国合戦事典』小和田哲男、ＰＨＰ研究所
『絵とき　雑兵足軽たちの戦い』東郷隆、講談社
『絵とき　戦国武士の合戦心得』東郷隆、講談社
『たべもの戦国史』永山久夫、河出書房新社
『合戦の文化史』二木謙一、講談社
『戦国時代用語辞典』外川淳、学習研究社
『図説　戦国地図帳』久保田昌希監修、学習研究社
『戦国合戦大全　上下』学習研究社

初出「小説現代」二〇一六年十一月号～二〇一七年十二月号

装幀　坂野公一＋吉田友美（welle design）

花村萬月（はなむら・まんげつ）
一九五五年東京生まれ。八九年『ゴッド・ブレイス物語』で第二回小説すばる新人賞を受賞しデビュー。九八年『皆月』で第一九回吉川英治文学新人賞、同年『王国記』シリーズの序にあたる『ゲルマニウムの夜』で第一一九回芥川賞を受賞。二〇一七年『日蝕えつきる』で第三〇回柴田錬三郎賞を受賞。他に『信長私記』など著作多数。

N.D.C.913　382p　20cm

續《ぞく》　太閤私記《たいこうしき》

二〇一八年一月三〇日　第一刷発行

定価はカバーに表示してあります。

著　者　花村萬月《はなむらまんげつ》
発行者　鈴木　哲
発行所　株式会社講談社
東京都文京区音羽二―一二―二一　〒一一二―八〇〇一
電話　出版　〇三―五三九五―三五〇五
販売　〇三―五三九五―五八一七
業務　〇三―五三九五―三六一五

印刷所　豊国印刷株式会社
製本所　黒柳製本株式会社

ISBN978-4-06-220918-2